ANA WOODS

Nordlicht Glanz & Rentier Glück

IMPRESS

© privat

Ana Woods lebt am grünen Stadtrand von Berlin, wo sie von Inspiration zu ihren Romanen nur so umgeben ist. Bereits in jungen Jahren fing sie mit dem Schreiben an und verzauberte mit ihren fantasievollen Kurzgeschichten nicht nur Freunde und Familie, sondern ebenfalls ihre Lehrer und Klassenkameraden. 2017 hat Woods sich ihren Traum erfüllt und sich als Autorin selbstständig gemacht.

Für alle Träumer

Kapitel 1

Wo auch immer ich mich befand, es war scheißkalt. Der Eiswind wirbelte meine Haare auf, die mir wie spitze Geschosse das Gesicht zerkratzten. Jedenfalls fühlte es sich so an. Nun machte es auch Sinn, dass man mir die gefütterten Klamotten gegeben hatte. Nur würden diese löchrigen Stiefel die Kälte nicht sonderlich lange vertreiben. Ich spürte bereits jetzt, wie sie durch den Stoff hindurchkroch und sich in meine Glieder zu fressen versuchte. Vermutlich würde es nicht mehr als wenige Minuten dauern, ehe meine Füße Eisklumpen glichen. Zeugenschutzprogramm ...

Es war dieses eine Wort, das mir nun schon seit einem Tag im Kopf herumgeisterte, und schuld daran war, dass es mich hierher verschlagen hatte. Alles war so verdammt schnell gegangen, dass ich noch nicht einmal die Möglichkeit gehabt hatte, den ganzen Mist zu verarbeiten.

»Folgen Sie mir, Miss Bryce.«

Der Mann, der plötzlich vor mir stand, war vermutlich erst in seinen späten Dreißigern, doch die eingefallenen Wangen und grauen Härchen in seinen Augenbrauen ließen ihn älter aussehen. Höchstwahrscheinlich schuftete er sich in dieser sterilen Pampa hier halb tot, um seine Frau und vielleicht auch mehrere Kinder durchzufüttern, und schob Überstunden, die man ihm ohnehin nicht entlohnte geschweige denn dankte, in der Hoffnung, befördert zu werden.

Ich kannte Männer wie ihn. Solche arbeiteten zur Genüge in der

IT-Firma meines Vaters. Ich hatte sie jeden Tag gesehen und manchmal einen kleinen Funken Mitleid mit ihnen verspürt. Aber nur manchmal.

Der Gedanke an Dad und seine Firma ließ mich mit den Zähnen knirschen. Kochende Hitze schoss durch meinen Körper und brachte mein Blut zum Brodeln.

Ich hatte nichts verbrochen, sondern lediglich das Pech gehabt, in die falsche Familie hineingeboren worden zu sein. Dass mein Dad einige krumme Geschäfte abwickelte, war mir schon lange bewusst gewesen, aber ich hatte seine Machenschaften nie hinterfragt. Ich hatte mich einfach nicht in Dinge einmischen wollen, die mich nichts angingen, um genau solch einer Situation wie der, in der ich mich nun wohl oder übel befand, aus dem Weg zu gehen.

Mich von meinen Eltern zu verabschieden war mir vor der Abreise verboten worden. Vermutlich war das auch besser so, denn ich empfand im Moment nichts als unermessliche Wut auf Dad. Wie hatte er mir so etwas nur antun können? Mom und er waren oft in Streit geraten, da sie im Übrigen auch nicht sonderlich angetan von seinen kriminellen Geschäften gewesen war, aber er hatte ihr immer versichert, dass er uns nicht in Gefahr bringen würde. Und nun war ich ans Ende der Welt verfrachtet worden.

Und das sechs Wochen vor Weihnachten! Obwohl es sich dabei für mich um die schönste Zeit des Jahres handelte.

Sobald der Dezember kam, flüchteten die Eltern meiner besten Freundin Jess aus New York, um die kalten und stressigen Feiertage auf den Bahamas auszusitzen. Dies nahmen wir immer zum Anlass, die größte Party des Jahres in ihrer Villa am Stadtrand auszurichten. Es war ein Event, über das man noch Monate danach sprach.

Und was nun? Ich würde es vermutlich verpassen und mir stattdessen den Arsch abfrieren!

Der Mann stand noch immer abwartend vor mir, ehe ich ihm

bedeutete loszulaufen. Ich folgte ihm, ohne eine Frage zu stellen. Wenn ich eines nämlich in den vergangenen vierundzwanzig Stunden gelernt hatte, dann dass man mir ohnehin nicht antworten würde.

Ein grausiges Gefühl breitete sich in mir aus. Ich war mir ziemlich sicher, dass wir uns nicht in Schottland befanden, denn dafür war es hier zu kalt und zu verschneit. Im Himalaja konnten wir auch nicht sein, dafür hatten wir das Ziel zu schnell erreicht gehabt. Möglicherweise hatte man mich nach Russland gebracht? Dort würde man mich jedenfalls sicher nicht finden, falls die Verbrecherbande wirklich nach mir suchen sollte. Was ich bezweifelte, denn so wertvoll war ich nicht, auch wenn ich das eher ungern zugab. Dad liebte mich zwar, aber wenn es eines gab, was er ganz sicher noch mehr liebte, dann war es Geld. Eine Eigenschaft, die ich von ihm geerbt haben musste.

Wir stapften noch eine Weile durch den Schnee und ich sah mich etwas genauer um. Ich musste meine Augen fest zusammenkneifen, denn die Schneeflocken waren wie kleine Dolche. Ein wenig fühlte ich mich wie bei meiner monatlichen Akupunktur, nur dass ich mir diese ausgesucht hatte und es hier einer qualvollen Zwangsbehandlung glich.

In der Ferne konnte ich einen gräulichen Turm ausmachen, neben dem ein gelblicher etwas kleinerer stand. Sie ragten einige Meter in die Höhe, an ihren Dächern befanden sich Scheinwerfer, wenn ich das richtig deuten konnte. Ich glaubte, auch Antennen zu sehen. Für einen kurzen Moment blieb ich stehen, um noch mehr erkennen zu können. Ein längliches Gebäude schmiegte sich an den grauen Turm, der, wie mir nun klar wurde, der Tower eines Flughafens war.

Der Wind ebbte ab, sodass die Schneeflocken nunmehr sanft zu Boden tänzelten und mir den Blick auf das Schild des Flughafens freigaben: »Finavia Ivalo Airport.«

Ich musste kein Einstein sein, um zu wissen, was das hieß: Man hatte mich nach Finnland verfrachtet.

Finnland! Hatte das wirklich sein müssen? Klar, der finnische Winter war bestimmt wunderschön, aber hier gab es nichts. Nichts außer einer tristen Einöde mit kaum Einwohnern. Da wäre mir Russland tausendmal lieber gewesen. Immerhin gab es dort Wodka, den ich mit meinen neunzehn Jahren dort sogar legal trinken durfte.

Und was gab es in Finnland noch? Vermutlich eine Sauna an der anderen, in denen man Fleisch an Fleisch mit verschwitzten Fremden saß. Toll, ganz toll, wirklich!

Da ich nicht wusste, ob ich wissen durfte, wo ich mich befand, ließ ich mir nichts anmerken. Wobei – wäre es möglich, dass man mir einen neuen Ort zuteilte, wenn ich einfach ausplauderte, dass ich das Schild gesehen hatte?

Kurz wägte ich das Für und Wider ab, konnte mich aber nicht rechtzeitig entscheiden.

»Einsteigen«, sagte der düster dreinblickende Mann, dessen merkwürdiger Akzent mir erst jetzt auffiel, als er mir die Tür eines Vans öffnete.

Ein schwarzer Van? Sorry, aber ich dachte, wir sollten uns unauffällig verhalten? Wie unauffällig war bitte solch ein Wagen, noch dazu mit getönten Scheiben?

Wobei ... wenn ich so darüber nachdachte, dann war es vermutlich doch die unauffälligste Variante, sich fortzubewegen. Schließlich würde niemand denken, dass das FBI so wenig Verstand besaß, weshalb man eher nach anderen Fahrzeugen Ausschau halten würde. Sehr gewieft, das musste ich zugeben.

Widerwillig stieg ich ein und wartete, dass wir losfuhren. Ich hörte, wie zwei Männer sich draußen in einer mir fremden Sprache unterhielten. Dann wurde der Kofferraum zugeschlagen und jemand nahm vorn hinter dem Lenkrad Platz. Es war nicht der

Mann, der mich aus dem Flugzeug gebracht und zum Auto geführt hatte.

Eigentlich sollte ich mich geschmeichelt fühlen, dass man mir so viel Aufmerksamkeit schenkte und die Mitarbeiter alle paar Sekunden wechselten. Vielleicht war ich doch wichtiger, als ich zunächst gedacht hatte.

Eine dunkle Scheibe trennte mich von dem Fahrer, weshalb ich ihn nicht genauer erkennen konnte. Nur durch seine hellere Haarfarbe wusste ich überhaupt, dass es ein anderer Mann war.

Ohne sich vorzustellen oder auch nur ein einziges Mal zu mir nach hinten zu schauen, drückte er aufs Gaspedal. Wie im Film quietschten die Reifen und schlitterten über den vereisten Boden. Mein Magen schlug Saltos, als ich die kahlen Bäume an mir vorbeirasen sah. Für mein Empfinden fuhren wir viel zu schnell, aber was hätte ich schon dagegen unternehmen sollen? Mich beschweren wie ein bockiges Kleinkind? Nein, wirklich nicht. Also versuchte ich mich zu entspannen.

»Weißt du, wir haben Tove Jansson«, sagte der Fahrer so plötzlich in perfektem Englisch, dass ich beinahe einen Herzinfarkt erlitt. Er versuchte sich an klassischem Small Talk, aber ich hatte keine Ahnung, von wem er sprach. Sollte das irgendein Schauspieler sein, von dem man gehört haben musste?

»Du weißt schon«, setzte er nach, »die Schöpferin der Mumins.«

Noch immer hatte ich keinen Schimmer, was der Mann mir damit sagen wollte. Klang ein wenig nach einer finnischen Spezialität. »Was?«

»Na, die Mumins. Die sind auf der ganzen Welt bekannt. Die Amerikaner würden vielleicht sagen, sie sind so etwas wie das finnische ›Hello Kitty‹. Lass das aber hier niemanden hören, die Finnen sind superstolz auf ihre Mumins.«

Dem Klang seiner Stimme nach zu urteilen, war er total euphorisch. Ich hingegen wünschte mir, er wäre einfach wieder still gewesen, anstatt mich mit uninteressanten Informationen zu nerven. Ich lehnte mich zurück und platzierte den Kopf an der kalten, beschlagenen Scheibe.

In dem Moment wurde mir erst wirklich bewusst, was der Mann mir eben offenbart hatte.

»Wir sind in Finnland?«, versuchte ich so überrascht wie möglich zu klingen.

Ihm entfuhr ein Glucksen. »Ich habe gesehen, dass du voller Entsetzen das Flughafenschild angestarrt hast. Wozu sollte ich dir also etwas vormachen? Ich traue dir gerade genug Verstand zu, dass du nicht sofort deine Eltern oder Freundinnen anrufst.« Er hielt einen Moment inne. »Zumal du ohnehin kein Telefon hast.«

»Pah!«, entfuhr es mir lauter als beabsichtigt. »Was fällt Ihnen ein, mich zu beleidigen? Was glauben Sie bitte, wer Sie sind?«

Er warf einen schnellen Blick in den Rückspiegel. Seine durchdringenden bernsteinfarbenen Augen jagten mir einen Schauer über den Rücken und meine Armhärchen stellten sich instinktiv auf. Solch eine Farbe hatte ich noch nie gesehen und ich war mir nicht sicher, ob ich sie mir durch die leicht verdunkelte Scheibe nicht nur eingebildet hatte.

»Shane Bryce. Freut mich dich kennenzulernen.«

Der schelmische Unterton war nicht zu überhören, aber ich biss mir auf die Unterlippe, um ihn nicht mit unzähligen Schimpfwörtern zu belegen. Hatte ich seine Augen eben noch für anziehend gehalten, empfand ich seinen kompletten Charakter mit einem Mal als unausstehlich. Das Schlimmste war allerdings die Tatsache, dass er *meinen* Nachnamen trug.

»Also sind wir …«

»… miteinander verwandt? Ja, ich bin dein Cousin«, schnitt er mir das Wort ab und zwinkerte mir durch den Rückspiegel zu. »Ich freue mich wirklich, dass du bei uns leben wirst, Cora.«

Cora. Cora Bryce.

Ich würde mich vermutlich niemals an diesen grausamen Namen gewöhnen. Das klang für mich eher wie der Name eines Haustiers als der eines Menschen. Aber natürlich war mir keinerlei Mitspracherecht eingeräumt worden, was die Namensfindung betraf. Denn man hatte mir, um der ganzen Zeugenschutzprogramm-Sache das i-Tüpfelchen aufzusetzen, einen braunen Umschlag mitsamt neuer Identität in die Hand gedrückt.

Und mir war mitgeteilt worden, dass zur neuen Identität auch ein neuer Kleidungsstil gehörte. Das hieß, ich hatte mich von meinen schicken Cocktailkleidern, Pumps und Clutches trennen und mich stattdessen in bequeme, warmhaltende Kleidung werfen müssen.

Genau aus diesem Grund trug ich gerade eine gefütterte Hose, Wollsocken, die in zerfledderten Stiefeln steckten, einen dicken Pullover und einen Daunenmantel. Den Schal, die Mütze und die Handschuhe hatte ich in den Stoffbeutel gestopft, den man mir bereits beim Einsteigen in den Privatjet gegeben hatte. Ein Stoffbeutel! Ja, so weit war es bereits gekommen. Ich war nur noch ein bemitleidenswertes Häufchen Elend.

»Hat es dir die Sprache verschlagen?«

»Etwas«, erwiderte ich, da ich nicht zugeben wollte, dass ich mit den Gedanken vollkommen abgeschweift war. »Wieso hast du einen englischen Namen?«

»Wir kommen ursprünglich aus Kentucky. Als ich zehn war, sind meine Eltern allerdings nach Finnland ausgewandert.«

Ein riesiges Fragezeichen musste sich über meinem Kopf formen. Wie konnte man die Vereinigten Staaten von Amerika nur freiwillig verlassen, um hierher zu ziehen? Das konnte ich nicht begreifen.

»Auch wenn du es jetzt noch für unmöglich hältst, am Ende wirst du Finnland nie wieder verlassen wollen«, sprach Shane weiter, so, als hätte er eben einen Blick in meinen Kopf erhaschen können.

»Das glaube ich kaum«, murmelte ich und meinte es auch so. Dieses Land hatte nichts zu bieten, was mein Interesse auch nur im Geringsten erwecken könnte.

Glücklicherweise deutete Shane mein weiteres Schweigen dieses Mal korrekt und ließ mich allein mit meinen Gedanken.

Während wir der verlassenen Straße folgten, blickte ich weiterhin aus dem Fenster. Ein Baum glich dem anderen und ich fragte mich, wie man sich hier ohne Navi orientieren sollte. Wir fuhren an kaum einem Ortsschild vorbei, sondern passierten stattdessen einige gefrorene Felder, auf denen irgendwelche Tiere herumstanden, die ich keines weiteren Blickes würdigte. Wenigstens hatte der Schneesturm mittlerweile halbwegs nachgelassen.

Die Fahrt dauerte nicht sonderlich lange, doch es kam mir wie eine halbe Ewigkeit vor. Schuld war dieses unangenehme Schweigen im Wageninneren. Zwar hatte ich keine große Lust, mich mit Shane zu unterhalten, da er unhöflich und respektlos war, aber er hätte ruhig im Hintergrund Musik laufen lassen können. Und sei es irgendeine finnische Folklore-Band im Radio, Hauptsache Hintergrundgeräusche.

Da ich allerdings nicht mit Shane sprechen wollte, musste ich mich mit der beklemmenden Stille wohl oder übel abfinden. Ich verschränkte die Arme vor der Brust. Nicht nur, um die beleidigte Leberwurst zu spielen, sondern weil die Kälte von draußen durch jeden Spalt hineinkroch und sich langsam durch meinen Daunenmantel biss. Wie konnten die Finnen diese Temperaturen nur aushalten? Zwar wurde es auch bei uns in New Jersey kalt, aber nicht *so kalt*.

Ich kam nicht umhin, mit denen Zähnen zu klappern. Ich hatte versucht es zu unterdrücken, aber mein Körper handelte mittlerweile ohne mein Zutun. Shane schaute in den Rückspiegel. Ohne hinsehen zu müssen, spürte ich seinen mitleidigen Blick auf mir ruhen, doch den konnte er sich getrost dorthin schieben, wo keine

Sonne schien. Ich brauchte kein Mitleid, sondern meine Fußbodenheizung und Pelzmäntel.

Nach einem kurzen Moment lehnte Shane sich etwas nach vorn, um an einem Knopf zu drehen. Augenblicklich pustete mir warme Luft entgegen und ein abartiges Kribbeln durchzog meine Glieder, während sie langsam auftauten. Erst jetzt fiel mir auf, dass mein kompletter Körper bereits zu einem Eisblock gefroren war und nicht nur meine Füße, wie zunächst von mir vermutet.

Hoffentlich durfte ich, sobald wir unser Ziel erreicht hatten, ein heißes, dampfendes Bad nehmen. Anschließend hätte ich mich gern unter einen Pelz vergraben und Winterschlaf gehalten. Schade, dass ich kein Bär war. Verpassen würde ich in dieser Tristesse sicher nichts, wenn ich mich ein paar Monate zur Ruhe begeben würde.

Just in diesem Moment bog Shane nach rechts ab und folgte einem schmalen, vereisten Pfad. Man konnte deutlich die Reifenspuren erkennen, die sich bereits mit dem Boden vermischt hatten. Vermutlich wurde dieser Pfad öfter benutzt, um in die nächstgelegene Stadt zu kommen, wo auch immer sich diese befand. Wir kamen lediglich an wenigen Holzhütten und Farmen vorbei. Gesehen hatte ich sechs Personen. Sechs Personen auf einer Fahrt von etwa fünfundvierzig Minuten. Das war ein erbärmlicher Schnitt, gerade wenn man bedachte, dass das die Anzahl der Personen war, denen ich in der Lobby begegnete, wann immer ich Cam besuchte.

Cam …

Ich hatte in der letzten Zeit keine Gedanken an ihn verschwendet. Wir waren lange ein Paar gewesen, etwas mehr als drei Jahre. Doch er hatte mich hintergangen, mehrere Monate, ohne dass ich es mitbekommen hatte. Schlussendlich war ich draufgekommen, dass beinahe jeder in meinem engeren Bekanntenkreis von seinem Verrat gewusst und niemand es für nötig gehalten hatte, mir – *seiner Freundin* – davon zu erzählen. Das war der Tag gewesen, an dem ich meine Freundesliste radikal gekürzt hatte, sodass nur eine Handvoll übrig geblieben war.

Warum ich gerade jetzt, am anderen Ende der Welt, an ihn denken musste, war mir schleierhaft.

Der Wagen kam mit einem unangenehmen Ruckeln zum Stehen. »Wir sind da«, rief Shane über seine Schulter hinweg und grinste dabei verschwörerisch.

Ich zog die Brauen fragend zusammen und warf einen Blick aus dem Fenster. Hier war nichts. Wollte er mich etwas schon wieder auf den Arm nehmen? Wir konnten nicht am Ziel angekommen sein.

»Okay?«, ließ ich es wie eine Frage klingen, öffnete die Tür und schloss sie augenblicklich wieder, als der eisige Wind mir entgegenpeitschte. Oh, mein Gott, war das arschkalt. Ich hatte nicht geglaubt, dass es einen Fleck auf der Erde geben könnte, der noch kälter war als der kleine Flughafen, an dem wir vor einer Stunde gelandet waren. Da hatte ich mich allerdings getäuscht, denn hier waren es locker zehn Grad weniger – nicht übertrieben! Wie vom Blitz getroffen kramte ich Schal, Mütze und Handschuhe aus dem Stoffbeutel hervor und zog alles über.

Shane schaute mich amüsiert an, grunzte und riss die Fahrertür auf. Zwar trennte uns die Scheibe, diese schützte aber in keinem Fall vor der Kälte, die mich trotz allem auf der Rückbank umschloss. Verdammt, es brachte nichts, mich hier hinten zu verstecken, denn früher oder später würde mich auch hier der Erfrierungstod einholen.

Ich musterte Shane, der mit verschränkten Armen vor dem Auto stand und den Kopf schüttelte. Er trug lediglich einen dünnen Trenchcoat und einen Schal – keine Mütze, keine Handschuhe. Wie war das möglich? Konnte man sich an dieses Wetter gewöhnen, wenn man nur lange genug in solch einem Klima lebte? Das konnte ich mir nicht vorstellen.

Er musste mich für eine kleine Mimose halten. Komischerweise war genau das der Gedanke, der mich dazu brachte, tief durchzuatmen und hinauszutreten, denn wenn ich eines nicht wollte, dann war es Shane diesen Triumph zu gönnen. Ich verkniff mir ein keckes Grinsen, als ich den anerkennenden Ausdruck auf seinem Gesicht sah.

Nun, da wir uns beide im – wenn auch etwas schummrigen – Tageslicht befanden, konnte ich ihn zum ersten Mal wirklich betrachten. Shane war einen Kopf größer als ich, hatte unglaublich breite Schultern und selbst durch den Trenchcoat konnte man sehen, dass er gut gebaut war, als würde er viel Zeit in Sport investieren. Ich erwischte mich dabei zu überlegen, wie er wohl ohne Klamotten aussah, schüttelte diesen Gedanken aber schnell wieder ab.

Seine Augen hatten wirklich diesen güldenen Bernsteinton und seine aschblonden Haare standen wild in sämtliche Himmelsrichtungen ab. Ein dunkler Bartschatten zierte sein markantes Gesicht. Jap, Shane war eindeutig gut aussehend, wenn mich auch seine arg buschigen Augenbrauen störten. Am liebsten würde ich meine Pinzette hervorkramen und sie ihm ordentlich zupfen. Aber wenn man es genau nahm, gab es hier in der Wildnis sicherlich keine junge Frau, die es zu beeindrucken galt.

»Ich habe nichts dagegen, wenn du mich angaffst, aber Wurzeln schlagen wollte ich hier draußen eigentlich nicht«, ermahnte mich Shane und der belustigte Ausdruck machte sich wieder auf seinem Gesicht bemerkbar.

Normalerweise war mir nichts unangenehm, meine Hemmschwelle war äußerst niedrig, aber irgendetwas an ihm machte mich unfassbar nervös.

Die Hitze schoss mir in die Wangen und ich hätte mich am liebsten in Luft aufgelöst. »Dann mal los«, fiepte ich mehr, als dass ich sprach. *Komm schon, Zoey … ich meine Cora.*

Ich musste mich wirklich daran gewöhnen, mein altes Ich abzulegen, aber das dürfte noch eine Weile dauern. War es überhaupt möglich, eine Identität, die man sich über so lange Zeit aufgebaut hatte, einfach zu vergessen … zu überschreiben? Für mich schien es ein Ding der Unmöglichkeit zu sein und im Grunde wollte ich Zoey Hartford auch nicht aufgeben. Sie war reich, klug und beliebt. Sie machte, was immer sie wollte und wann sie es wollte. Sie ließ sich von nichts und niemandem unterkriegen, vor allem nicht von gut aussehenden Kerlen, die in Schnee und Eis beheimatet waren. Ich musste mir eingestehen, dass Zoey mir bereits jetzt fehlte.

Shane lief indes hinter den Wagen, öffnete den Kofferraum und stellte meine Habseligkeiten vor mir ab. Nun ja, es waren nicht *meine* Habseligkeiten, sondern die, die man mir mitgegeben hatte. Ein kleiner Koffer mit ein paar wenigen Wechselklamotten, einem Notizblock mit Stift und neuen Papieren.

Ich schaute das Gepäckstück an und atmete tief durch. Das war sie also – meine neue Identität. Nachdem Shane den Kofferraum wieder geschlossen hatte, stapfte er an mir vorbei. Und mich ließ er einfach stehen.

»Hey, warte! Und wer soll meine Sachen tragen?«, rief ich ihm hinterher.

Ich hörte sein lautes Lachen, tief, durchdringend. »Ich bin nicht dein Butler, Prinzesschen. Hier hat jeder seinen Beitrag zu leisten. Niemand wird von dem jeweils anderen bedient. Also schwing deinen Hintern in Bewegung.«

Seine Worte kamen zwar bei mir an, aber ich begriff nur die Hälfte von dem, was er gesagt hatte. Beitrag leisten? Was meinte Shane damit? Ich hatte keine Zeit, darüber nachzudenken, denn er war schon beinahe über alle Berge und ich stand hier noch immer wie festgewachsen. Ich blickte zum Koffer, dann zu Shane. Er würde nicht wiederkommen, dessen war ich mir sicher. Mit blieb also nichts anderes übrig, als ihm mitsamt Gepäck durch den hohen Schnee zu folgen.

Kapitel 2

Keine Ahnung, weshalb wir so weit abseits des Hauses geparkt hatten. Wir mussten sicherlich noch fünfzehn Minuten laufen, ehe es überhaupt in unser Blickfeld trat. Als ich den Rauch aus dem Schornstein emporsteigen sah, war ich doch etwas überrascht. Und zwar durchaus positiv. Ich hatte nicht damit gerechnet, dass Shane in solch einem großen Haus lebte.

»Warum sind wir nicht einfach bis nach vorn gefahren?«, wollte ich wissen.

Das Gewicht des Koffers ließ mich straucheln. Ich war es nicht gewohnt, meine Sachen selbst zu tragen. Normalerweise war einer unserer Angestellten dabei, dem ich meine Taschen in die Hand drücken konnte. Und auch zu Hause hatten wir jede Menge Bedienstete, die jedwede Aufgabe für mich erledigten. Doch hier war alles ganz anders und ich wusste nicht, wie ich mit dieser Änderung umgehen sollte. So wirklich in den Kram passte sie mir nicht.

Zum ersten Mal, seit wir den Wagen verlassen hatten, blieb Shane stehen, um mich zu ihm aufschließen zu lassen. Vermutlich hatte er keine Lust, gegen den Wind anzubrüllen. Verständlicherweise. Die kalte Luft kratzte und schnürte meine Kehle zu. Jedes Wort tat weh und musste es geschrien werden, war es nur umso schmerzhafter.

Shane wartete ungeduldig, weshalb ich mich beeilte. Denn ich wollte mich auch nicht mit ihm streiten. Allerdings hatte ich mich noch immer nicht an den Ballast in meinen Händen gewöhnt. Unter anderen Umständen hätte der Koffer mich vielleicht nicht gestört, aber aufgrund der Eis- und Schneedecke konnte man ihn nicht hinter sich herziehen.

»Die Tiere hassen die Geräusche«, erklärte Shane als ich neben ihm zum Stehen kam. »Da Dad den Wagen ohnehin gleich benötigt, habe ich ihn weiter abseits geparkt, damit wir nicht andauernd hin- und herfahren müssen.«

Vielleicht hätte mich der Teil mit den Tieren aufhorchen lassen sollen, doch ich hörte etwas vollkommen anderes aus seinen Worten heraus. »Du wohnst noch mit deinen Eltern zusammen?«

»Und du hast nicht bis vor wenigen Tagen noch bei deinen Eltern gewohnt?«

»Das ist etwas völlig anderes«, versuchte ich zu kontern, »ich bin ja auch nicht steinalt.«

Durfte ich nicht bitte einfach im Erdboden versinken? Ich konnte es kaum fassen, dass ich das eben wirklich gesagt hatte. Wie kindisch! Auch Shane schaute mich an, als würde eine Fünfjährige vor ihm stehen. Fehlte nur noch, dass er mir mit erhobenem Finger eine Moralpredigt hielt.

Stattdessen legte er den Kopf in den Nacken und fing inbrünstig an zu lachen. »Wenn man für sein Geld arbeiten muss, dann zehrt das an einem«, sagte er mit einem Augenzwinkern. »Allerdings bin ich gerade erst zwanzig und arbeite im Familienbetrieb meiner Eltern. Denn irgendwann werde ich ihn übernehmen.«

Angewidert verzog ich die Mundwinkel. Arbeiten, urghs! »Und worin genau besteht diese Arbeit?«

Shane breitete grinsend die Arme aus. »Das hier ist mein Job«, sagte er euphorisch.

»Ehm ... auf einem Feld stehen und herumbrüllen?«

»Da hat wohl jemand einen Clown gefrühstückt«, antwortete er schroff. »Dieses Land gehört meiner Familie. Du befindest dich, bereits seit wir aus dem Van gestiegen sind, auf der größten Rentierfarm Lapplands.«

»Rentiere? Wie die Viecher, die den Schlitten von Santa Claus ziehen?«, begann ich und erstickte dabei fast an meinem Lachen. »Du spinnst doch! Und was züchten die anderen Familien? Einhörner?«

Nun legte er den Kopf schief und musterte mich, als käme ich von einem anderen Stern. »Ich hoffe, du scherzt!«

»Das könnte ich auch von dir behaupten. Was auch immer du für Pillen schluckst, du kannst mir gern welche abgeben.«

»Cora ...«, begann Shane, seine Miene plötzlich hart und ernst. »Rentiere sind keine Fabelwesen. Es gibt sie wirklich.«

Ganz plötzlich blieb mir das Lachen im Halse stecken. Ich war mir unsicher, ob er mich veralberte oder ob ich mich gerade zum Volldeppen gemacht hatte.

»Das weiß ich natürlich«, sagte ich daher schnell. »Ich wollte dich nur ein bisschen hochnehmen.«

Shane presste die Lippen fest aufeinander und bedachte mich mit einem äußerst mitleidigen Blick. Dann, ohne ein weiteres Wort zu verlieren, drehte er sich um und lief weiter. Verdammt, es war mein erster Tag hier und schon blamierte ich mich vollends. Konnte es denn noch schlimmer werden?

Ich griff nach meinem Koffer und hob ihn wieder an. Dann trotte ich wie ein getretener Welpe hinter meinem »Cousin« her. Am liebsten hätte ich mich irgendwie verteidigt oder gerechtfertigt. Immerhin gab es solche Tiere meines Wissens nach in New Jersey nicht. Aber ich war mir ziemlich sicher, dass es vollkommen gleich war, was ich sagte, Shane hatte mir ohnehin schon einen Stempel verpasst. Und zwar den der dummen reichen Göre.

Wir kamen dem Haus wenigstens in einem angenehmen Tempo näher und so langsam spürte ich auch die Wärme, die von ihm ausging. Als wir am Eingang angelangt waren, nickte ich anerkennend. Der Stil war zwar etwas altbacken und nicht mehr in der Mode, aber die Größe konnte sich sehen lassen. Sicherlich hatte dieses Gebäude acht Schlafzimmer. Vielleicht konnte ich mich dann doch *etwas* wie zu Hause fühlen.

Als könnte Shane meine Gedanken lesen, zerstörte er meine Träume mit nur einem Satz. »Der Wohnbereich nimmt nur einen kleinen Teil des Hauses ein.«

Nein, nein, nein. Bitte nicht!

»Im hinteren Bereich befinden sich Gastarbeiterunterkünfte und die Stallungen für die Tiere. Ich hoffe, du hast keinen Heuschnupfen.«

Ohne überhaupt eine Antwort abzuwarten, schloss Shane die Tür auf und trat hinein. Sofort strömte mir angenehm warme Luft ins Gesicht und ich spürte, wie meinen müden Knochen langsam wieder Leben eingehaucht wurde. Ich folgte Shane ins Innere und musste leider feststellen, dass es hier doch weitaus altbackener war, als es von außen den Anschein gemacht hatte.

Alles, wirklich alles, bestand aus Holz. Der Boden, die Wände, die Decke, jegliche Möbel. Das machte einen unfassbar erdrückenden Eindruck. Glücklicherweise war in dem schmalen Eingang wenigstens ein kleiner roter Teppich ausgelegt, der leider ebenfalls schon einmal bessere Tage gesehen hatte. Aber immerhin bestand er aus einem augenscheinlich weichen Material.

Es duftete nach Zimt und Nelken, sodass ich augenblicklich in meine Kindheit zurückversetzt wurde. Früher hatten wir oft meine Großmutter in den Bergen besucht. Dort hatte sie für uns stundenlang in der Küche gestanden und Plätzchen jeglicher Art zubereitet, mit denen ich mir mehr als einmal den Magen bis zum Erbrechen vollgeschlagen hatte.

»Shane? Seid ihr das?«, rief eine Frau vom anderen Ende des Flurs.

»Ja!«, entgegnete er, woraufhin schlurfende Schritte ertönten.

Kurz darauf kam eine Frau mittleren Alters um die Ecke. Sie trug eine verschmutzte Schürze und ein Haarnetz. Ihre Wangen waren gerötet und in ihrem Gesicht waren überall Mehlrückstände zu sehen. Mit einem Handtuch wischte sie sich die dreckigen Hände ab und kam vor mir zum Stehen. Sie lächelte mich breit an und reichte mir eine Hand. »Du musst Cora sein!«

Ich ergriff die hoffentlich nun saubere Hand und betrachtete die Frau etwas genauer. Alles an ihrem Anblick schrie *Bedienstete des Hauses*. Und da sie aus der Küche gekommen war, machte meine folgende Äußerung auch Sinn. »Oh, Sie müssen die Köchin sein.«

Shane räusperte sich lautstark und der Dame entglitt jeglicher Ausdruck.

»*Hausherrin* trifft es eher«, erklärte sie sich und ließ abrupt von mir ab. »Ich bin Jennifer Bryce oder für dich Tante Jenny.«

Wow, damit hätte ich nun im Leben nicht gerechnet. Das meinte Shane also, als er gesagt hatte, dass jeder seinen Beitrag leisten musste. »Tut mir leid«, stammelte ich etwas unbeholfen. »Ich hätte nicht damit gerechnet, dass du selbst in der Küche stehst.«

Sie schnalzte mit der Zunge und sah mich skeptisch an. »Also kannst du vermutlich nicht kochen?«

Ich schüttelte den Kopf.

»Putzen? Ställe reinigen? Wäsche machen? Irgendetwas?«

»Ich kann meine Kleidung nach Farben sortieren.«

Shane begann zu prusten, während Tante Jenny sich die Schläfen massierte. »Na schön. Dann müssen wir mit dir wohl bei null anfangen.«

»Oooooder«, ergänzte ich. »Ich gehe einfach auf mein Zimmer und schaue dort Filme.«

»Ich habe dir bereits gesagt, dass hier jeder mit anpackt«, sagte Shane ermahnend. »Das war mein voller Ernst, Cora.«

»Ihr könnt mich zu gar nichts zwingen«, spie ich aus. »Ich will nicht einmal hier sein. Es ist scheißkalt, ich kenne niemanden und ich habe auch keinen Bock zu arbeiten! Also werde ich das auch nicht tun!«

Tante Jenny verschränkte die Arme vor der Brust und machte ein paar Schritte auf mich zu, was kaum möglich schien, da sie mir bereits vorher gegenübergestanden hatte. Sie überragte mich um einen halben Kopf. Irgendetwas an ihrer Erscheinung war einschüchternd, weshalb ich mich instinktiv kleiner machte und mich zu verstecken versuchte.

»Hör mal zu, Fräulein. Du wirst, ob du es willst oder nicht, in der kommenden Zeit unter meinem Dach leben. Wer essen will, muss arbeiten. Ich bin weder dein Babysitter noch deine Putzfrau oder Köchin. Solange du hier bist, wirst auch du dir die Hände schmutzig machen. Ich hoffe, wir haben uns jetzt verstanden.«

Meine Augen brannten und mein Blick wurde glasig. Tränen rannen meinen Wangen hinunter, ohne dass ich sie aufhalten konnte. Erst jetzt wurde mir der Ernst meiner Lage wirklich bewusst. Ich steckte ziemlich in Schwierigkeiten und das hatte ich meinem Dad zu verdanken. Wegen ihm befand ich mich am anderen Ende der Welt in einem Land, das von Eis und Schnee regiert wurde. Wegen ihm konnte ich meine Freunde nicht sehen oder kontaktieren. Wegen ihm war ich in dieser verdammten Holzhütte gefangen, mit einer Frau, die Aschenputtels böser Stiefmutter glich.

Vor meiner Abreise hatte ich mit niemandem sprechen dürfen, niemand durfte wissen, wo ich mich befand und wie lange ich fort sein würde. Wenn ich Glück hatte, dann würde ich bereits in wenigen Tagen oder Wochen zurück nach Hause können. Mit viel Pech musste ich für einen unbestimmten Zeitraum untertauchen. Schon der Gedanke daran ließ mich die Hände zu Fäusten ballen. So weit durfte es nicht kommen. Unter keinen Umständen.

»Zeig ihr, in welchem Zimmer sie die nächste Zeit unterkommen wird«, ordnete Jenny mit einem Kopfnicken an. Dann verschwand sie wieder in der Küche. Ohne zu zögern, griff Shane dieses Mal nach meinem Koffer und ging voran. Er führte mich die schmale hölzerne – welch Wunder! – Treppe hinauf und kam vor einem winzigen Zimmer zum Stehen.

»Scheiße, ihr wollt mich doch verarschen!«, schniefte ich unter Tränen.

Shanes Miene war von Bedauern erfüllt. Der bisher so gesprächige Macho war plötzlich wortkarg. »Ich rufe dich, wenn es Essen gibt. Das Bad liegt direkt auf der anderen Seite des Flurs.«

Zwar hörte ich ihm zu, doch von mir erhielt er keine Antwort. Ich pflanzte mich einfach aufs Bett und ließ meinen Tränen freien Lauf. Erst als ich die Tür quietschend ins Schloss fallen hörte, wagte ich es aufzuatmen.

So ein Mist! Was hatte ich in meinem Leben nur verbrochen, dass das FBI solch einen Ort für mich ausgesucht hatte? Hätte ich nicht einfach in Texas untertauchen können? Musste es wirklich auf der anderen Seite des Atlantiks sein?

Im Grunde war es egal, denn nun war ich hier und konnte an meiner Situation ohnehin nichts mehr ändern. Also schmiegte ich den Kopf ins Kopfkissen, starrte aus dem mickrigen Fenster an der gegenüberliegenden Wand, bis ich schlussendlich wegdämmerte und von einem schöneren Leben als diesem hier träumte.

Kapitel 3

Später am Abend klopfte Shane an meine Tür, doch ich ließ ihn nicht eintreten. Er hätte zwar auch ohne meine Einwilligung einfach hereinkommen können, aber immerhin besaß er genug Anstand, das sein zu lassen und mir stattdessen meinen Freiraum zu gewähren. Nachdem seine Schritte wieder verklungen waren, dämmerte ich erneut weg.

Kurz vor Mitternacht kam Shane wieder und trat, ohne vorher anzuklopfen, ein. Er sagte nichts, aber das war auch nicht nötig, denn ich roch auch so, dass er mir Abendessen vorbeibrachte. Wie auf Kommando begann mein Magen lautstark zu rumoren.

»Ich wusste, dass du Hunger hast«, sagte er und stellte den Teller auf der kleinen Kommode ab, die rechts neben meinem Bett stand.

Behutsam richtete ich mich auf und wischte mir die Rückstände des Schlafs mit dem Handrücken aus den Augen. Diese waren vermutlich verquollen, mein Make-up überall, nur nicht dort, wo es hingehörte, und meine Haare mussten wild zu Berge stehen. Unter anderen Umständen hätte ich mich dafür geschämt, dass Shane mich so sah. Doch heute war mir ausnahmsweise alles egal.

»Danke«, nuschelte ich, während ich die Beine über die Bettkante baumeln ließ und aufstand. Shane hatte sich auf die Matratze gesetzt und beobachtete jede meiner Regungen mit einer Genauigkeit, durch die sich mir die Nackenhärchen aufstellten. »Du darfst jetzt gern wieder gehen«, sagte ich harsch, da mir seine Anwesenheit zuwider war.

»Cora …«, begann er zögerlich. »Ich weiß, das hier ist alles vollkommen neu für dich, aber du wirst dich schnell an dein Leben bei uns gewöhnen.«

»Danke, aber nein danke.«

Er stöhnte leise auf, ehe er fortfuhr. »Du magst das jetzt noch nicht glauben, aber es ist schön hier. Ja, es ist anstrengend, aber wir haben ein großartiges und abwechslungsreiches Leben. Es wird dir bestimmt gefallen.«

»Glaube ich kaum.« Ich hoffte, dass meine kurzen abgehackten Sätze ihm zu verstehen gaben, dass es mich nicht interessierte, was er zu sagen hatte. Doch Shane ließ einfach nicht locker. Eine Eigenschaft an ihm, die mich bereits jetzt nervte.

»Wir hatten einen schlechten Start.«

Was für ein Blitzmerker!

»Aber ich hoffe, dass es uns gelingt, Freunde zu werden.«

Ich verdrehte die Augen. Hier reihte sich ernsthaft ein Klischee ans andere. »Schauen wir mal.«

»Na gut«, sagte Shane und erhob sich endlich von meinem Bett. »Ich habe es versucht. Du könntest mir ruhig etwas entgegenkommen, Cora. Immerhin sitzen wir im selben Boot und müssen uns irgendwie miteinander arrangieren. Ob es uns gefällt oder nicht. Um fünf Uhr komme ich dich wecken. Mach also nicht zu lange.«

Mir klappte die Kinnlade hinunter. Hatte er gerade fünf Uhr gesagt? »Am Abend, hoffe ich stark!«

Bevor er die Tür gänzlich zuzog, streckte er noch einmal seinen Kopf durch den Spalt und grinste. »Nope, am Morgen. Schlaf gut!« Dann verschwand er.

Herrgott, das war in weniger als fünf Stunden. Was machte man bitte um solch eine unmenschliche Uhrzeit? Normalerweise würde ich mich da erst einmal umdrehen und noch einige Stunden schlafen. Niemand war jemals auf die Idee gekommen, vor zehn Uhr überhaupt an meine Tür zu klopfen.

»Wo bin ich nur gelandet?«, flüsterte ich in den Raum hinein, wohl wissend, dass niemand hier war, der mir antworten konnte.

Ich beäugte den Teller, der auf meiner Kommode stand. Braten mit Kartoffeln und Rotkohl. Augenblicklich lief mir das Wasser im Mund zusammen und ich schlang das glücklicherweise noch warme Essen hinunter. Es war ungeheuer köstlich. Kaum zu glauben, dass Jenny so gut kochen konnte. Ob sie eine Ausbildung absolviert hatte? Anders konnte ich mir nicht vorstellen, wie man solch schmackhafte Gerichte zaubern konnte.

Shane hatte mir netterweise auch eine Flasche Wasser vorbeigebracht und sie neben den Teller gestellt. Ich öffnete sie und spülte mit dessen Inhalt auch den letzten Bissen hinunter. Am liebsten hätte ich die Soße vom Teller geleckt, aber auch wenn mich niemand dabei beobachten konnte, war es mir doch zu unangenehm.

Stattdessen stand ich auf und stellte mich ans Fenster. Die Scheibe war beschlagen und als ich sie mit den Fingerspitzen berührte, durchzuckte mich sofort wieder eine eisige Kälte. Ich zeichnete kleine Kreise auf die feuchte Oberfläche und lehnte dabei den Kopf gegen den Fensterrahmen.

Dann schaute ich hinaus und traute meinen Augen nicht. Der Anblick, der sich vor mir auftat, war atemberaubend. Wir hatten eine sternenklare Nacht, sodass Mond und Sterne hell am Himmel leuchteten und den frischen Pulverschnee, der sich überall niedergelassen hatte, glitzern ließen. In der Ferne konnte man die Bäume eines hügeligen Waldes erkennen. Auch die Kronen waren von einem hauchdünnen weißen Film bedeckt, der mich an ein Märchen denken ließ.

Doch das Erstaunlichste konnte ich erst sehen, als ich den Blick noch einmal auf den Himmel lenkte. Denn dieser war vollkommen anders, als ich ihn jemals zuvor erlebt hatte. Vor mir zeichnete sich ein unglaubliches Lichtspektakel ab, wie ich es bisher nur im Fernsehen gesehen hatte. Grüne, gelbe und violette Lichter tanzten am Himmel und ließen ihn so leuchtend erstrahlen, dass es beinahe taghell wirkte.

»Wahnsinn«, hauchte ich gegen die Scheibe, die sogleich wieder beschlug. So etwas Wundervolles hatte ich nicht einmal in meinen schönsten Träumen gesehen. Kaum zu glauben, dass es auf dem Planeten Erde einen so magischen Ort wie diesen geben konnte. Es war, als befände ich mich in einer vollkommen anderen Welt.

Ein wohliges Gefühl durchzuckte mein Herz und ließ es förmlich erblühen. So etwas hatte ich bisher nur als kleines Kind empfunden, wann immer wir bei meiner Großmutter gewesen waren. Und auch wenn ich es mir nicht eingestehen wollte, wusste ich ganz genau, was es bedeutete: *Heimat.* Hier fühle ich mich zu Hause.

Nein!

Schnell schüttelte ich den Kopf, um diesen absurden Gedanken wieder loszuwerden. Allem Anschein nach hatten Shanes Worte sich fester in meinem Schädel verankert, als ich zunächst vermutet hatte. Von wegen, dass ich hier nie mehr weggehen wollte.

Pah, dass ich nicht lache!

Für mich gab es nur eine Heimat: unsere Villa in New Jersey – mit meiner Familie, meinen Freunden und all ihren Bediensteten. Dieses verschneite Ödland würde niemals meine Heimat werden. *Niemals!*

Schnellen Schrittes entfernte ich mich vom Fenster. Vermutlich hatte Shane mir irgendwelche Drogen ins Wasser gemischt. Anders konnte ich nicht erklären, woher dieser Anflug eines wohlig-warmen Gefühls so plötzlich gekommen war. Ich warf mich zurück aufs Bett, kuschelte mich unter die Decke und vergrub meinen Kopf wieder im Kissen.

Ein rascher Blick auf den Wecker verriet mir, dass man mich in viereinhalb Stunden aus dem Bett werfen würde.

Verflucht sei mein Cousin. Daran würde ich mich niemals gewöhnen können. So ein abgehobener Macho sollte in Zukunft Teil meiner Familie sein? Und das ganze Familiengedöns sollten wir zudem auch noch glaubhaft rüberbringen? Das würde niemals geschehen, dessen war ich mir mehr als bewusst.

Der Anflug einer Idee überkam mich. Noch ein letztes Mal stand ich auf und schritt durchs Zimmer. Vor dem Holzschreibtisch blieb ich stehen, zog den eher klapprigen Stuhl hervor und platzierte ihn so vor der Tür, dass man von außen nicht hereinkommen konnte. Sollte Shane morgen früh doch klopfen, bis er schwarz wurde. Ich für meinen Teil würde im Bett bleiben und hoffen, dass all dies lediglich ein böser Traum war. Mit viel Glück würde ich morgen dann zu Hause wieder erwachen.

Ich schlüpfte zurück ins Bett und mit dem Gedanken an Shane und sein wirres Haar schlief ich irgendwann ein. Bernsteinfarbene Augen waren das Letzte, was ich sah, bevor ich endgültig wegdämmerte.

Kapitel 4

»Aufgewacht, Prinzesschen!«, rief Shane bester Laune und klopfte lautstark an meine Zimmertür. Scheinbar würde ich den Spitznamen, den er mir auferlegt hatte, so schnell nicht wieder loswerden.

Na toll!

»Mhm«, brummte ich, nahm das Kissen und drückte es fest auf meinen Kopf. Ich war so schrecklich müde, jeder Knochen in meinem Körper schmerzte, als wäre ich am Tag zuvor einen Marathon gelaufen.

Die Augen zusammenkneifend versuchte ich mich wieder ins Land der Träume zurückzukatapultieren. Aber das Klopfen an der Tür wurde immer aufdringlicher und als Shane die Klinke hinunterdrückte, woraufhin er einige Flüche murmelte, fiel mir wieder ein, dass ich den Eingang von innen versperrt hatte.

»Cora, steh jetzt auf!«

Ich tat ihm nicht den Gefallen, darauf zu reagieren. Alles, was ich wollte, war zu schlafen und in Ruhe gelassen zu werden.

»Scheiße!«, fluchte Shane ein weiteres Mal. Dann hörte ich, dass seine Schritte sich langsam wieder entfernten.

Endlich hatte er begriffen, dass es nichts brachte, mich zu etwas zu drängen, worauf ich keine Lust hatte. Und arbeiten stand da im Moment an oberste Stelle.

Als ich langsam wieder wegdämmerte, vernahm ich lediglich noch leises Stimmengewirr.

Aber mir war es nicht vergönnt, in einen ruhigen Schlaf abzudriften, denn ein unglaublich lautes Poltern und ein Geräusch, das so klang, als würden Tausende Knochen zersplittern, ließen mich hochschrecken.

Ich blinzelte ein paar Mal gegen die Dunkelheit an, die komischerweise nicht mehr ganz so dunkel war. Ein spitzer Schrei entfuhr mir, als ich sah, dass zwei Männer in meinem Zimmer standen und mich mit schief gelegten Köpfen musterten. Einer von ihnen war Shane und bei dem anderen vermutete ich, dass es sich um meinen Onkel handelte, den ich gestern nicht kennengelernt hatte, da ich nach der Auseinandersetzung mit Jenny sofort aufs Zimmer gegangen war.

Die Tür lag zersplittert auf dem Boden und nur die Reste hingen noch in den Angeln. Der Stuhl, der mein Reich eigentlich hätte verriegeln sollen, war durchgebrochen und gegen das Bettgestell geflogen.

»Was stimmt nicht mit euch? Seid ihr verrückt?«, schrie ich und zog mir die Decke bis ans Kinn hoch. Ich hätte auch nackt sein können! Aber von Privatsphäre schien man in diesem Haus nicht viel zu halten.

Ehe einer von ihnen antworten konnte, hörte ich bereits ein weiteres Poltern, dem ein Aufstöhnen und Klacken folgte. Jennys Kopf erschien im Türrahmen. Normalerweise hätte ich mich über die Haube lustig gemacht, die sie allem Anschein nach beim Schlafen trug, und auch das Nachthemd war zum Schießen. Aber all dies tat gerade nichts zur Sache, denn Jenny hielt ein Gewehr in ihrer Hand und in ihren Augen tobte unendlicher Zorn.

»Ahhhhh, verdammte Scheiße!«, entfuhr es mir. Instinktiv verkroch ich mich noch weiter unter der Decke, obwohl diese nicht aus Blei war und einer Gewehrkugel niemals standgehalten hätte.

Dumpfe Schritte kamen auf mich zu und eine Hand riss mir meinen Schutz weg. Shane schaute mich mit einer Mischung aus Sorge und Entsetzen an, seine Brust hob und senkte sich in einem so schnellen Rhythmus, dass er einen Arzt hätte aufsuchen sollen, denn gesund sah das allemal nicht aus.

»Du hast uns einen verdammten Schrecken eingejagt, Cora!«, entfuhr es ihm. »Du kannst nicht einfach deine Tür verriegeln und nicht auf unsere Rufe reagieren! Ist dir bewusst, in was für einer Lage du dich befindest? Dass man es auf deinen Kopf abgesehen hat?«

Shane schnaubte und fuhr sich mit den Händen durch die Haare. Jenny hielt das Gewehr mittlerweile gesenkt und mein Onkel stand mit verschränkten Armen noch immer im Türrahmen.

»Ich kläre das«, sagte der bisher ungesprächige Mann und bedeutete seiner Frau und seinem Sohn mein Zimmer zu verlassen.

Ein ungutes Gefühl breitete sich in meiner Magengegend aus, als ich plötzlich mit diesem fremden Mann mittleren Alters allein war. Seine Stirn hatte er in Falten gelegt und sein dunkles Haar, das mit grauen Strähnen versetzt war, stand ihm wirr vom Kopf ab. Zwar konnte ich seine Augenfarbe nicht erkennen, da lediglich das fahle Licht aus dem Flur zu uns hereinschien, aber ich hätte auf alles schwören können, dass sie im Moment die Farbe der Hölle hatten. Er bedachte mich eines so strengen Blickes, wie ich ihn selbst von meinem Vater nie geerntet hatte.

Ich erschauderte. Diese Familie, ob ich es gern zugab oder nicht, jagte mir eine Heidenangst ein. Nicht nur, dass eine Hausfrau keine Hemmungen hatte, Feinde mit einem Gewehr niederzustrecken, nein, sie alle strahlten so viel Autorität aus, dass man sich einfach fürchten *musste*.

»Wir sollten uns unterhalten«, sagte mein Onkel.

Der warme Klang seiner Stimme überraschte mich dann doch etwas. Ich hatte damit gerechnet, dass sie tief und einnehmend war, aber nicht so ... liebevoll.

Ich brachte lediglich ein Nicken zustande, was er zum Anlass nahm, näher zu treten und sich, wie auch schon Shane am Vorabend, auf meiner Matratze am Bettende niederzulassen. Vorsichtig setzte ich mich etwas auf, um mit ihm auf Augenhöhe zu sein.

»Ich bin übrigens Leon, aber das weißt du vermutlich schon«, begann er. »Immerhin hast du die Unterlagen studiert.«

Ich reagierte nicht. Ja, ich hatte einen Umschlag erhalten, in dem sämtliche Informationen bezüglich meiner neuen Familie und meiner neuen Identität aufgelistet waren, aber glaubte er wirklich, dass ich das durchgelesen hatte? Das waren sicher fünfzig Seiten, dafür würde ich Monate brauchen. Dennoch nickte ich, damit er fortfuhr.

»Sehr gut, dann weißt du ja selbst um den Ernst deiner Lage, Cora. Dein Vater hat sehr gefährliche Männer betrogen, solche, die sich nicht übers Ohr hauen lassen. Deshalb musst du dich unbedingt an unsere Regeln halten.« Leon hielt einen Moment inne und rieb sich den Nasenrücken. Mit einem Mal sah er viel älter aus als noch vor wenigen Augenblicken.

Er war sicherlich ein guter Mensch, mit dem Herz am rechten Fleck, aber das war mir im Grunde egal. Ich wollte nicht hier sein, kein Teil seiner Familie werden, ob für einen begrenzten oder einen längeren Zeitraum. Das hier war nicht ich und so wollte ich auch nicht sein … nicht werden.

»Cora, nicht nur du hast Unterlagen erhalten, sondern auch wir. Wir wissen, dass du, nun ja, etwas schwierig bist. Du kommst aus anderen Verhältnissen und wir werfen dich ins kalte Wasser, ohne dir die Möglichkeit zu geben, dich überhaupt einzuleben.« Er sprach so ruhig und monoton, dass es mir schwerfiel, meine Lider offen zu halten.

Ich versuchte mich an einem Nicken, das mechanisch aussehen musste, wenn ich meinen Gefühlen trauen wollte. Ich fühlte mich wie ein Roboter, der nicht Herr seiner Sinne war und keine eigenen Empfindungen hatte. Genau das hatte man mir angetan. Zwar befand ich mich noch in meinem Körper, doch ich sollte mich verhalten wie eine vollkommen andere Person, sollte mich fügen, mich unterordnen.

Tränen schossen mir in die Augen. Leon presste seine Lippen so fest aufeinander, dass nicht einmal mehr ein Blatt Papier dazwischengepasst hätte. Ich wollte nicht weinen, keine Schwäche zeigen, aber all diese Gefühle übermannten mich mit einem Mal.

Unter anderen Umständen hätte ich einem fremden Mann auch nicht erlaubt sich näher zu mir zu setzen und mich tröstend in den Arm zu nehmen. Doch da Leon wohl zu meiner neuen Familie gehörte, war es okay.

Als ich mich beruhigt hatte, wandte er sich ab. »Richte dich erst mal ein und gewöhn dich an alles«, sagte er. »Und lies die Unterlagen, die man dir gegeben hat. Es ist wirklich wichtig, dass du dir alles merkst, damit deine Rolle glaubhaft ist. Wir leben hier zwar abgeschieden, aber können es nicht vermeiden, auch auf andere Menschen zu treffen.«

Ich nickte schniefend, denn Leon hatte recht. Mir war zwar schon vor diesem Gespräch klar gewesen, dass es ernst sein musste, wenn man mich hierher gebracht hatte, doch ich hatte bisher kaum Zeit gehabt, all die neu gewonnenen Informationen und Erkenntnisse zu verdauen. Und nun waren sie über mich hinweggerollt wie eine riesige Lawine.

»Gut, Kleines. Nun schlaf noch ein bisschen. Wir werden später weiterreden.« Damit erhob er sich von meinem Bett und hinterließ eine plötzliche Kälte, die mich durchzuckte wie ein Blitz.

»Danke«, flüsterte ich, kurz bevor Leon den Raum verließ.

Er warf mir einen müden Blick über die Schulter zu. »Morgen repariere ich die Tür«, waren seine letzten Worte, ehe er aus meinem Blickfeld verschwand.

Es dauerte nicht lange, bevor ich wieder in einen Schlaf glitt, von dem ich hoffte, dass er traumlos sein würde.

Kapitel 5

Die Tage zogen sich wie Kaugummi. Zwar hatte ich mich zunächst noch darüber gefreut, dass Leon mir ein wenig Eingewöhnungszeit eingeräumt hatte, doch mir war bereits nach ein paar Stunden die Decke auf den Kopf gefallen.

Kein Computer, kein Fernseher, kein Handy. Was sollte man in einer medialen Gesellschaft ohne technische Geräte den ganzen Tag machen?

Ich verließ mein Zimmer kaum. Es hätte mir auch nichts gebracht, denn Shane, Jenny und Leon waren meistens irgendwo verstreut am Arbeiten. Ab und zu kam einer von ihnen hoch, um nach mir zu sehen oder mir etwas zu essen zu bringen. Die Familie traf sich täglich um sieben, um zwölf und um achtzehn Uhr unten in der Küche, um gemeinsam zu speisen. Darauf hatte ich allerdings keine Lust, denn ich fühlte mich ihnen nicht zugehörig. Was ich brauchte, war Zeit.

Ich verbrachte die Tage damit, die Unterlagen etwas genauer unter die Lupe zu nehmen, auch wenn es mir zuwider war. Aber ich dachte darin vielleicht einen Anhaltspunkt zu finden, ob es einen Weg gab, aus diesem Schlamassel wieder herauszukommen. Zu meiner Enttäuschung befanden sich darin allerdings fast ausschließlich Steckbriefe und Lebensläufe der Mitglieder der Familie Bryce. Ich hoffte etwas über die kriminelle Bande in Erfahrung bringen zu können, die es auf mich abgesehen hatte.

Doch es war nicht ein Wort über sie in all den Papieren gestanden, lediglich, dass sie gefährlich waren und meinem Vater gedroht hatten mich zu entführen, um Lösegeld zu erpressen. Das hatte man mir aber bereits beim FBI gesagt.

Gerade als ich noch einmal alles überflog, klopfte es an der Tür, die Leon glücklicherweise wie versprochen gleich am nächsten Tag repariert hatte.

Ohne meine Antwort abzuwarten, trat Shane ein und machte sich breit. Er nahm dieses *Familiending* meiner bescheidenen Meinung nach etwas zu ernst. Er ging mir mit seiner Anwesenheit andauernd auf die Nerven, aber das Schlimmste war, dass mein Herz trotzdem jedes Mal schneller schlug, sobald er in meiner Nähe war. Wobei, nein, das Schlimmste war eigentlich, dass er mich noch immer damit aufzog, dass ich nicht gewusst hatte, dass es Rentiere wirklich gab. Aber ich hatte ja bereits damit gerechnet, dass man mir das ewig vorhalten würde.

»Was machst du da?«, fragte Shane und lehnte sich mit vor der Brust verschränkten Armen gegen den kleinen Schreibtisch, dessen Holz unter seinem Gewicht knarzte.

Anstatt zu antworten, schob ich ihm ein paar der Papiere hinüber, ohne den Blick von denen, die vor mir lagen, abzuwenden. Ich hörte das leise Rascheln, als er den Stapel anhob. Dann und wann machte er ein paar zustimmende Laute, während er las. Um nicht laut loszulachen, schob ich mir den Textmarker zwischen die Zähne und kaute darauf herum.

»Was steht da über mich?«

Nun hob ich doch den Kopf und sah Shane zum ersten Mal heute an. Er musste gerade aus der Dusche gekommen sein, denn sein dunkelblondes Haar klebte ihm förmlich am Schädel. Er trug lediglich eine graue Jogginghose und ein schwarzes Tanktop, das seine Armmuskeln hervorragend zur Geltung brachte.

Bei seinem Anblick schossen mir eine Million anzüglicher Gedanken durch den Kopf, die ich sicher nicht über meinen Cousin haben sollte.

Verdammt, warum muss dieser Idiot so lecker aussehen?

»Keine Ahnung, hat mich bisher nicht interessiert«, entgegnete ich mit überraschend fester Stimme und wandte mich dann wieder von ihm ab. Ob er die Lüge in meinen Worten wohl trotzdem erkannt hatte? Denn natürlich waren Shanes Steckbrief und Lebenslauf mitunter das Erste gewesen, was ich mir angeschaut hatte. Seitdem hatte ich die Informationen über ihn immer und immer wieder in mich aufgesogen, bis ich sie im Schlaf hätte hinunterbeten können. Ich war eindeutig ein hoffnungsloser Fall.

Ein zaghaftes Lächeln umspielte Shanes Lippen, sodass sich kleine Grübchen in seinen von dem Dreitagebart bedeckten Wangen bildeten.

»Ich glaube dir kein Wort«, schoss er hervor. »Aber heute bin ich nicht gekommen, um dich aufzuziehen. Auch wenn es nur allzu verlockend ist, da dir schon wieder fast der Sabber aus den Mundwinkeln tropft.«

Augenrollend stöhnte ich auf. Ich konnte spüren, wie sich alles in mir zusammenzog und meine Schwärmerei von eben sich plötzlich in Ekel verwandelte. Eigentlich sollte ich ihm dafür danken, dass er so ein Arschloch war. Denn jedes Mal, wenn Shane den Mund öffnete, fand ich ihn schlagartig doch nicht mehr so heiß.

»Warum bist du dann hier?«, wollte ich wissen.

Er legte eines der Papiere vor mir ab. Als ich sah, um welches es sich handelte, fing ich an heftig den Kopf zu schütteln. »Nein!«

»O doch, Prinzesschen!« Shane grinste mich so höhnisch an, dass ich ihm am liebsten die perfekten Zähne aus der Fresse geschlagen hätte.

Heute stand mir wohl der absolute Albtraum bevor. Jenny hatte mich bereits am zweiten Tag vorgewarnt, dass sie erst noch ein paar Dinge würde besorgen müssen, es dann aber losging. Denn man zwang mich nicht nur dazu, mir eine neue Identität und einen neuen Kleidungsstil anzueignen, nein, ich musste eine Rundumerneuerung vollziehen ... Und heute wollte Jenny mir allem Anschein nach die Haare schneiden und färben.

»Verabschiede dich von deiner goldenen Mähne. Mom wartet bereits.« Ganz der Gentleman streckte Shane mir seinen Arm entgegen, damit ich mich unterhaken konnte. Doch anstatt dieser Geste nachzukommen, stapfte ich an ihm vorbei und ließ ihn so stehen wie er mich am Tag meiner Ankunft.

Wie versprochen saß Jenny unten in der Küche und hatte zahlreiche Utensilien aufgereiht.

»Nimm Platz«, bedeutete sie mir mit einem Kopfnicken und ich tat wie geheißen. Ich hatte in den vergangenen Tagen immer wieder dieses Bild von Cora gesehen und Schweißausbrüche erlitten, wenn ich daran gedacht hatte, dass ich bald so aussehen musste. Es hatte viele Jahre gedauert, mir meine hellen Haare auf solch eine Länge wachsen zu lassen. Ich hatte Tausende Dollar bei meiner Stylistin gelassen, die alles in ihrer Macht Stehende getan hatte, um meine leichten Wellen zu pflegen.

Ich wischte mir die schweißnassen Hände an der Hose ab und schloss die Augen. Ich konnte sie nicht geöffnet halten, während Jenny mir an den Haaren herumschnitt. Zu groß war die Angst, dass ich hinterher fürchterlich aussah.

»Bereit?«, fragte meine Tante.

Ich nickte zwar, aber ich fühlte mich nicht im Geringsten bereit. Denn dies war der letzte und alles entscheidende Schritt, der mich noch von meiner neuen Identität trennte. Und diese Schwelle zu überschreiten machte mir Angst. Mehr, als ich jemals zugegeben hätte.

Ich hörte das mir nur allzu vertraute Geräusch einer Schere, die Haare durchtrennte. Es brauchte lediglich den Bruchteil einer Sekunde, ehe das Gewicht auf meinem Kopf nachließ. Tränen schossen mir in die Augen. Wann hatte ich das letzte Mal so viel geweint wie in den vergangenen Tagen? Ich konnte mich nicht daran erinnern.

Während Tante Jenny an meinen Haaren herumbastelte, sie immer wieder mit Wasser einsprühte und mir schlussendlich eine dickflüssige Substanz mit einem Pinsel draufstrich, summte ich im Kopf meine Lieblingslieder. Dabei wechselte ich zwischen alten Hits der 80er-Jahre und modernen Popsongs.

Glücklicherweise versuchte Jenny nicht ein Gespräch mit mir aufzubauen. Ich hätte vermutlich kein einziges Wort herausbekommen, so starr war ich. Gerade als ich meine Playlist von vorn beginnen wollte, legte meine Tante mir ein Handtuch um die Schultern.

»Wir müssen die Farbe ausspülen«, sagte sie. Widerwillig öffnete ich die Augen, ergriff ihre ausgestreckte Hand und ließ mir hochhelfen. Meine Glieder waren vollkommen verkrampft und schmerzten.

Ich folgte Jenny aus der Küche in das kleine Badezimmer im Erdgeschoss des Hauses. Als wir am Waschbecken vorbei in den hinteren Teil liefen, konnte ich einen kurzen Blick in den Spiegel erhaschen. Das Herz rutschte mir in die Hose, denn ich konnte an Stirn und Schläfe einige Farbrückstände sehen und diese waren deutlich dunkler als auf der Fotografie in meinem Umschlag.

Nicht wieder weinen!

Vermutlich war ich nicht einmal mehr in der Lage, auch nur eine einzige Träne zu vergießen.

Ich ging in die Knie und stützte meine Hände am feuchten Rand der Badewanne ab. Den Kopf ließ ich hineinhängen. Jenny legte das Handtuch auf die Seite und stellte die Wassertemperatur ein. Ein wohliges Gefühl durchzuckte mich, als der warme Strahl auf meinen Hinterkopf prasselte. Meine Augen waren gen Badewannenboden gerichtet, sodass ich das sich dunkel färbende Wasser im Abfluss durch einen kleinen Strudel verschwinden sah. Eine Weile änderte sich die Farbe nicht, doch mit der Zeit wurde das Wasser immer klarer, bis es schlussendlich wieder farblos war.

Wieder half Jenny mir hoch und legte mir ein frisches Handtuch um, mit dem sie meine Haare antrocknete, ehe sie einen Föhn griff und mir die heiße Luft entgegenblies. Mit der anderen Hand zog sie einen Kamm durch meine neu geschnittenen Haare, die mir nicht einmal bis zur Schulter reichten. Ich fühlte, wie die Spitzen an meinem Kinn kitzelten.

Mein Puls raste, mittlerweile nicht nur vor Furcht, sondern ebenfalls vor Nervosität, Aufregung und Euphorie. Das Hämmern intensivierte sich, als Jenny den Föhn endlich ausschaltete und mich zu sich umdrehte. Ihre Augen musterten mich und ein strahlendes Lächeln formte sich um ihre Lippen.

»Sind wir fertig?«, wollte ich wissen. »Wie sehe ich aus?«

»Wunderschön«, hauchte Jenny, packte meinen Arm und zog mich vor den Spiegel, der über dem Waschbecken hing. Schnell schlug ich mir eine Hand vor den Mund, um meinen Schrei zu unterdrücken.

Jenny hatte die sonst unzähmbaren blonden Wellen glatt geföhnt, sodass der kinnlange braune Bob mein markantes Gesicht umschmeichelte. Vorn waren die Haare etwas länger, während sie in meinem Nacken immer kürzer wurden, sodass man sie auch gleich hätte ausrasieren können. Mit den Fingern strich ich mir die Strähnen hinters Ohr und kam nicht umhin ebenfalls zu lächeln.

Jenny betrachtete meine Reaktion aus dem Hintergrund und als sie sah, dass ich durchaus positiv gestimmt war, quietschte auch sie.

»Es gefällt dir!«, jubelte sie und klatschte sich dabei freudig in die Hände.

»Es wird eine Weile dauern, bis ich mich daran gewöhnt habe«, gestand ich, »aber ja, es gefällt mir.«

Und das tat es wirklich. Durch den dunklen Braunton wurden meine hellblauen Augen so stark hervorgehoben, dass sie beinahe weiß wie der Schnee wirkten und sich somit perfekt in das Bild, das draußen vorherrschte, einfügten.

Nichtsdestotrotz war es eine Mischung aus Freude und Trauer, die sich in mir ausbreitete. Denn nun war ich nicht mehr Zoey Hartford – von ihr war nichts geblieben. Nun blieb mir nichts anderes mehr übrig, als mich meiner neuen Rolle zu fügen, meine neue Identität vollends anzunehmen.

Ab jetzt war ich Cora Bryce.

Als ich wieder in meinem Zimmer angekommen war, machte ich es mir auf dem Bett bequem.

***

Am späten Nachmittag kam Shane noch einmal herein und blieb wie angewurzelt stehen, als sein Blick den meinen traf.

Er sagte nichts, sondern schaute mich einfach nur an. Zwar brachte das mein Herz wieder dazu, schneller zu schlagen, aber dieses Mal wollte ich mich nicht wieder zum Volldeppen machen. Ich griff nach einer Packung Taschentücher von meiner Kommode und warf sie Shane zu.

»Was soll ich damit?«, fragte er irritiert.

Ich deutete auf sein Gesicht. »Dir tropft da ein bisschen Sabber aus dem Mund.«

Seine Kinnlade klappe hinunter und sein Blick wanderte voller Verwirrung zwischen mir und den Taschentüchern hin und her. Ich hätte schwören können, dass er peinlich berührt den Kopf einzog. Nun wusste er mal, wie ich mich jeden Tag fühlte, wenn er mir mit seinen blöden Sprüchen kam!

»Wolltest du etwas Bestimmtes oder bist du nur gekommen, um mich anzugaffen?«, legte ich noch einmal nach und lehnte mich grinsend in mein Kopfkissen.

Shane räusperte sich und versuchte seine entgleisten Gesichtszüge wieder an Ort und Stelle zu bringen. »Ich wollte nur daran erinnern, dass ich dich morgen früh für die Arbeit wecken komme. Und dieses Mal wäre es wirklich wundervoll, wenn du die Tür nicht verriegelst.«

»Okay«, erwiderte ich.

Zwar war es alles andere als okay, aber ich genoss es gerade viel zu sehr, den Kampf gewonnen zu haben, als mir das mit einer Diskussion zunichtezumachen.

Kurz dachte ich, Shane wollte noch etwas sagen, aber er entschied sich wohl dagegen. Stattdessen kratzte er sich unbeholfen am Kopf, drehte sich um die eigene Achse, ehe er das Zimmer wieder verließ.

Immerhin bewies mir seine Reaktion, dass Tante Jenny ihre Arbeit gut gemacht hatte und die Frisur mir durchaus stand. Das war eine pure Genugtuung.

Kapitel 6

Shane hatte mich gewarnt, aber wieder einmal hatte ich ihn nicht für voll genommen. Wer konnte auch ahnen, dass er *wirklich* jeden Morgen noch vor dem Sonnenaufgang aufstand, um mit der Arbeit zu beginnen? Und dass mir ab heute dasselbe Schicksal blühte?

Onkel Leon hatte mir eine Woche zur Eingewöhnung gegeben. Eingewöhnt hatte ich mich zwar nicht, mich aber halbwegs mit meinem Schicksal abgefunden. Zumindest mit dem größten Teil davon. Nicht aber damit, mit anzupacken und zu arbeiten.

»Lass mich weiterschlafen, bitte!«, grummelte ich völlig übernächtigt.

»Nichts da!«

Mit einem Ruck war mir nicht mehr warm, sondern eisig kalt. Shane hatte es doch ehrlich gewagt, mir die Decke wegzuziehen! Dieser blöde Idiot, wenn ich ihn in die Finger bekam, dann würde er mir das büßen.

»Ich habe dich gewarnt und dir gesagt, dass ich dich ab sofort um fünf Uhr wecken komme.«

Ich drehte mich langsam auf den Rücken und schenkte ihm den finstersten Blick, zu dem ich mich in der Lage fühlte. Mir fiel auf, dass Shane bereits angezogen und seinen feuchten Haaren nach zu urteilen auch bereits geduscht war. Das hieß, dass er schon seit mindestens einer halben Stunde auf den Beinen sein musste. Wie zur Hölle machte er das? Bestimmt war er ein Vampir und brauchte keinen Schlaf. Ja, eine andere Erklärung konnte es nicht geben.

»Ich gebe dir genau fünf Minuten fürs Duschen. Beeil dich also«, dirigierte Shane mich und kassierte damit gleich den nächsten bösen Blick von mir.

»Das schaffe ich nicht«, brummte ich und meinte es auch so. Ich brauchte schon mindestens eine halbe Stunde, um meine Haare zu waschen und anschließend zu föhnen. Wobei ... Ich griff mir an den Kopf und schlagartig wurde mir wieder bewusst, dass ich kurze Haare hatte. Dennoch stand ich gern auch mal etwas länger unter der Dusche.

Shane tippte die Fußspitze in schnellem Rhythmus auf den Boden. Scheinbar drangen meine Worte nicht zu ihm durch. »Dann muss wohl eine Katzenwäsche genügen«, sagte er und warf mir ein Handtuch zu.

Es gelang mir nur mit Mühe und Not, es überhaupt aufzufangen.

»Ich warte hier.«

Augenrollend schlurfte ich aus dem Zimmer und drehte mich nach rechts. Es gab lediglich zwei weitere Türen neben der meinen und auch wenn ich in den vergangenen Tagen bereits öfter im Bad gewesen war, war es nun eine vollkommen andere Situation. Immerhin befand ich mich noch im Halbschlaf!

Das war vermutlich der Grund, weshalb die erste Tür, die ich öffnete, die falsche war. Dennoch überkam mich die Neugierde, weshalb ich sie einen Spaltbreit öffnete und hineinlinste. Ich konnte im funzeligen Licht ein ordentlich gemachtes Bett sehen, einen Schreibtisch, eine Kommode und einen Kleiderschrank. Somit war dieses Zimmer ähnlich aufgebaut wie meines, nur dass es augenscheinlich ein kleines bisschen größer war.

Ich schlüpfte heimlich hinein und schaute mich um. Auf der Kommode neben dem Bett war eine eingerahmte Fotografie zu sehen, die ich unbedingt näher betrachten wollte. Also schlich ich auf Zehenspitzen näher heran und hoffte, dass mich niemand erwischen würde. Immerhin hasste auch ich es, wenn man in meine Privatsphäre eindrang.

Der Rahmen war silbern und mit einigen Schnörkeln verziert. Eine leichte Staubschicht hatte sich bereits darauf gebildet und ich wischte sie mit dem Daumen fort. Auf dem Bild war Shane zu sehen. Er trug ein Hemd, hatte seine Haare ordentlich nach hinten gekämmt und ein strahlendes Lächeln aufgesetzt. Dieses galt vermutlich der jungen Frau, die er im Arm hielt. Ihr brünettes Haar fiel in sanften Locken über ihre nackten Schultern. Ihr trägerloses Kleid war himmelblau und umschmeichelte ihre Rundungen an genau den richtigen Stellen. Auch sie strahlte bis über beide Ohren, während sie die Hände um Shanes Nacken geschlungen hatte. Die beiden sahen richtig verliebt aus.

»Was glaubst du, was du da tust?«, riss mich Shanes verärgerte Stimme aus den Gedanken.

Schnell stellte ich das Bild zurück an seinen Platz und drehte mich zu ihm um. Er stand im Türrahmen, hatte die Brauen finster zusammengezogen und ich hätte schwören können, dass ihm Rauch aus der Nase und den Ohren schoss. Es war nur allzu deutlich, dass er unglaublich wütend war, und ich konnte es ihm nicht einmal verübeln.

»Äh … es tut mir leid … ehrlich«, stammelte ich. »Ich wollte nicht … ähm … ich …«

Es fiel mir schwer, auch nur einen vernünftigen Satz zustande zu bringen. Ich war in seine Privatsphäre eingedrungen und hatte etwas gesehen, das ich vermutlich nicht hätte sehen sollen. Es tat mir von Herzen leid und ich wusste, dass mein Verhalten unverzeihlich war. Dennoch brachte ich keine passende Entschuldigung über die Lippen.

»Geh jetzt endlich duschen!«, zischte Shane und verschwand wieder aus dem Türrahmen.

Ich drückte das Handtuch gegen meine Brust und schlüpfte mit schnell schlagendem Herz ins Badezimmer und unter die Dusche. Da ich Shane nicht weiter verärgern wollte, machte ich, so schnell ich konnte.

Unser kurzes Aufeinandertreffen hatte mich wenigstens schnell wach werden lassen und das warme Wasser, das nun auf meinen Körper hinunterprasselte, tat sein Übriges. Ich wusch mir in Windeseile den Schweiß der vergangenen Nacht vom Körper und trocknete mich ab. Am liebsten wäre ich noch eine halbe Stunde unter der Brause geblieben, doch ich glaubte, mit Shane war heute nicht gut Kirschen essen. Daher verschob ich meine lange, heiße Dusche notgedrungen auf den Abend.

Ich hatte dummerweise nicht daran gedacht, mir Kleidung mit ins Badezimmer zu nehmen. Hoffentlich war Shane mittlerweile nicht mehr hier, denn ich musste zwangsläufig in mein Zimmer, um mir Klamotten zu holen.

Vor meiner Tür kam ich zum Stehen. Ich presste mein Ohr gegen das kühle Holz und lauschte. Zu hören war nichts, aber wieso sollte er dort drin auch irgendetwas von sich geben? Mein Puls beschleunigte sich noch einmal, ehe ich die Klinke hinunterdrückte und eintrat.

Überraschenderweise war Shane wirklich nicht anzutreffen, was mich vermuten ließ, dass er mir die Missachtung seiner Privatsphäre wirklich übel nahm. Wir mussten ein klärendes Gespräch führen, denn auch wenn ich nicht hier sein wollte und er mir in den letzten sieben Tagen gehörig auf die Nerven gegangen war, mussten wir uns miteinander arrangieren. Das hatte er mir selbst bereits mehrfach gesagt.

Noch eine Weile suchte ich nach passenden Worten, mit denen ich das Gespräch mit Shane würde starten können. Währenddessen kramte ich mich durch den Kleiderschrank, der bis zum Bersten gefüllt war. Leider nicht mit der neuesten Mode. Ich vermutete eher, dass dies die alte und ausrangierte Kleidung von Jenny war.

Ich zog eine hässlich gemusterte Thermohose heraus und rümpfte dabei unwillkürlich die Nase. So etwas hatte vielleicht in den 60er-Jahren mal als chic gegolten. Leider waren auch die anderen Hosen nicht gerade das, was ich als schön bezeichnet hätte. Mir blieb also nichts anderes übrig, als irgendeine anzuziehen. Die Entscheidung fiel mir nicht schwer, denn es gab wenigstens eine schwarze Thermohose, mit der ich jeden der kratzigen Wollpullover kombinieren konnte. Deshalb überlegte ich auch hier nicht lange, sondern nahm den erstbesten. Aber ich zog ihn nicht an, ehe ich mir ein Tanktop und ein T-Shirt auf dem Körper gegönnt hatte. Denn sollte es heute auch nur im Geringsten so kalt sein wie am Tag meiner Ankunft, war der Zwiebellook meine einzige Rettung.

Anerkennend musste ich feststellen, dass Jenny wenigstens an alles gedacht hatte, was ich zum Arbeiten gebrauchen konnte, und auch meine Größe musste man ihr mitgeteilt haben. Denn zahlreiche Winterstiefel in Schuhgröße neununddreißig waren feinsäuberlich am Boden des Kleiderschranks aufgereiht. Ich entschied mich für UGGs, denn diese waren dick gefüttert und würden mir ausreichend Wärme spenden.

Leider hatte ich bisher kein Make-up gefunden und mit ziemlicher Sicherheit war hier keine Drogerie in der Nähe, weshalb ich mir lediglich noch die Haare ordentlich kämmte und dann aus dem Zimmer trat. Von Shane fehlte noch immer jede Spur, aber ich wagte es nicht, noch einmal in sein Reich zu gehen, weshalb ich mich stattdessen für die Treppe nach unten entschied. Da ich nicht wusste, ob Jenny und Leon bereits wach waren, bewegte ich mich durch die Schatten wie ein Ninja.

Leise Geräusche drangen aus der Küche zu mir herüber. Ich versuchte mein Glück.

Shane saß am Küchentisch, der sich in der Mitte des Raumes

befand, und knetete Teig. Als er hörte, wie ich mich näherte, verkrampfte sich sein gesamter Körper, aber von seiner Schüssel hochschauen wollte er offensichtlich nicht. Na großartig, nun konnten wir bereits jetzt nicht mehr miteinander sprechen, geschweige denn einander ansehen.

»Es tut mir leid«, sagte ich und schob mir einen Stuhl zurecht. »Ich weiß nicht, was ich sagen soll. Ungeschehen machen kann ich es nicht. Ich wollte nicht in deine Privatsphäre eindringen.«

»Bist du aber«, fauchte Shane.

»Ich weiß.« Ich faltete meine Hände auf der Tischplatte und schaute das pudrige Mehl an. »Bitte, verzeih mir!«

Es folgte ein unglaublich langes Schweigen. Shane knetete weiter den Teig und vermied es, Blickkontakt mit mir aufzunehmen.

Ich beobachtete ihn beim Arbeiten. Das Muskelspiel seiner Oberarme faszinierte mich. Die kleinen Venen traten hervor, wenn er die Muskeln anspannte. Eine lockige Strähne fiel ihm in die Stirn und wann immer er das mitbekam, pustete er sie fort.

Ich zuckte zusammen, als Shane den Teigklumpen vor mir auf die Tischplatte warf, die unverzüglich unter meinen Fingern zu vibrieren begann.

»Du formst die Brötchen«, wies Shane mich an.

»Was?«

»Teig, Brötchen, formen, du«, wiederholte er, als wäre ich ein Kleinkind.

Blöderweise kam ich mir gerade auch wie eines vor.

Shane stöhnte auf. »Ach, komm. Sag mir nicht, dass dich diese Aufgabe schon überfordert. Du wirst ja wohl wissen, wie ein Brötchen aussieht.«

»Jaha ... natürlich, ich bin ja nicht blöd.«

»Na gut, dann leg los.« Er wartete, beobachtete jede meiner Regungen, aber ich war mir ehrlich nicht sicher, wie ich anfangen sollte. Ich rollte die Ärmel meines Pullovers hoch und streckte die

Hand nach dem Teig aus. »Du willst dir hoffentlich die Hände waschen, bevor du Brötchen knetest.«

»Natürlich«, erwiderte ich und erhob mich, obwohl ich vor ein paar Minuten geduscht hatte. Der Stuhl quietschte bei jeder Bewegung, sodass sich eine Gänsehaut auf meinem Körper ausbreitete. Aus dem Hahn kam nur eiskaltes Wasser.

Wieder am Tisch angekommen, riss ich vorsichtig ein Stück des großen Teigklumpens ab und rollte es in meinen Handflächen. Da dieser nun einer Billardkugel ähnelte, drückte ich ihn ein bisschen platt, damit er eher die Form eines Brötchens annahm.

Joa ... das sah schon mal gar nicht so schlecht aus.

Ich streckte meine Hand aus, um Shane mein Meisterwerk zu präsentieren. Der runzelte jedoch nur die Stirn und schüttelte den Kopf. »Viel zu groß. Das ist Hefeteig, der geht noch auf. Mach sie kleiner!«

Krampfhaft biss ich die Zähne zusammen, um ihm keine Flüche an den Kopf zu werfen. Innerlich sprach ich ein Mantra, um meinen Herzschlag zu verlangsamen und Ruhe zu bewahren. Dann machte ich mich erneut über den Teig her. Aber Shane zufriedenzustellen war wohl ein Ding der Unmöglichkeit.

»Zu klein«, sagte er als Nächstes und konnte sich ein Zucken der Mundwinkel nicht verkneifen. Es musste ihn unglaublich amüsieren, mich leiden zu sehen. Wieder und wieder versuchte ich es, bis Shane schließlich nachgab.

»Hier«, begann er und stellte eine Küchenwaage vor mir ab, »wieg den Teig ab. Ein Brötchen hat etwa 80 Gramm.«

»Danke, dass du mir das nach zwanzig Minuten auch schon sagst«, murmelte ich.

»Irgendwann wirst du ein Gefühl für die Mengen bekommen und brauchst keine Waage mehr.«

Wieder schluckte ich meine bissige Antwort hinunter. Ich hatte Shane heute bereits genug verärgert, daher konnte ich auf eine weitere Konfrontation gut und gern verzichten. Schweigend formte ich ein Brötchen nach dem anderen und legte es auf das Backpapier, das er vor mir ausgebreitet hatte. Als der Teigklumpen endlich fertig war, atmete ich erleichtert auf.

»Wir lassen die Brötchen jetzt noch zwanzig Minuten gehen, schneiden sie dann ein und schieben sie anschließend in den Ofen«, erklärte er mir so langsam, dass ich jedes Wort hätte mitschreiben können.

»Gut.«

Gar nichts war gut. Ich fühlte mich eklig und dreckig und wäre am liebsten gleich wieder in die Dusche gestiegen, um mir jeden noch so kleinen Mehlkrümel von der Haut zu waschen. Aber ich musste nicht einmal nachfragen, um zu wissen, dass es damit noch lange nicht getan war.

Shane würde mich quälen, bis ich ihn auf Knien anflehte, mich von meinem Leid zu erlösen. So lange, bis ich zu heulen anfangen würde. Daran bestand kein Zweifel. Doch diese Genugtuung würde ich ihm nicht geben, sondern mich durchbeißen.

»Was machen wir als Nächstes?«, frage ich mit fester Stimme. »Ich bezweifle stark, dass wir die zwanzig Minuten mit Warten verbringen.«

»Richtig geraten. Folge mir!«

Shane lief voran in Richtung Hinterausgang des Hauses. Bisher hatte ich mir mein neues Heim noch nicht richtig angeguckt, wollte das aber bald nachholen. Immerhin wurde ich gezwungen, die nächsten Wochen, Monate oder gar Jahre hier zu verbringen.

Dem intensiven Geruch nach zu urteilen führte Shane mich direkt in die Stallungen.

Verdammt!

Ich hatte gehofft, dass mir dieses Übel erspart bleiben würde, doch er ging gleich in die Vollen. Als er die Tür aufstieß, umspielte der kühle Wind meinen Körper, sodass ich die Arme instinktiv fester um mich schlang. Eine Jacke hatte ich nicht an, aber noch befanden wir uns nicht im Freien. Stattdessen reihten sich Unmengen an Boxen aneinander.

Als junges Mädchen war ich oft ausgeritten, weshalb mir ein solcher Ort nicht unbekannt war. Dennoch hatte ich noch nie einen so großen Stall gesehen. Es gab drei Gänge, in denen sich jeweils links und rechts etwa zehn Boxen befanden. Leider konnte ich nicht sehen, wie viele Tiere sich in einer befanden, dennoch beeindruckte mich die Menge schon jetzt.

»Die gehören alle euch?«, fragte ich. Ein Hauch Ehrfurcht schwang in meiner Stimme mit.

»O ja«, erwiderte Shane stolz. »Wir hatten einmal mehr. Aber wie jedes Lebewesen müssen auch Rentiere mal sterben.«

Darauf folgten einige Erklärungen, die ich allerdings nur mit halbem Ohr verfolgte, denn ich war viel zu fasziniert von diesem Ort, als dass ich wirklich hätte zuhören können.

Während ich meinen Gedanken nachhing, redete Shane noch immer. Zwischendurch nickte ich, um so zu tun, als würde ich zuhören.

»Verstanden?«, hakte er nach.

»Klar«, gab ich von mir, noch immer zu begeistert, um mehr zu sagen.

»Gut ... dann an die Arbeit!« Shane wedelte mit einer Mistgabel vor meinem Gesicht herum und deutete mit der anderen Hand in Richtung Karren, der am unteren Ende der Stufen stand.

Ich riss meine Augen weit auf. Das meinte er hoffentlich nicht ernst. Schließlich hatte ich mich schon insoweit erniedrigt, dass ich Brötchen kneten musste. Shane konnte nicht wirklich von mir erwarten, dass ich Ställe ausmistete.

»Ich habe nicht den ganzen Tag Zeit«, wiederholte er, nun etwas hartnäckiger.

Mit zittrigen Fingern nahm ich ihm das Werkzeug ab und

betrachtete es eingehend. Ich hatte noch nie eine Mistgabel in der Hand gehalten, sondern sie bisher nur aus der Ferne gesehen. An sich sah sie gar nicht so angsteinflößend aus.

Shane ging einige Schritte weiter und ich folgte ihm, wie ich es schon den ganzen Morgen getan hatte. »Du fängst vorn an und arbeitest dich nach hinten durch«, erläuterte er und deutete auf die erste Pferdebox. Oder nannte man sie in diesem Fall Rentierbox? Keine Ahnung.

»Die Abfälle entsorgst du draußen in den dafür vorgesehenen Tonnen. Sie sind nicht zu übersehen. Hier«, er reichte mir eine überdimensional große Jacke, »zieh die an, damit du dir draußen nicht deinen Hintern abfrierst. Die Handschuhe, die am Geländer hängen, solltest du dir auch überstreifen, denn heute werden es etwa minus 12 Grad.«

»Fahrenheit?!?«

Shane lachte. »Nein, hier in Europa nutzt man die Celsius-Skala. Nur die Briten tanzen manchmal noch aus der Reihe, aber das ist eine andere Geschichte.«

Gott sei Dank! Für einen Moment hatte ich schon das Schlimmste befürchtet. Dann hätte ich nämlich doch noch gestreikt und mich einfach geweigert dort hinauszugehen.

»Ich werde dich jetzt verlassen, aber du schaffst das schon. Oben kümmere ich mich um den Rest. In etwa zwei Stunden gibt es Frühstück, dann hol ich dich.«

»Okay.« Meine Stimme war kaum mehr als ein Flüstern. Zumindest konnte Shane nicht sehen, wie blöd ich mich anstellte, wenn er nicht da war. Ich drehte mich zu ihm um und versuchte mich an einem Lächeln, das aufgrund der Kälte eher einer Grimasse glich.

Er hob beide Daumen an und wünschte mir viel Erfolg, ehe er die Tür zum Haus öffnete. »Ach, Cora?«

»Ja?«

»Rudy hat Durchfall, bei ihm also bitte besonders gründlich sein!«

Mit einem lauten Knall fiel die Tür ins Schloss und all meine Protestrufe wurden im Keim erstickt.

Kapitel 7

Ich wischte meine vor Nervosität schwitzenden Handflächen an der Hose ab. Mein Leben hatte binnen kürzester Zeit eine Wendung eingeschlagen, von der ich ganz und gar nicht begeistert war. Und mit der ich ehrlich gesagt auch niemals gerechnet hätte.

Nun stand ich hier, in Klamotten, die mir nicht nur viel zu groß waren, sondern dazu auch noch aussahen, als kämen sie vom Wühltisch einer Fundgrube. Ich hatte eine Mistgabel in der Hand und sollte gleich sprichwörtlich in Rentierscheiße herumstochern. Und zu allem Übel hatte eines der Tiere auch noch Dünnpfiff – yay!

»Na, dann wollen wir mal«, sagte ich stöhnend.

Je näher ich den Boxen kam, desto intensiver und einnehmender wurde der Geruch. Normalerweise war ich dem Duft von Heu nicht abgeneigt, doch hier roch es wie in einem Streichelzoo. Der Gestank war so beißend, dass er sich in meiner Nase festsetzte und gefühlt jedes sich darin befindende Härchen wegätzte.

Ich zog die Jackenärmel so weit über meine behandschuhten Hände, wie es nur möglich war, um diese dann auf meine Nase zu drücken. Was gäbe ich nur für einen Duftbaum, den ich mir auf die Stirn hätte kleben können. Dieser hätte die Mischung aus Urin, Fäkalien und Stroh wenigstens etwas übertünchen können. Aber nein, nicht mal so ein simples Utensil war mir vergönnt.

Noch einmal atmete ich tief durch, doch nicht so tief, wie ich es gern getan hätte, und riss dann die erste Box auf.

»Ahhhh!« Ich konnte einen Aufschrei nicht unterdrücken, als unerwarteterweise eines der Tiere direkt vor mir stand und mich, auf seinem Bündel Heu herumkauend, aus großen Knopfaugen anstarrte. Es gelang mir gerade noch, das Gleichgewicht zu halten und nicht rücklings auf den Hosenboden zu fallen.

Ich presste eine Hand auf meine sich schnell hebende und senkende Brust. Das Tier starrte mich lediglich verwundert an, scherte sich allerdings nicht weiter um meine Anwesenheit. Die Leckereien, die vor ihm ausgebreitet waren, schienen weitaus interessanter zu sein als mein plötzliches Auftauchen.

Zum Glück handelte es sich nicht um eine wilde Bestie, wie es in meiner Vorstellung der Fall gewesen war. Doch fragte ich mich, ob Shane mich nicht vielleicht auf den Arm genommen hatte. Denn dieser Wiederkäuer sah im Grunde aus wie ein gewöhnlicher Hirsch.

Als hätte er meine Gedanken gelesen, hob er den Kopf und schaute mich erneut verwundert an. Ich meinte sogar, einen Hauch von Empörung in seinem Blick erkennen zu können. Schnell schüttelte ich diesen Gedanken ab. Ein Tier konnte sicher nicht in mein Gehirn blicken und wissen, woran ich dachte. Das war völlig unmöglich.

Wie auf Kommando fing der Hirsch, Pardon, *das Rentier,* an zu schnauben und schüttelte sein Geweih. Ich blinzelte ein paar Mal und tat es ihm dann gleich. Also, ich schüttelte den Kopf, nicht das Geweih.

Ich verschaffte mir einen Überblick über die Arbeit und konnte glücklicherweise feststellen, dass es sich bei dieser Box nicht um die von Rudy handelte. Zumindest konnte ich bei den schummerigen Lichtverhältnissen keinen dünnflüssigen Haufen ausmachen.

Schnell schob ich den Karren neben die Tür und trat ein. Jeder Schritt war mühsamer als der andere. Wenn ich eines nicht wollte, dann war es, in Rentierkacke zu treten. Das Tier beobachtete mich bei der Arbeit, als wäre es ein Aufseher, der Shane und Tante Jenny Bericht erstatten würde. Blödes Vieh, es hätte ruhig helfen können, statt nur herumzustehen und zu gaffen.

Ich warf einen Blick auf das Geschirr, das es trug. Ich kam nicht umhin zu lachen, als ich die kleine Plakette sah, die um seinen Hals baumelte.

Cupid.

War ja klar. Dann war Rudy vermutlich kein Geringerer als Rudolph mit der roten Nase. Ich hatte der Familie Bryce durchaus mehr Kreativität zugetraut.

Dummerweise hatte ich jetzt das Kinderlied von früher im Ohr. Nun ja ... Shane war nicht hier. Und auch Tante Jenny konnte ich nirgends sehen ... Von daher ...

Während ich den Stall nach und nach ausmistete, missbrauchte ich das Werkzeug in meiner Hand als Mikrofon und schmetterte »Rudolph, the Red-Nosed Reindeer« aus vollem Halse, als würde ich mich in einer der vielen Castingshows befinden, die im Fernsehen liefen. Immerhin verging die Arbeit um so vieles schneller, wenn man etwas Spaß dabei hatte.

Und so kam es, dass ich doch tatsächlich binnen kürzester Zeit bereits bei der fünften Box angelangt war. Mittlerweile hatte ich zahlreiche Weihnachtslieder gesungen und allmählich fiel mir kein weiteres ein, weshalb ich meine Playlist wohl von vorn würde beginnen müssen.

Gerade befand ich mich im Refrain von »Jingle Bell Rock«, als mich eine Stimme hinter mir zusammenfahren ließ.

»Du sollst arbeiten und nicht singen!«, ermahnte Shane mich finster.

Ich hatte mich so schnell nach seiner Stimme umgedreht, dass ich mit den Stiefeln irgendwo im Heu hängen geblieben war und das Gleichgewicht verloren hatte.

Kreischend ruderte ich mit den Armen und versuchte mich

irgendwo festzuhalten. Doch das Rentier, das vor mir stand, trat einfach einen Schritt zur Seite, damit ich es bloß nicht anfasste.

Verdammtes Mistvieh!

Ich machte mich schon bereit, unsanft im Dreck zu landen, doch irgendetwas federte und dämpfte meinen Sturz.

Unter mir machte sich ein glitschiges Geräusch bemerkbar. Ich tastete mit meinen Händen nach der Ursache und fasste in etwas Weiches, fast Flüssiges.

Shane brach in schallendes Gelächter aus, das ich mir nicht erklären konnte. Doch als ich mir die Hand vors Gesicht hielt, konnte ich es nicht glauben.

»Ihhhhhhhhh!«, schrie ich, während sich heiße Tränen in meinen Augen sammelten. So schnell es mir irgendwie möglich war, sprang ich auf die Füße, nur um noch einmal wegzurutschen und erneut mit meinem Gesäß in der großen Pfütze von Rudys Kot zu landen. Das Rentier schnaubte gehässig, als würde es mich genauso auslachen, wie Shane es noch immer tat.

Als es mir endlich gelang, mich aufzurichten, warf ich Shane die Mistgabel vor die Füße. »Mach deinen Scheiß doch allein!«

»Dass gerade du von Scheiß redest …«, konterte er, was mich wütend aufstampfen ließ.

Ich rempelte ihn absichtlich mit der Schulter an, was mir vermutlich mehr wehtat als ihm, aber die Genugtuung, ihm meinen Schmerz zu zeigen, wollte ich ihm nicht geben.

Ich konnte es nicht fassen, dass mir so etwas bereits an meinem ersten Arbeitstag passierte. Was hatte das Schicksal nur gegen mich? Oder war ich in einem meiner vergangenen Leben so eine grausame Person gewesen, dass ich es jetzt nicht anders verdiente, als mit dem Hosenboden im Mist zu landen?

Die Tränen rannen in unkontrollierbaren Rinnsalen meine Wange hinunter. Am liebsten hätte ich sie mir weggewischt, aber auch meine Ärmel waren braun verfärbt.

»Hey, bleib doch mal stehen!«, rief Shane mir hinterher, aber ich dachte gar nicht daran, ihm diesen Gefallen zu tun oder gar darauf zu reagieren.

Das veranlasste ihn dazu, mir hinterherzurennen und meinen Namen immer wieder zu rufen. Als ich an der Holztreppe ankam, die mich zurück ins Haus führte, blieb ich abrupt stehen. Nicht, weil ich es wollte, sondern weil mich ein eiskalter Schwall Wasser in den Rücken traf. Zum erneuten Mal schrie ich auf. »Was soll das?«

Langsam drehte ich mich zu Shane um, der mit einem Wasserschlauch direkt auf mich zielte und mich abspritzte. Von oben bis unten war ich tropfnass und zitterte am ganzen Leib.

War dieser Kerl nun total durchgeknallt? Oder was dachte er sich dabei, mich bei den Außentemperaturen so nass zu spitzen?

»Ich lasse dich sicher nicht voller Rentierkacke durchs Haus rennen! Mom würde mich umbringen, wenn sie das wegputzen müsste.«

Shane sagte die Worte mit so einer Selbstverständlichkeit, dass ich nur noch wütender auf ihn wurde. Das würde ich keine weitere Woche aushalten. Mit so einem Dreckskerl konnte ich nicht unter einem Dach leben!

Und was mich noch viel mehr auf die Palme brachte, war die Tatsache, dass er mich noch immer auslachte. Mittlerweile seit geschlagenen fünf Minuten, ohne sich auch nur im Geringsten wieder einzukriegen. Die grunzenden Geräusche, die er immer wieder, wenn er nach Luft schnappte, hervorstieß, ließen mich eher vermuten, dass sein Lachanfall immer schlimmer wurde.

»Du bist so ein verdammter Kotzbrocken!«, schrie ich Shane ins Gesicht.

Wenigstens hatte er mittlerweile den Wasserschlauch abgeschaltet und ließ mich abtropfen. Die Stiefel waren noch immer von einem dunklen braunen Film bedeckt, doch es war schon deutlich besser als noch Minuten zuvor.

Shane lachte weiter und verdrehte die Augen. »Immerhin bin ich nicht wie du, Prinzesschen. Heulst wegen ein bisschen Kacke und Wasser. Ich werde dir noch zeigen, was es heißt, sich die Hände schmutzig zu machen.«

»Träum weiter!« Ich wusste selbst, was für ein billiger und armseliger Konterversuch das war, aber die Wut brodelte in meinem Inneren, sodass ich nicht in der Lage war, einen vernünftigen Satz zustande zu bringen.

»Geh dich umziehen, dann komm wieder runter. Es gibt Frühstück und dann warten noch zahlreiche Boxen auf dich.« Shane zwinkerte mir lässig zu. Und trotz der Tatsache, dass er beinahe schon unverschämt gut aussah, ließ ich mich nicht um den Finger wickeln. Denn sein gutes Aussehen konnte seinen miesen Charakter auch nicht wettmachen.

Ich stapfte die morschen Stufen hoch, öffnete die Tür und ließ sie voller Absicht laut ins Schloss krachen. Vermutlich kümmerte Shane das herzlich wenig, aber trotzdem verschaffte es mir das Gefühl, wenigstens einen kleinen Sieg davongetragen zu haben.

Nachdem ich mich gewaschen und die Kleidung gewechselt hatte, ging ich hinunter, wo ich von dem wohligen Duft gebackener Brötchen und frisch aufgebrühten Kaffees empfangen wurde. Unweigerlich begann mein Magen lautstark zu knurren, je näher ich der Küche kam.

Tante Jenny saß mit Shane an einer Seite des kleinen Esstischs, der mittlerweile mit reichlich Speisen gedeckt war. Mit dem Rücken zu mir saß Leon.

»Morgen«, nuschelte ich, als ich eintrat und neben meinem Onkel Platz nahm. Dieser musterte mich von der Seite voller Skepsis, als wüsste er nicht so recht, was er von meinem Erscheinungsbild halten sollte.

Unsere Blicke trafen sich, als ich mich zu ihm drehte. Seine Mundwinkel zuckten angewidert und seine Nasenflügel bebten, als würde er jeden Augenblick in die Luft gehen. »Es stinkt nach Scheiße«, sagte er trocken, ohne den Blick von mir abzuwenden.

Shane prustete los, wobei er wohl an seinem Stück Brötchen beinahe erstickte, so, wie er zu husten anfing.

»Sehr witzig«, stieß ich schroff hervor.

Shane kriegte sich langsam wieder ein und erklärte seinem Vater die Situation. »Cora ist in Rudys Stall ausgerutscht.«

Leon schaute zu seinem Sohn, dann zu mir. Dabei weiteten sich seine Augen zunehmend, ehe auch er anfing über mich und mein nicht vorhandenes Talent zu lachen.

»Das ist uns allen schon passiert«, versuchte er mich zu beruhigen, doch es funktionierte nicht.

Mittlerweile war ich drauf und dran, mich in den nächsten Flieger zurück in die Staaten zu setzen. Sollten die Verbrecher mich doch holen kommen – das war mir gerade so was von egal. Alles war besser, als mit solchen Menschen an einem Tisch zu sitzen.

»Es wird besser werden«, versicherte Jenny und schenkte mir ein warmes, beinahe mütterliches Lächeln.

Das sorgte dafür, dass ich förmlich spüren konnte, wie mein Herzschlag sich normalisierte. Noch immer taxierte sie mich, so, als würde sie eine Antwort von mir erwarten. Also nickte ich ihr zu.

»Guten Appetit!«, sagte Leon und schenkte mir ein herzliches Lächeln. »Ach, Cora. Wundere dich nicht, wenn der Gestank die nächsten Tage anhält. Ich weiß aus eigener Erfahrung, wie hartnäckig und penetrant der Geruch von Rudys Ausscheidungen sein kann.«

In dieser Situation war es vermutlich alles andere als angebracht, aber ich kam nicht umhin sein herzliches Lächeln zu erwidern. Wir hatten zwar alle einen schlechten Start gehabt, aber vielleicht konnten wir schlussendlich doch noch Freunde werden. Obwohl ich nicht vermutete, dass Shane und ich in der Lage waren, einander so schnell zu vergeben. Nicht einmal zur Weihnachtszeit.

Kapitel 8

Es gab Tage, von denen wünschte man sich, dass sie ewig währten. Doch heute war kein solcher Tag. Nein, ganz im Gegenteil. Heute fühlte sich jede Sekunde an wie eine Woche. Und ich hasste es mit all meinem Sein.

Ich hatte bis in die frühen Abendstunden gebraucht, die Ställe auszumisten. Shane war von meiner Leistung überhaupt nicht beeindruckt gewesen. Aber ich glaubte mittlerweile nicht mehr daran, dass man ihn jemals mit irgendetwas zufriedenstellen konnte. Dazu war er viel zu verbittert.

Ich hatte mein Bestes gegeben, was man mir eigentlich hoch hätte anrechnen müssen, wenn man bedachte, dass ich zum ersten Mal in meinem Leben wirklich gearbeitet hatte. Ja, man konnte durchaus sagen, dass die Rentierboxen nicht hundertprozentig ordentlich waren, aber sie sahen doch besser aus als vorher.

In den nächsten Tagen würden die Ställe meine Hauptaufgabe sein und zwar so lange, bis ich es schaffte, zur Mittagszeit mit ihnen fertig zu sein. Dabei überging Shane meine Empörung gekonnt. Ich wusste nicht, wie ich es jemals hinbekommen sollte, diese Aufgabe fünf Stunden schneller zu erledigen als heute. Schon jetzt war ich komplett ausgelaugt, verschwitzt und einfach durchweg kaputt. Vermutlich würde ich in einen tiefen Dornröschenschlaf fallen, aus dem mich mein Traumprinz erst in einhundert Jahren würde erwecken können.

Seit geschlagenen zehn Minuten war ich damit beschäftigt, den Dreck unter meinen langen Nägeln zu säubern. Der Nagel an meinem rechten Zeigefinger war mir irgendwo zwischen Box zehn und fünfzehn abgebrochen. Auf meine Frage hin, ob es in der Nähe ein Studio gab, das ihn mir reparieren konnte, hatte ich verständnislose Blicke geerntet, nicht nur von Shane, sondern ebenfalls von Jenny. Eine Antwort erhielt ich zwar nicht, aber ich ging einfach davon aus, dass ihr verwirrtes Schweigen so viel wie Nein bedeutete.

Meine ordentlich gefeilten und lackierten Fingernägel waren das Letzte, das mir noch von meinem alten Ich geblieben war. Kurz bevor man mich in das Flugzeug verfrachtet hatte, war ich noch im Studio meiner Lieblingsdesignerin gewesen und hatte mir eine Neumodellage gegönnt. Sobald auch der letzte dieser Nägel abgebrochen war, würde ich vollends zu Cora Bryce werden.

»Bist du bald fertig da drin?«, rief Shane mir zu. Dass er immer noch vor der Badezimmertür stand und darauf wartete, dass ich wieder hinauskam, verblüffte mich. Immerhin war ich schon eine Weile hier drin verschwunden und hatte eigentlich keine Lust, sobald wieder hinauszugehen.

Ein Seufzen konnte ich mir nur schwer verkneifen. »Dauert noch eine Weile.«

»Wenn du einen Haufen legen musst, dann hättest du das auch gleich sagen können!«, erwiderte er und trieb mich damit erneut zur Weißglut.

Egal, was ich sagte, Shane hielt auf eine Weise dagegen, die mich wütend werden ließ. Bisher hatte es in meinem Leben niemand geschafft, so oft ein solches Gefühl in mir hervorzurufen.

»Halt dir Klappe und geh einfach weg!«, schrie ich ihn an und fixierte wieder meinen abgebrochenen Nagel. Zu meiner Verwunderung konnte ich hören, wie seine Schritte sich langsam von der Tür entfernten und in der Ferne verhallten. Wow, so einfach ging es also, ihn loszuwerden. Das musste ich mir für die Zukunft unbedingt merken.

Als ich sicher war, dass Shane nicht mehr da war, verharrte ich noch ein wenig länger im Badezimmer. Ich lehnte mich gegen die Wand und rutschte daran hinunter, bis ich auf den warmen Fliesen saß. Immerhin gab es in beiden Bädern eine Fußbodenheizung, was mich wenigstens ein bisschen darüber hinwegtröstete, mich in dieser weit entfernten Einöde zu befinden.

Am liebsten hätte ich meine Eltern oder meine beste Freundin angerufen, doch weder hatte ich bisher einen Festnetzanschluss im Haus gesehen noch hatte irgendjemand sein Mobiltelefon vor meinen Augen liegen lassen. Es war zum Mäusemelken.

»Ich traue dir gerade genug Verstand zu, dass du nicht sofort deine Eltern oder Freundinnen anrufst …« Mir gingen Shanes Worte vom Tag meiner Anreise durch den Kopf. Ich war gerade einmal sieben Tage hier in Finnland und doch kam es mir bereits wie eine Ewigkeit vor. Eine Ewigkeit, die gut und gern hier und jetzt ihr jähes Ende hätte finden können.

Wenn Shane gewusst hätte, dass mich Heimweh plagte, dann hätte ich mir mit Sicherheit eine Moralpredigt von ihm anhören können. Ich konnte es mir bildlich vorstellen, wie er vor mir stand, die Fäuste in die Hüfte gestemmt, die Muskeln seiner Oberarme angespannt, den Kopf leicht geneigt, sodass ihm eine verschwitzte dunkelblonde Strähne in die Stirn fiel …

Schnell schüttelte ich den Kopf, ehe ich noch Dinge dachte, die ich später bereute. Auch wenn diese nur in meinem Kopf stattfanden. Immerhin war Shane ein Arschloch, wie es im Buche stand. Zudem waren wir, zumindest für alle Außenstehenden, miteinander verwandt. Also durfte ich mir nicht einmal vorstellen, wie es wäre, wenn er seine Arme um mich schließen und mich fest an seinen nackten Oberkörper pressen würde …

Verdammt, reiß dich zusammen!

Da war ich gerade mal wenige Tage keinem anderen männlichen Geschöpf begegnet, ausgenommen den FBI-Agenten und Onkel Leon, und schon hatte ich wirre Gedanken. Vermutlich lag es daran, dass Shane sich nicht von mir beeindrucken und alles stehen und liegen ließ, sobald ich mit dem Finger schnippte. Und vielleicht lag es auch daran, dass er eine verbotene Frucht war. Immerhin wollte man bekanntlich immer die Dinge, die man nicht haben konnte.

»Cora, so langsam reicht es!« Shanes dröhnende Stimme klang alles andere als erfreut.

Schnell richtete ich mich auf und wusch mir ein letztes Mal die Hände. Ein Blick in den Spiegel ließ mich erschrocken einen Satz zurückspringen. Meine Wangen waren gerötet von meinen schmutzigen Gedanken, sodass man mir die Scham augenblicklich im Gesicht ablesen konnte.

»Cora!« Shanes Stimme wurde lauter, durchdringender, weshalb ich seufzend die Tür öffnete und hoffte, dass er mich nicht auf meine Optik ansprechen würde. »Na endlich«, stöhnte er, als ich vor ihn trat.

»Tut mir leid, ich musste meine Nägel verarzten«, versuchte ich zu sagen, ohne dass mir die Worte im Halse stecken blieben.

Shanes Mundwinkel zuckten zwar, aber er sagte nichts weiter, wofür ich ihm dieses Mal ausgesprochen dankbar war.

Er drückte mir eine Jacke in die Hand, die ich entgegennahm, dann lief er voran und ich folgte ihm. »Da ich vermute, dass du noch nicht alle Unterlagen gelesen hast, weißt du sicher nicht, warum wir so viele Rentiere haben, oder?«, fragte Shane über seine Schulter hinweg.

»Zum Schlachten und Essen?«, überlegte ich, woraufhin er schockiert die Augen aufriss.

»Bist du verrückt?«, entgegnete er voller Empörung und Verachtung. »Wir essen unsere Tiere doch nicht. Oder würdest du deinen Hund abmurksen?«

»Natürlich nicht, aber das ist auch etwas vollkommen anderes.« Ich zog die Brauen in die Höhe. »Ein Hund ist ein Haustier und nicht zum Essen gedacht.«

»Tja«, begann Shane, »unsere Rentiere sind auch unsere Haustiere. Wir kümmern uns um sie, streicheln und knuddeln sie, als wären es Hunde. Ich streite nicht ab, dass es auch Rentierfarmer gibt, die das Fleisch der Tiere zum Verkauf anbieten, aber wir gehören nicht dazu.«

»Und wozu habt ihr dann diese riesen Menge?«

Der Versuch, meine Stimme auch nur im Geringsten interessiert klingen zu lassen, scheiterte kläglich. Mit Sicherheit hatte ich die Antwort beim Überfliegen der Papiere gelesen, jedes einzelne Wort zu rekonstruieren gelang mir allerdings nicht. Ich hätte wohl nicht so viel Zeit damit zubringen sollen, Shanes Steckbrief und Foto aufzusaugen wie eine Bekloppte.

Shane grinste mich bis über beide Ohren breit an. »Das zeige ich dir jetzt. Du wirst begeistert sein!«

Daran glaubte ich zwar nicht, aber ich wollte ihm die Hoffnung auch nicht nehmen, in dem ich das laut aussprach. Also spielte ich einfach mit, grinste und tat ganz nervös. Auch wenn ich nichts sehnlicher wollte, als mich endlich unter die wunderbar warme Schafswolldecke zu kuscheln, die Jenny auf mein Zimmer gebracht hatte. Unter ihr würde ich sicherlich schlafen können wie ein Baby.

Shane führte mich an der Küche vorbei.

Na toll!

Also wollte er wieder in die Ställe gehen. Ich hatte genug von dem Geruch nach Heu, Urin und Fäkalien.

Als er die Tür aufriss, drang lautes Stimmengewirr zu mir herüber. Verwundert runzelte ich die Stirn und stellte fest, dass die Ställe voller Menschen waren, überwiegend Paare oder Familien, die die Rentiere betrachteten. Daneben standen Leute, die etwas über die Tiere erzählten und sie nacheinander hinausführten.

»Was geschieht hier?«, fragte ich. Dieses Mal schwang ehrliches Interesse in meiner Stimme mit.

Shane lachte und bat mich ihm zu folgen, was ich wortlos über mich ergehen ließ. Wir liefen an zahlreichen Personen vorbei, die uns keines Blickes würdigten. Sie alle waren auf die Tiere fokussiert. Beim Vorbeigehen fiel mir auf, dass der größte Teil von ihnen Englisch sprach, manche von ihnen gebrochen, wieder andere fließend und ohne Akzent.

»Sind das Touristen?«, wollte ich daher wissen.

»In der Tat«, stimmte Shane mir zu. »Sie alle sind hier, um etwas ganz Besonderes zu erleben. Einen unvergesslichen Winterurlaub vor den Feiertagen.«

Unvergesslich traf es ganz gut. Denn auch wenn Lappland eine Einöde mit nur wenigen Einwohnern war, so versprühte es doch Unmengen an atemberaubender Magie. Doch das war etwas, was ich vor Shane nie im Leben zugeben konnte, denn er würde mich ewig damit aufziehen und mir die Worte vorhalten.

Wir passierten die Menschen und traten durch die Tür des großen Stalls ins Freie. Es war bitterkalt, weshalb ich glücklich über die Handschuhe in meiner Manteltasche war. Noch während ich sie herauszog und überstreifte, sah ich, weshalb all die Menschen den Weg zur Rentierfarm der Familie Bryce auf sich genommen hatten. Ein unwillkürliches Lächeln zeigte sich auf meinem Gesicht und es gelang mir nicht, es zu unterdrücken.

»Ich wusste, dass dir das hier gefällt«, sagte Shane und stieß mich leicht mit dem Ellbogen von der Seite an.

Augenrollend stöhnte ich auf.

So ein selbstgefälliger Idiot!

Aber ich musste ihm immerhin eines lassen: Dieses Mal hatte er vollends ins Schwarze getroffen. Es mochte vielleicht nach außen hin nicht den Anschein machen, aber tief im Inneren verborgen fand sich auch in mir ein junges Mädchen, das die Schönheit der

Natur zu genießen wusste. Und nicht nur das: Ich war auch stets für eine Schlittenfahrt zu haben. Was konnte es Romantischeres geben, als bei Schnee mit seinem Liebsten im Arm auf einem Schlitten zu sitzen, der von Rentieren gezogen wurde? Ich würde alles darauf verwetten, dass man sich dabei fühlte wie der Weihnachtsmann höchstpersönlich.

»Sind die Leute nur deshalb hier?«, fragte ich Shane, der mich von der Seite beobachtete. Augenblicklich schoss mir Hitze in die Wangen. Wie lange er mich wohl angeschaut hatte und was dabei durch seinen Kopf gegangen war?

Nach einem leisen Räuspern nickte er. »Nicht nur. Aber aufgrund unserer Lage so hoch im Norden haben wir immer viele Gäste auf dem Hof. Touristen von überall auf der Welt kommen her, um die Polarlichter zu bestaunen, Schneeschuhwanderungen zu unternehmen oder sich am Abend auf dem Schlitten von Rentieren oder den Huskys durch die Wälder und über die Felder ziehen zu lassen.«

»Das ist unglaublich«, erwiderte ich wahrheitsgemäß. Es erstaunte mich selbst, wie viel Ehrlichkeit in meiner Stimme mitschwang. Ich hatte immer gedacht alles zu haben – ein perfektes Leben mit den perfekten Freunden und dem perfekten Lifestyle. Doch meine Zeit hier in Finnland lehrte mich bereits jetzt, dass es noch so viel mehr Dinge im Leben gab. Und ich war Feuer und Flamme herauszufinden was mich noch erwartete.

Wo zum Teufel kommen diese Gedanken bitte plötzlich her?

Shane schaute mich an, als analysierte er, wie viel Wahrheit wohl in meinen Worten lag. »Ist es in der Tat.«

»Drehen wir auch eine Runde?«

Die Frage war wie aus der Pistole geschossen gekommen. Dabei war mir viel zu spät aufgefallen, was für einen Eindruck das machen musste. Als wollte ich mich Shane aufdrängen.

Hilfesuchend blickte er in die andere Richtung und kratzte sich am von einer Mütze bedeckten Kopf. »Ein anderes Mal«, stammelte er. »Heute sind alle Schlitten reserviert.«

Oh, das hätte ich mir eigentlich auch denken können. Es waren so viele Touristen auf dem Grundstück, dass eine Fahrt sicherlich mit viel Wartezeit verbunden war. Doch vielleicht hatte Shane das auch nur behauptet, um meine Gefühle nicht zu verletzten. Denn ich konnte mir nicht vorstellen, dass er überhaupt eine Fahrt mit mir machen wollte. Verübeln könnte ich es ihm nicht, schließlich hatten wir nicht unbedingt den besten Start gehabt und es gab noch einige Dinge, die wir dringend klären mussten.

»Shane ...«, begann ich zögerlich, während ich mir die passenden Worte zurechtlegte. Er musterte mich mit schief gelegtem Kopf und seiner zusammengezogenen Monobraue, von der ich *wirklich* wollte, dass er sie sich zupfte. Aber das tat gerade nichts zur Sache. »Das heute Morgen ... Es tut mir ehrlich leid.«

Mit der Zunge fuhr er sich über die Lippen. Ich kam nicht umhin, ihn anzustarren. Dann winkte er ab.

»Das ist doch Schnee von vorgestern.«

»Ehrlich?«

Seine Mundwinkel zuckten leicht. »Ja, ehrlich.«

Erleichterung durchflutete mich augenblicklich.

»Und mir tut es leid, dass wir keine Schlittenfahrt machen können, Cora. Ich wollte dir nur zeigen, was es auf der Farm noch so zu erkunden gibt.« Entschuldigend fing er meinen Blick auf, dem ich standhielt.

»Schon in Ordnung«, versicherte ich ihm schnell. »Ist ja nicht so wichtig. Ich dachte nur, wenn wir schon hier sind ... aber egal.«

Am liebsten hätte ich mir eine Ohrfeige verpasst. Ich musste klingen wie ein kleines verknalltes Kind, obwohl das absolut nicht der Fall war. Trotzdem stammelte ich und kriegte keinen vernünftigen Satz zustande.

Noch immer war eine gewisse Hilflosigkeit in Shanes Blick zu erkennen. Hatte ich eben noch gehofft, dass er meine Worte nicht in den falschen Hals bekommen hatte, so war sein Anblick der Beweis für das Gegenteil. »Wollen wir wieder reingehen?« Zwar fror ich nicht, dennoch rieb ich mir die Hände aneinander, als müsste ich mich aufwärmen. Ich wollte nichts sehnlicher, als dieser peinlichen Situation aus dem Weg zu gehen.

Shane nickte schnell. »Klingt gut. Mom und Dad sitzen sicher schon vor dem Kamin und warten auf uns.«

Ich folgte ihm durch den Schnee stapfend und erfreute mich kurzzeitig an den kleinen Watteflöckchen, die vom Himmel rieselten. Wie als Kind legte ich den Kopf in den Nacken, öffnete den Mund und ließ den Schnee auf meiner Zunge schmelzen.

Ein angenehmes Prickeln breitete sich aus, wann immer die Kälte auf meine Körperwärme traf. Ich fühlte mich wieder wie das fünfjährige Mädchen von damals, das mit ihren Eltern im Central Park Schlittschuhlaufen gewesen war. Damals, als es noch andere Dinge in meinem Leben gegeben hatte außer Klamotten, Partys und Jungs. Eine Zeit, die lange vorüber war und mir doch so vorkam, als wäre es erst gestern gewesen.

Mit ausgestreckten Armen drehte ich mich im Kreis, ließ den Wind durch meine Haare streifen, die Schneeflocken mich umschmeicheln. Dieses Gefühl erwärmte mein Herz und ließ mich einen Moment vergessen, wo ich war und weshalb es mich hierher verschlagen hatte.

»Kommst du, Cora?« Ich öffnete die Augen und sah, dass Shane nur wenige Meter von mir entfernt stand und lächelte. Dieses Mal war es ein wirklich ehrliches und wahrhaftiges Lächeln, das seine Augen erreichte und diese zum Strahlen brachte. Die Bernsteinfarbe funkelte wie die Sterne am Nachthimmel und brachte mich förmlich zum Schmelzen. Meine Knie wurden ganz plötzlich zu Wackelpudding und ich konnte das polternde Wummern meines Herzens nicht unterdrücken.

»Klar«, antwortete ich. »Ich komme.«

Ich setzte mich in Bewegung, um zu Shane aufzuschließen. Er reichte mir die Hand und ich war kurz davor, sie zu ergreifen, aber ich zögerte. Shane bemerkte es und zog sie schnell wieder zurück. Und ich meinte zu sehen, wie sich die Hitze in seinen Wangen sammelte. Ich hätte ihn jetzt damit aufziehen können, doch damit würde ich mich auf sein Niveau begeben und das wollte ich nicht. Diesen Ausdruck auf seinem Gesicht zu sehen war mir Freude genug.

Gemeinsam liefen wir zurück zum Haus, wo noch immer zahlreiche Touristen bei den Stallungen standen und darauf warteten, mit dem Schlitten zu fahren. Kinder strahlten übers ganze Gesicht, jubelten und freuten sich auf die folgenden Erlebnisse, Paare standen eng umschlungen im Schnee, flüsterten einander Liebesschwüre ins Ohr und lauschten auf das Klingen der Glocken in der Ferne.

Kapitel 9

Die nächsten Tage verliefen alle nach demselben Schema. Ich wurde früh aus dem Bett geworfen und hinuntergeschickt, um die Ställe auszumisten. Zwar brauchte ich noch immer eine halbe Ewigkeit, doch inzwischen war ich deutlich schneller fertig als noch am ersten Tag.

Zwischen Shane und mir herrschte eine merkwürdige Anspannung. Mittlerweile hatte er aufgehört mich zu ärgern, doch er schien mir aus dem Weg zu gehen, was schlimmer als sein arschiges Benehmen vom Anfang war. Lieber sollte er dumme Kommentare ablassen, anstatt sich mir gegenüber so zu verhalten, wie er es jetzt tat. Ich wusste nicht mal, woran genau das lag. Etwas Falsches hatte ich meines Wissens nach nicht getan. Nach meiner Entschuldigung hatte ich geglaubt, wir würden noch einmal neu anfangen. Aber dem war wohl nicht so.

Heute hatte man mich glücklicherweise in einen verfrühten Feierabend geschickt und so konnte ich die Abendstunden nutzen, um mich endlich etwas auszuruhen. Leider hieß eine Rentierfarm zu besitzen, dass man auch am Wochenende arbeiten musste – also dreihundertfünfundsechzig Tage im Jahr. Es war bemerkenswert, wie viel Verantwortung man zu tragen hatte, und ich musste Jenny und Leon meine Anerkennung dafür aussprechen, dass sie das so gut meisterten. Und Shane natürlich auch.

In meiner Familie lief alles völlig anders ab. Wir saßen nie gemeinsam abends vor dem Kamin, um einander von unserem Tag zu erzählen. Unsere einzige Tradition bestand darin, dass es keine Traditionen gab. Meine Eltern wussten so gut wie nichts über mich. Weder, welche Dinge ich gern tat, noch, womit ich mir die Zeit üblicherweise vertrieb.

Als ich jünger gewesen war, hatte die Sache noch ganz anders ausgesehen. Damals hatten wir vieles gemeinsam unternommen, waren noch eine Familie gewesen. Doch je mehr Zeit ins Land gezogen war, desto sporadischer waren auch diese Ausflüge geworden und desto seltener hatten wir einander gesehen.

Dad hatte den Großteil seiner Zeit in der Firma verbracht und war manchmal tagelang nicht nach Hause gekommen – und niemand hatte gewusst, wo er war oder was er tat. Die anfängliche Sorge war irgendwann gewichen und mein Herz hatte sich stattdessen in einen Eisblock verwandelt. Dasselbe galt für meine Mom, die jeden Tag unterwegs gewesen war und das viele Geld meines Vaters auf den Kopf gehauen hatte. Vermutlich hatte sie versucht damit ihre Einsamkeit in den Griff zu bekommen und sich irgendwie abzulenken. Doch dafür hätte sie auch einfach Zeit mit mir verbringen können, ihrer Tochter.

Ich erinnerte mich noch gut daran, wie ich förmlich darum gebettelt hatte, dass Mom etwas mit mir unternahm. Mein halbes Leben lang hatte ich mir gewünscht, wir hätten ein engeres Verhältnis zueinander gehabt. Ein freundschaftliches, statt ein solch distanziertes. Meine Bemühungen hatten jedoch nichts gebracht. Meine Eltern hatten mir keine Beachtung geschenkt und so hatte ich damit begonnen, mein eigenes Ding durchzuziehen. Natürlich hatte ich all die Freiräume genossen. Trotzdem waren da immer Tage gewesen, an denen ich das Gefühl gehabt hatte, dass es etwas gab, das in meinem Leben fehlte.

Hier bei der Familie Bryce war das ganz anders. Die gemeinsame Zeit war für sie mit das kostbarste Gut, das diese Welt zu bieten hatte, und darum beneidete ich sie. Man konnte sehen und spüren, wie sehr sie einander liebten. Und genau so eine enge Verbundenheit war es, die ich mir immer für meine Familie gewünscht, doch nie erhalten hatte.

Vielleicht konnte ich ein Gefühl der Zugehörigkeit hier erlangen – bei der Familie Bryce. Vielleicht konnte ich zu Cora werden und so die Leere in mir füllen, die mich all die Jahre verfolgt hatte. An diesen Gedanken geklammert driftete ich irgendwann in einen tiefen Schlaf.

***

»Klopf, klopf.«

Shane stand in meinem Zimmer und schaute mich verwirrt an. Vermutlich war er es nicht gewöhnt, dass jemand mit seiner dreckigen Kleidung vom Vortag im Bett lag. Aber ich war so müde gewesen, dass es keine Chance gegeben hatte, ausgiebig zu duschen und mir den Pyjama anzuziehen.

Ich stützte die Ellenbogen auf die Matratze und richtete mich auf. Erst jetzt fiel mir auf, dass Shane bereits vollständig bekleidet war und eine Thermoskanne in der Hand hielt. »Was wird das?«

»Hast du Lust auf einen Ausflug? Ich habe auch Kaffee für uns gekocht.« Er hielt die Kanne hoch, in der Hoffnung, so meine Aufmerksamkeit zu erlangen.

»Wohin soll es gehen?«, hakte ich voller Skepsis nach. »Und müssen wir nicht arbeiten?«

»Wir haben heute ausnahmsweise freibekommen.« Shane presste die Lippen zu einem schmalen Strich zusammen und schüttelte langsam den Kopf. »Deine andere Frage kann ich dir nicht beantworten, das soll eine Überraschung werden. Aber ich kann dir versichern, dass es großartig wird!«

Er klang regelrecht euphorisch. Aber den ganzen Tag im Bett zu liegen und nichts tun zu müssen klang nach einer durchaus verlockenden Alternative. Wenn man schon mal freibekam, dann sollte man das doch auskosten.

»Glaub mir, Cora, du *willst* mitkommen. Außerdem ist es an der Zeit, dass du etwas mehr von Lappland siehst als unsere Farm und die unmittelbare Umgebung.«

Seine Worte ließen mich aufhorchen, sodass ich augenblicklich hellwach und voller Tatendrang war. »Soll das heißen, wir fahren irgendwo hin? So richtig weiter weg?«

»Ja, aber mehr verrate ich dir nicht!« Mit einem imaginären Schlüssel versiegelte er seine Lippen, wodurch Shane mir ein Schmunzeln entlockte.

»Na schön.« Ich sprang vom Bett auf, etwas zu schnell. Es dauerte einen Moment, ehe das Schwindelgefühl wieder erstarb, sodass ich vorsichtig zu meinem Kleiderschrank torkeln konnte.

»Ich warte unten. Beeil dich!«

Mit diesen Worten trat Shane aus meinem Zimmer und ließ mich in der Dunkelheit zurück. Erst jetzt bemerkte ich, wie finster es noch war. Als mein Blick auf den kleinen Wecker auf meinem Nachttisch fiel, konnte ich kaum glauben, dass es erst vier Uhr morgens war. Doch immerhin hatte ich knapp zwölf Stunden geschlafen wie ein Baby. Das hatte ich auch bitternötig gehabt!

Ich griff nach den erstbesten Wechselsachen, darauf bedacht, mir genügend Lagen mitzunehmen, und schlüpfte schnell ins Badezimmer.

Mittlerweile war das Grinsen auf meinem Gesicht wie festgefroren. Zwar wusste ich nicht, wohin Shane mich mitnehmen wollte, aber ich war gespannt darauf, die große weiße Welt dort draußen zu erkunden. Die Farm war wahrlich nicht klein und auch hier gab es vieles zu entdecken.

Beispielsweise hatte ich erst an meinem dritten Arbeitstag das riesige Husky-Gelände bemerkt und mich gefragt, wie mir das hatte entgehen können. Dort gab es zig Hunde, die herumtollten, laut bellten und sich über ihren Auslauf freuten. Jenny war wohl diejenige, die regelmäßig mit ihnen im Wald spielen ging, damit sie sich richtig auspowern konnten. Bisher hatte ich mich aber noch nicht sehr nah an sie herangetraut, da ich Respekt vor so großen und schnellen Hunden hatte. Ich vermutete zwar, dass sie mir nichts tun würden, allerdings war das nichts, was ich provozieren wollte.

Außerdem hatte ich durch Zufall einen kleineren Schuppen hinterm Haus entdeckt. Mir war die Mistgabel abgebrochen gewesen und ich hatte mich auf die Suche nach einer neuen begeben. Als ich die Holztüren geöffnet hatte und zahlreichen Schneemobilen gegenübergestanden war, hatte ich nicht schlecht gestaunt. Am liebsten hätte ich mich auf der Stelle draufgeschwungen und wäre durch den Wald gebrettert. Das hätte mir aber vermutlich riesigen Ärger eingebracht ... und außerdem hatte ich keine Ahnung, wie man ein solches Fahrzeug überhaupt lenkte.

Bisher hatte ich nichtsdestotrotz nirgends hingehen dürfen, was außer Sichtweite lag. Vermutlich traute man mir noch nicht ausreichend über den Weg. Es war nicht so, als hätte ich bislang nicht gefragt. Aber wann immer ich Jenny und Leon darum gebeten hatte, in den Wald zu dürfen, hatten sie die Stirn in Falten gelegt und den Kopf geschüttelt. Dabei hatten sie so ausgesehen, als würden sie mich am liebsten in meinem Zimmer anketten, damit ich keinen Blödsinn machte. Aber das war nicht nötig.

Ja, es war noch nicht allzu lange her, dass ich betont hatte, das Ganze hier zu hassen, aber ich musste zugeben, dass es schlimmere Orte und schlimmere Menschen gab, an die man mich hätte binden können.

Als ich fertig geduscht und angezogen war, hastete ich schnellen Schrittes die laut knarzende Treppe hinunter. Shane wartete in der Küche auf mich. »Bereit?«

»Bereit.« Doch ich hielt einen kurzen Moment inne, als ich die

Lunchpakete sah, die auf dem Tisch lagen. »Wann bist du denn bitte aufgestanden?«

»Mom hat uns das meiste vorbereitet. Ich habe nur noch den Kaffee gekocht«, erklärte er. »Ich weiß doch, dass man vor dem ersten Kaffee am besten gar nicht erst mit dir sprechen sollte.« Ein schelmisches Grinsen legte sich um seine Lippen.

»Ach, halt die Klappe!«, sagte ich, konnte mir ein Lachen aber nicht verkneifen. Als ich eine der Thermoskannen öffnete, strömte mir sofort der Duft von heißem Kaffee in die Nase. Mir lief das Wasser im Mund zusammen. »Sagst du mir jetzt bitte, wo es hingeht?«, fragte ich Shane, als ich den Deckel wieder zuschraubte.

Missmutig betrachtete er mich von der Seite. »Du gibst nicht auf, bis ich es dir sage, oder?«

Es war ihm gelungen, mich binnen kürzester Zeit zu durchschauen. Denn ich konnte wirklich unglaublich quengelig sein. Daher grinste ich breit und sagte: »Nope. Wenn du nicht willst, dass ich dir stundenlang am Rockzipfel hänge und so lange nerve, bis du es mir sagst, dann solltest du mit der Sprache rausrücken.«

Seufzend rieb Shane sich sie Schläfen. »Dabei dachte ich immer, ihr Frauen liebt Überraschungen.«

»Wenn du mir etwas Goldenes oder Funkelndes schenken möchtest, dann lasse ich mich gern überraschen.«

Shanes Mundwinkel zuckten. »Na schön«, gab er schließlich nach. »Wir statten dem Weihnachtsmann einen Besuch ab.«

»Haha, sehr witzig.« Ich rollte die Augen. Warum wollten mich eigentlich andauernd alle auf den Arm nehmen, seit ich in Finnland war? Jeder schien zu glauben, ich wäre völlig verblödet.

Shane schüttelte kaum merklich den Kopf. »Das ist kein Witz. Der Weihnachtsmann lebt in Rovaniemi. Hast du ihm als Kind nie einen Wunschzettel geschrieben?«

»Das war gar nicht nötig. Ich habe ohnehin alles bekommen, was ich haben wollte«, erwiderte ich und verschränkte die Arme vor der Brust.

»Und wer hat dir die Geschenke unter den Baum gelegt?«

»Unsere Bediensteten natürlich.«

»Das ist das Traurigste, was ich seit Langem gehört habe.« Shane presste die Lippen fest zusammen und schaute mich völlig entsetzt an. »Du willst mir also wirklich sagen, dass du nie an den Weihnachtsmann geglaubt hast? Du hast nie versucht so lange wie möglich wach zu bleiben, um ihn abzufangen? Hast ihm nie Milch und Kekse zur Stärkung rausgestellt? Hast nie–«

»Es reicht jetzt«, unterbrach ich ihn schroff. Ja, vielleicht hatte ich keine so glückliche Kindheit wie manch anderer gehabt. Aber immerhin hatte ich nie auf irgendetwas verzichten müssen. Ich war schon immer mit haufenweise Geschenken überschüttet worden, die mich wenigstens für einen kurzen Augenblick über die Tatsache, dass ich auf mich allein gestellt war, hinweggetröstet hatten.

Ich spürte, wie sich Tränen in meinen Augen sammelten. Scheiße, wenn ich eines nicht wollte, dann war das jetzt loszuheulen. Vor allem nicht so vollkommen grundlos. Ich war doch zu einer wundervollen jungen Frau herangewachsen, ich war beliebt, hatte enge Freunde, viel Geld ...

Ja, und wo hatte mich das alles hingebracht? Genau, nirgendwohin. Geld allein machte nicht glücklich. Beliebt sein war eine Farce. Und von meinen sogenannten Freunden sollte ich gar nicht erst anfangen.

»Geht es dir gut?«, fragte Shane sichtlich bestürzt.

»Ja, natürlich. Lass uns abhauen.« Ich setzte ein strahlendes Lächeln auf. Eines, das in den vergangenen neunzehn Jahren jeden davon überzeugt hatte, dass es mir gut ging. Aber Shane war nicht »jeder«. Er sah, dass es nur Fassade war. Dennoch hatte er den Anstand, mich nicht zu einem Gespräch zu drängen.

Ich war so bescheuert. Wirklich. Ich hatte nie, wirklich nie viele Gedanken an tiefgründigere Dinge verschwendet, sondern mein Leben gelebt und es in vollen Zügen genossen. So grüblerisch wie in den letzten Tagen war ich noch nie gewesen. Und ich war mir auch nicht sicher, ob mir diese Seite meiner Persönlichkeit überhaupt gefiel. Sachen totzudenken brachte einen schließlich auch nicht weiter.

Schweigend folgte ich Shane hinaus. Eigentlich hatte ich damit gerechnet, dass wir nach hinten zu den Stallungen gehen würden, doch heute nutzten wir die normale Eingangstür. Vor dem Haus stand der Wagen von Leon schon bereit.

»Wie weit ist es denn bis zum ...«, ich ließ mir das Wort regelrecht auf der Zunge zergehen, »Weihnachtsmann?«

»Mach dich ruhig lustig«, entgegnete Shane. »Ich werde ein Foto von dir auf Santas Schoß schießen und es dir in Posterformat ins Zimmer hängen, damit du immer eine Erinnerung an diesen Tag hast.«

Noch immer war ich mir nicht sicher, ob er mich auf den Arm nehmen wollte oder nicht. Shane war aufgrund seines dauerhaft sarkastischen Untertons unfassbar schwer zu durchschauen. Was vermutlich einer der Gründe war, weshalb ich mich so hingezogen zu ihm fühlte.

Das letzte Mal, dass ich in diesem Auto Platz genommen hatte, war an dem Tag meiner Ankunft gewesen. Ich erinnerte mich noch genau daran, wie ich auf der Rückbank gesessen hatte und beleidigt gewesen war, dass man mich an den Arsch der Welt in die Kälte verfrachtet hatte.

Wie sehr man seine Meinung doch binnen weniger Wochen ändern konnte. Und zwar nicht nur im Hinblick auf Orte, sondern auch auf Menschen, bemerkte ich, als ich Shane einen Seitenblick zuwarf und ihn eingehend betrachtete. Meine Gedanken waren wieder dabei abzudriften, weshalb ich mir auf die Unterlippe biss und kopfschüttelnd in den Wagen stieg.

Kapitel 10

»Wie war das noch gleich mit dem finnischen ›Hello Kitty‹?«, sagte ich, als ich mich auf den Beifahrersitz setzte.

Shane schaute entgeistert. »Du meinst die Mumins.«

»Genau«, sagte ich lachend, um das Eis zu brechen. »Ich weiß immer noch nicht, was das ist.«

»Stimmt. Ich zeige dir nachher welche. In Rovaniemi kriegt man beinahe alles, was auch nur im Geringsten touristisch angehaucht ist.«

Ich lehnte mich zurück und ließ mir die warme Luft ins Gesicht pusten, kaum hatte Shane den Motor gestartet. Das leise Summen des Wageninneren und die ruhigen Klänge des leicht aufgedrehten Radios sorgten dafür, dass ich binnen Minuten wegdöste.

***

»Hey, Cora.«

»Ja?« Es war Shanes ruhige Stimme, die mich hochschrecken ließ. Es dauerte einen Moment, ehe ich die Orientierung wiederfand und mich daran erinnerte, dass wir im Auto saßen, um dem Weihnachtsmann einen Besuch abzustatten. *Dass ich nicht lache!* »Wie lange war ich weg?«

Vorhin war es definitiv stockduster gewesen, während es jetzt draußen leicht dämmrig war. Man konnte hinter den verschneiten Baumwipfeln das rot schimmernde Licht der aufgehenden Sonne sehen. Wie es alles um uns herum zum Glitzern und Funkeln brachte, als würden wir durch ein Meer von Diamanten und Edelsteinen segeln ...

Shane lachte. »Mehr als zwei Stunden.«

»Was?« Ich sollte wirklich so lange in dieser unbequemen Position geschlafen haben und das, nachdem ich bereits den ganzen letzten Abend und die Nacht verschlafen hatte? Ich fühlte mich so gerädert, als hätte ich die Augen eben bloß ein paar Minuten geschlossen gehabt.

»Wir sind in etwas mehr als einer Stunde da. Aber ich dachte, du willst vielleicht vorher etwas essen.« Just in diesem Moment fing mein Magen schmerzhaft an zu knurren. Seit dem gestrigen Mittagessen hatte ich nichts mehr zu mir genommen. »Sag ich ja.«

»Danke.« Ich griff in den Fußraum, wo die Thermoskannen und Lunchpakete verstaut waren, und reichte auch Shane eine Tüte. Darin befanden sich belegte Brote, Schokoriegel und klein geschnittenes Obst. Jenny war eine Mutter, wie sie im Buche stand, und hatte an ausnahmslos alles gedacht, was wir benötigen konnten.

»Also braucht man fast vier Stunden zum Weihnachtsmann?«, fragte ich schmatzend, als ich mir einen Apfelschnitz in den Mund schob.

»Genau, deshalb mussten wir so früh los. Wir fahren heute Abend auch gleich zurück.«

»Wieso schlafen wir nicht bei Santa? Seine helfenden Elfen haben doch sicher ein gemütliches Stübchen«, erwiderte ich grinsend und vor Sarkasmus triefend.

»Wir haben morgen früh viel zu tun.«

Es dauerte nicht mehr lange, bis wir an einem Ortsschild vorbeifuhren, auf dem in großen Lettern stand, dass wir Rovaniemi in zehn Kilometern erreichen würden. Zwar war ich noch immer nicht überzeugt davon, dass der Weihnachtsmann dort lebte, nichtsdestotrotz freute ich mich über den Ausflug. Das Koffein hatte mittlerweile seine volle Wirkung entfacht, sodass ich mich fit genug fühlte, um in den Tag zu starten und auf Erkundungsreise zu gehen.

»Willkommen in der Hauptstadt Lapplands«, sagte Shane euphorisch, kaum dass die ersten schneebedeckten Häuserdächer in Sichtweite kamen. Ich war irgendwie enttäuscht. Keine Ahnung, was ich erwartet hatte, aber nicht das, was sich vor uns auftat. Die Stadt sah ziemlich gewöhnlich aus, versprühte keine Magie, so, wie es in meiner Fantasie der Fall gewesen war.

»Kein Grund, enttäuscht zu sein. Santa Claus Village liegt etwas außerhalb der Stadt. Oder denkst du wirklich, er lebt dicht an dicht mit Normalsterblichen?«

Langsam befürchtete ich, dass Shane geisteskrank war. Er konnte mit Anfang zwanzig doch nicht wirklich an solche Kindermärchen glauben. Ob ich ihm die Illusion nehmen und erklären sollte, dass der Weihnachtsmann, wie wir ihn heute kannten, eine Erfindung von Coca Cola war? Oder würde ihn das in ein tiefes Loch stürzen? Konnte ich das riskieren?

Auf Shanes Lippen lag ein siegessicheres Lächeln. Als glaubte er fest daran, mich nun vollends überzeugt zu haben. Er wusste nicht, dass das genaue Gegenteil der Fall war. Armes Bürschchen.

Er drosselte die Geschwindigkeit, als er die Grenze zur Stadt überquerte und durch die vereisten zweispurigen Straßen fuhr. Wir folgten der Hauptstraße einige Minuten. Zunächst reihten sich einige Mehrfamilienhäuser, überwiegend aus rotem Backstein mit Flachdächern, aneinander. In manchen der Häuser befanden sich im Erdgeschoss Läden, wie kleine Galerien, Waschsalons und Apotheken. Ein paar Querstraßen weiter kamen wir an einem großen Parkplatz vorbei, auf dessen anderer Seite sich ein kleines McDonalds befand. Wie gern würde ich gerade einen McMuffin mit Speck und Spiegelei verdrücken, aber ich traute mich nicht, Shane danach zu fragen, vor allem nicht, da wir gerade ausgiebig gefrühstückt hatten. Man hatte mir sämtliche Kreditkarten genommen und ich lebte quasi von Luft und Liebe.

Leider schien es zwischen Shane und mir keine telepathische Verbindung zu geben, denn er fuhr einfach weiter. Als wir an der Ampel stehen blieben, konnte ich das Schild sehen, das mir sagte, dass wir uns auf einer Straße namens »Poromiehentie« befanden. Merkwürdiger Name. Aber das konnte ich mittlerweile unter der Kategorie »typisch finnisch« verbuchen.

Neben einer Einkaufspassage lenkte Shane den Wagen in ein halb offenes Parkhaus. »Ich bin gleich zurück, kannst du hier warten?«, fragte er mich.

»Kann ich nicht mitkommen?« So lange hatte ich keine Mall mehr von innen gesehen und auch wenn diese hier den Anschein erweckte, ziemlich erbärmlich im Gegensatz zu den Einkaufsmöglichkeiten in New York zu sein, war das doch die perfekte Gelegenheit, endlich wieder zumindest ein bisschen Heimatgefühle im mir zu erwecken.

Doch Shane schüttelte vehement mit dem Kopf. »Es ist besser, du bleibst im Wagen. Ich muss nur ein paar Erledigungen für Mom machen.«

Widerstand war eindeutig zwecklos, weshalb ich zwar einwilligte, aber in keiner Weise glücklich über diese Entscheidung war. Allerdings blieb mir ohnehin nichts anderes übrig, als mich Shanes Willen zu beugen. Klar hätte ich das Auto verlassen und selbst die Gegend erkunden können. Da ich mich in dieser Stadt aber nicht auskannte, hätte ich mich nur verlaufen. Darauf hatte ich auch keine Lust. Also wartete ich.

Es dauerte auch nicht lange, da kam Shane mit einer großen Tüte zurück, die er in den Kofferraum beförderte.

Als er wieder auf dem Fahrersitz Platz genommen hatte, schaute ich ihn mit großen Augen an und wartete auf eine Erklärung, diese blieb aber aus. Stattdessen fuhr er wieder auf die Hauptstraße und den Weg, den wir gekommen waren, zurück.

»Was ist mit dem Weihnachtsmann? Wollten wir ihm nicht einen Besuch abstatten?«

Shane grinste. »Klar, wir fahren jetzt zu ihm. Ich musste nur erst in die Stadt. Erinnerst du dich, als wir vorhin am Flughafen vorbeigefahren sind?« Als ich nickte, fuhr er fort. »Da in der Nähe ist Santa Claus Village.«

Ich stöhnte laut auf und verdrehte die Augen. Das war sicher wieder eine halbe Stunde Autofahrt zurück. Aber nun gut, so hatte ich wenigstens einen kurzen Blick auf die berühmt berüchtigte Hauptstadt Lapplands werfen können.

Als wir Rovaniemi den Rücken kehrten und der Schnellstraße über eine Brücke folgten, begann Shane mit der Stimme eines Touristenführers zu erzählen.

»Der Fluss, den wir gerade überqueren, nennt sich Kemijoki. Er ist mit etwa 550 Kilometern der längste Fluss Finnlands und mündet in die Ostsee.«

Ich lehnte mich etwas weiter nach rechts, um einen besseren Blick aus dem Fenster erhaschen zu können. Der Fluss war beinahe gänzlich zugefroren und mit einem hauchdünnen weißen Film bedeckt. Durch die Sonne, die noch immer nicht komplett aufgegangen war, sah es aus, als würde der Fluss in Flammen stehen. Ein einzigartiges und atemberaubendes Lichtspiel, das sich vor uns auftat.

Normalerweise interessierte ich mich nicht für die Geschichte anderer Länder, aber Shane strahlte so viel Begeisterung aus, dass diese auf mich überging und ich davon angesteckt wurde.

Deshalb erwischte ich mich auch dabei, Fragen zu stellen. »Und welche Stadt ist das hier jetzt?« Ich deutete aus dem Fenster. Wir hatten gerade den zweiten Flussabschnitt überquert, nachdem wir etwa fünf Minuten durch ein Waldgebiet gefahren waren.

Das Grinsen auf Shanes Gesicht wurde breiter. »Das gehört alles noch zu Rovaniemi. Die lappische Hauptstadt ist, wie du wissen musst, die flächenmäßig größte Stadt Europas. Vorhin waren wir im Zentrum und gerade fahren wir durch den Ortsteil Ounasjoki.«

Mir entfuhr ein leises »Wow!«.

Nie hatte ich damit gerechnet, dass die Stadt so groß war. In meiner Vorstellung waren London oder Paris um so vieles größer, was vielleicht daran liegen mochte, dass diese beiden Städte deutlich dichter besiedelt waren.

Noch eine Weile folgten wir der Straße und ich versuchte so viele neu gewonnen Eindrücke wie möglich in mich aufzunehmen. Es war immer wieder erstaunlich, wie unterschiedlich zwei Länder sein konnten.

Finnland war zu den USA komplett gegensätzlich. Ich befand mich nicht nur auf einem fremden Kontinent, zwischen dem und Amerika ein ganzer Ozean lag, sondern ich fühlte mich wie auf einem anderen Planeten, in einer anderen Welt. Einer Welt, die so viel magischer war als alles, was ich bisher gesehen und erlebt hatte.

»Gleich heißt es: ›Welcome to Santa Claus Village!‹«, rief Shane aus und deutete in die Ferne. Ich folgte seinem ausgestreckten Finger mit den Augen und ertappte mich dabei, wie mir die Kinnlade herunterklappte.

Kapitel 11

Wie in Zeitlupe riss ich meine Augen auf, um das, was sich vor uns auftat, in mich aufzunehmen. Freudig quietschend klatschte ich in die Hände wie ein kleines Kind an seinem Geburtstag. Hatte sich vorhin noch Enttäuschung in mir ausgebreitet, war das Dorf, das wir gerade ansteuerten, genau so, wie ich mir Rovaniemi vorgestellt hatte.

Shane folgte dem Straßenverlauf und bog gegenüber einer Tankstelle auf einen Parkplatz ein. Ich ließ ihn nicht mal den Motor ausstellen, bevor ich aus dem Wagen sprang.

Anstatt mich aufzuhalten, lachte Shane, schüttelte den Kopf und folgte mir, nachdem er die Tür zugeschlagen hatte. »Warte doch!«, hörte ich ihn noch rufen, ignorierte aber die Worte.

Ich befand mich mit beiden Beinen in einem waschechten Winterwunderland. So einem, wie man es sonst nur in irgendwelchen kitschigen Weihnachtsfilmen oder Bilderbüchern zu sehen bekam.

Direkt vor meiner Nase stand eine längliche Holzhütte. Sie hatte lediglich eine Etage, so wie sämtliche Gebäude, die ich im Dorf auf den ersten Blick ausmachen konnte. Einzig vom Eingangsbereich aus ragte eine Turmspitze gen Himmel mit einem Zimmer direkt unter dem Strohdach.

Vor der Hütte leuchteten unzählige Christbäume. Sie alle waren mit Hunderten funkelnden Kugeln geschmückt und mit Lichterkette verziert worden und hatten eine sternförmige Spitze. Der Eingang wurde von einem Schneemann bewacht, der größer war als alle Schneemänner, die ich in meinem bisherigen Leben gesehen hatte. Irgendjemand hatte ihm einen gehäkelten Schal umgelegt und einen Hut aufgesetzt, bei dem es mich wunderte, dass dieser dem heftigen Wind standhielt.

»Das ist das Christmas House. Darin befindet sich ein Restaurant, in dem es ein köstliches Lunchbuffet zum Mittag gibt«, sagte Shane, als er zu mir aufgeschlossen hatte und meinen Blick bemerkte. »Dort findet sich auch eine kleine Ausstellung. Aber ich schlage vor, wir drehen erst eine Runde.«

Ich nickte unbewusst, während Shane vorausging und ich ihm staunend folgte. Der vereiste Pfad vor uns war links und rechts von quadratischen Laternen mit Steinsockeln gesäumt. Ihre Lichter waren zartorange und strahlten unglaublich viel Wärme aus. Ich fühlte mich direkt, als würde ich am knisternden Kaminfeuer sitzen.

»Hier links ist das kleine Hotel und das Three Elves Restaurant«, erklärte er weiter, ehe er einen Bogen um das hölzerne Gebäude machte. »Und da vorn ist das Büro des Weihnachtsmanns. Schräg gegenüber befindet sich das Hauptpostamt.«

»Können wir da hin?«, quengelte ich und zog Shane an seiner dunklen Jacke. Kleine Grübchen zierten seine Wangen. Ja, Weihnachten und der Winter generell verwandelten mich in ein kleines Kind. *Na und?*

Gerade als ich auf das nächstbeste Gebäude zustürmen wollte, hielt Shane mich fest. »Warte!«

»Warum denn?«

Er lachte, was vermutlich meinem kindischen Verhalten zuzuschreiben war. Aber ich war mir keiner Schuld bewusst! Wir standen direkt neben einem großen Weihnachtsbaum und vor einer Reihe von Laternen. Zahlreiche Menschen hatten sich breitbeinig zwischen ihnen versammelt und schossen Fotos. Mit zusammengekniffenen Brauen beäugte ich das Schauspiel, auf das ich mir keinen Reim machen konnte.

»Lies, was auf den Laternen steht«, sagte Shane, als er bemerkte, dass ich nicht wusste, was hier vor sich ging.

In den roten Stein waren in der Tat Buchstaben eingelassen, welche sogar von hinten durch LEDs beleuchtet wurden. »Arctic Circle«, las ich leise vor.

»Genau!«, entfuhr es Shane. »Wenn du dich breitbeinig hinstellst, dann befindest du dich an zwei Orten gleichzeitig. Sowohl südlich als auch nördlich des Polarkreises.«

Das war der Wahnsinn. Dass es so etwas gab, hätte ich niemals für möglich gehalten, und doch stand ich nun an genau so einem Ort. Doch der Augenblick wurde getrübt durch den Gedanken daran, dass ich keine Kamera hatte, um den Moment festzuhalten. Wie gern ich eine Erinnerung gehabt hätte, damit mein Zimmer wenigstens ein bisschen nach mir aussah. Die Einrichtung war noch genau die gleiche wie beim Tag meines Einzugs, auch wenn dieser mittlerweile mehrere Wochen in der Vergangenheit lag. Nie war ich gefragt worden, ob es etwas gab, das ich an dem Zimmer hätte ändern wollen, und ich hatte nicht den Mut aufgebracht, Jenny oder Leon selbst darauf anzusprechen.

»Ist alles in Ordnung?« Shane musste meine plötzlichen Stimmungsschwankungen bemerkt haben, so schlagartig, wie ich von euphorisch zu traurig übergegangen war.

»Ja … nein …«, nuschelte ich und zupfte an der Strippe, die an der Kapuze meiner Jacke baumelte.

»Du kannst mit mir reden.« Sacht legte er die Hand auf meine Schulter und lächelte mich aufmunternd an.

Ich seufzte, fasste mir ein Herz und erzählte Shane, was los war. Doch anstatt, dass dieser einen mitfühlenden Blick auflegte, kräuselten sich seine Lippen. Es machte mich wütend, dass er mein Gefühlsleben belächelte, als wäre es vollkommen bescheuert. Aber kurz darauf wurde mir bewusst, dass er keineswegs über mich lachte.

Mit einer schnellen Handbewegung zog Shane sein Smartphone aus der Jackentasche. Es war das erste Mal, dass ich sein Handy überhaupt zu Gesicht bekam. Vermutlich hatte er es vor mir versteckt, damit ich nicht auf die dumme Idee kam, zu Hause anzurufen. Wobei das Display ohnehin gesperrt war und ich mich mit dem Hacken technischer Geräte nicht auskannte. Im Gegensatz zu meinem Dad …

»Los, stell dich hin!«, forderte Shane mich auf. Das ließ ich mir kein zweites Mal sagen. Ich tat es den anderen Besuchern von Santa Claus Village nach und positionierte einen Fuß nördlich und einen Fuß südlich des Polarkreises. Dabei wedelte ich mit meinen Armen herum, lachte und erfreute mich der Fotosession, die mich an frühere Zeiten erinnerte.

Irgendwann wandte Shane sich an die Dame, die neben ihm stand und Bilder von ihrer Tochter schoss. Sie sprachen kurz miteinander, aber ich konnte die Worte nicht verstehen. Dann nickte sie lächelnd und Shane drückte ihr das Handy in die Hand. Mit drei großen Schritten joggte er auf mich zu, stellte sich hinter mich und legte seine Hände um meine Taille.

Die Berührung kam so plötzlich, dass mir sämtliche Gesichtsfarbe entglitt. Die Frau zog die Brauen zusammen und schüttelte energisch den Kopf. Ich versuchte meine Züge und den gesamten Körper zu entspannen. Wir stellten uns in verschiedene Positionen, schauten einander mal an, mal in die Kamera, so lange, bis die Dame ihren Daumen in die Höhe reckte und uns zu sich heranwinkte.

Erleichtert atmete ich auf, als Shane endlich von mir abließ. Einerseits wollte ich, dass seine Hände weiterhin auf meinem Körper ruhten und diesen erforschten, andererseits wusste ich, wie falsch das war. Schon daran zu denken war falsch.

Die Frau reichte Shane das Telefon und er scrollte durch die Bilder. Auf den ersten Fotos sah man mir die Anspannung nur allzu deutlich an, ich wirkte verkrampft und schaute in die Linse, als hätte ich einen Geist gesehen. Auf den Folgebildern jedoch, sahen wir glücklich aus, beinahe … verliebt.

Die beiden wechselten ein paar Worte auf Finnisch. Als Shane etwas sagte, rümpfte die Dame die Nase und stapfte zu ihrer Tochter und davon.

»Was war das denn?«, wollte ich wissen.

»Sie meinte, wir wären ein süßes Paar, und als ich ihr erklärte, dass wir Cousin und Cousine sind, empfand sie das wohl als abstoßend«, sagte er schulterzuckend.

Mir trieben diese Worte die Schamesröte in die Wangen. Ich konnte ihren Gedankengang nachvollziehen, denn eines der Bilder war auch mir besonders ins Auge gestoßen. Wir schauten hinter einer der Laternen hervor, Shane die Arme fest um mich geschlungen. Er blickte zu mir herunter, ich zu ihm hoch und wir beide lächelten. Es war kein zaghaftes Lächeln, wie es bei Familienmitgliedern der Fall war, sondern ein strahlendes. So, als wären wir die Sonne des jeweils anderen, der Mittelpunkt unserer Welt. Als gäbe es nur ihn und nur mich und sonst niemanden.

Dass man bei so einem Foto auf falsche Gedanken kommen konnte, wunderte mich nicht.

Schon allein dieses Bild zu betrachten beschleunigte meinen Puls und ließ meine Gedanken ziemlich unsittliche Szenarien abspielen.

»Danke«, sagte ich an Shane gewandt. »Es bedeutet mir viel, ein paar Erinnerungen zu haben.«

»Gern, ich werde dir die Bilder bei Gelegenheit ausdrucken.«

Er führte mich weiter durch das Dorf des Weihnachtsmanns, über den Platz im Zentrum, vorbei an Souvenirläden und einem Süßigkeitengeschäft, das schon beim Vorbeigehen nach Karies roch. Wir drehten eine große Runde, folgten dabei dem Straßenverlauf, bis wir wieder beim Christmas House ankamen.

Je später es wurde, desto zahlreicher wurden die Besucher, die sich hier kurz vor den Feiertagen versammelten. Die Touristen bestanden zum größten Teil aus Familien, die ihren Kindern das Fest der Liebe näherbrachten. Man konnte sogar Mrs Claus in ihrem Cottage besuchen, zu den Elfen in den Streichelzoo gehen oder sich im nahe gelegenen Santa Park von Weihnachtswichteln bespaßen lassen. Ein bisschen war es hier wie im Disneyland für Weihnachtsfans.

***

Am frühen Nachmittag begann mein Magen schrecklich zu knurren. Die Sandwiches, die Jenny uns eingepackt hatte, waren bereits vertilgt und wir hatten nur noch etwas Obst übrig. Mir gelüstete es allerdings nach etwas Warmem.

»Komm, lass uns noch schnell zum Lunchbuffet gehen, bevor es abgeräumt wird«, sagte Shane, griff nach meiner behandschuhten Hand und zog mich mit sich. Erst als wir durch die Tür gingen und mein ganzer Körper kribbelte, wurde mir wirklich bewusst, wie sehr ich in den vergangenen Stunden gefroren hatte. Doch wir hatten so viel Spaß gehabt, dass ich keinen Gedanken an die Kälte verschwendet, sondern mich auf unseren Ausflug konzentriert hatte.

Shane und mir wurde ein kleiner Zweiertisch an einem der wenigen Fenster zugeteilt.

Im Inneren des rustikalen Restaurants war es brechend voll. Beinahe jeder Tisch war belegt und die Gäste, die nach uns kamen, wurden angewiesen zu warten oder eine der anderen Gaststätten des Dorfs aufzusuchen. Da dieser Ort relativ touristisch angehaucht war, sprach man hier überwiegend Englisch, weshalb auch ich hier und da ein paar Sätze aufschnappte. Wenn ich mich auch sehr auf die Worte konzentrieren musste, da die meisten Mitarbeiter in Santa Claus Village einen starken Akzent hatten.

»Möchtest du auch einen weißen Glühwein?«, fragte Shane, als er bei der Kellnerin bestellte.

Mit hochgezogenen Brauen musterte ich ihn. »Du musst uns noch nach Hause fahren.«

»Wir brechen erst in einigen Stunden auf, bis dahin ist der Alkohol wieder aus meinem Blut«, versicherte er lächelnd.

»Na schön«, schnaubte ich und wandte mich der Kellnerin zu. »Ich nehme auch gern einen weißen Glühwein.«

Ich hatte bisher lediglich roten getrunken, daher war ich gespannt, wie mir der weiße schmecken würde. Shane erklärte ihr, dass wir vom Buffet essen wollten, und bezahlte auch gleich Speisen und Getränkte.

Die Europäer hatten merkwürdiges Geld. Ihre Scheine waren alle unterschiedlich groß und verschiedenfarbig, beinahe so wie Spielgeld. Warum man irgendwo mit buntem Papier bezahlte, war mir schleierhaft.

Als Shane sein Wechselgeld einsteckte, ließ er sein Portemonnaie noch offen vor sich liegen. Dann griff er nach ein paar blauen Scheinen und schob sie mir über den Tisch. »Was soll ich damit?«

»Dir irgendetwas kaufen«, schlug er vor. »Du arbeitest immerhin auf der Farm, dir steht also Bezahlung zu. Nur gibt es bei uns im Ort nichts, wo du hättest Geld ausgeben können. Vielleicht findest du hier in den Souvenirläden etwas, das dir gefällt und womit du dir dein Zimmer etwas heimeliger einrichten kannst.« Ein warmherziges Lächeln umschmeichelte seine Züge.

Zögerlich griff ich über den Tisch und nach den feinsäuberlich darauf platzierten Geldscheinen. Sie fühlten sich merkwürdig in meiner Hand an. Ich war noch nie ein Mensch gewesen, der oft mit Bargeld bezahlte. Normalerweise brauchte ich nur Dads Kreditkarte zu zücken, mit der ich alle Rechnungen beglich.

»Danke«, flüsterte ich, faltete die Scheine in der Mitte zusammen und schob sie mir in die Jackentasche. Diese hatte glücklicherweise einen Reißverschluss, den ich verschließen und so sicherstellen konnte, dass ich das Geld unterwegs nicht verlor. Ich war mir ehrlich gesagt nicht mal sicher, ob es viel war. Zählen wollte ich es am Tisch nicht. Und auch wenn ich es gezählt hätte, kannte ich den Wechselkurs von Dollar und Euro nicht. Zudem hatte ich mir nie Gedanken um Geld gemacht und konnte nicht einschätzen, was teuer und was günstig war.

Ziemlich peinlich, wenn ich genauer darüber nachdachte. Und nicht nur peinlich, sondern ebenso egoistisch. Mein Leben lang hatte ich kaum einen Gedanken an andere Menschen verschwendet geschweige denn daran, wie schwer es manche hatten, genug Geld zu verdienen, um über die Runden zu kommen. Tja, so war das, wenn man selbst alles in den Arsch geblasen bekam, ohne jemals darüber nachdenken zu müssen.

Instinktiv glitten meine Gedanken zu meinem Dad. Was er wohl getan hatte? Und wen er verärgert hatte? Um mich zu schützen, hatte man mir sämtliche Informationen in diese Richtung vorenthalten. Allerdings war ich mir ziemlich sicher, dass mein Vater ein Betrüger war und das Geld, mit dem ich fröhlich um mich geworfen hatte, nicht das seine gewesen war. Ich wollte auch gar nicht wissen, wen genau er eigentlich bestohlen und wer es auf mich abgesehen hatte. Mit Sicherheit waren es irgendwelche Mafiosi, mit denen man sich unter keinen Umständen anlegen wollte.

Die Kellnerin kam zurück an den Tisch und stellte den Glühwein vor uns ab. Dieser wurde, wie hätte es auch anders sein sollen, in kleinen Keramikstiefeln serviert.

Nachdem Shane sich am Buffet bedient hatte, stapelte auch ich mir sämtliche Speisen auf den Teller. Das Buffet war reichhaltig – es gab Salate, Fleisch und Fisch, Soßen und Desserts. Und dazu roch es auch noch himmlisch. Am liebsten hätte ich mich von A bis Z durchgefuttert, aber ich wusste, dass mein Magen leider nicht so viel Platz bot.

»Mhm«, machte Shane, als er sich ein großes Stück Knoblauchhuhn mit Bratensoße in den Mund schaufelte.

Ich rümpfte die Nase. Der beißende Gestank setzte sich in meiner Nase fest und ließ mich würgen.

Immerhin gelang es Shane so, dass mein Verlangen, ihn zu küssen, schwand. Als hätte er meine Gedanken lesen können, schob er sich eine komplette Knoblauchzehe zwischen die Lippen und kaute so genüsslich darauf herum wie Rudy auf seinem Stroh.

»Du bist abartig«, sagte ich, konnte aber nicht verhindern, dass Belustigung in meiner Stimme mitschwang.

Aus dem Augenwinkel sah ich ein Mädchen, das ein oder zwei Jahre jünger sein musste als ich. Sie schaute zu unserem Tisch herüber und blickte verwirrt drein. Als sie ihre Mütze abnahm, fielen ihr die beinahe goldenen Locken ins Gesicht. Ihre bläulichen Augen schimmerten im Schein des hellen Lichts, das im Restaurant leuchtete.

Shane saß mit dem Rücken zu ihr, sodass er sie nur hätte sehen können, wenn er sich leicht umgedreht hätte. Sie machte ein paar Schritte auf unseren Tisch zu und als ihr Blick über das Gesicht meines Gegenübers glitt, erhellte sich das ihre.

»Shane?« Ihre Stimme war leise, melodisch, beinahe so wie das weit entfernte Läuten der Glöckchen an Santas Schlitten.

Als er seinen Namen aus ihrem Mund hörte, versteifte Shane sich sichtlich. Langsam drehte er sich ihr zu und versuchte sich an einem Lächeln, welches seine Augen allerdings nicht erreichte.

»Lilja«, sagte er, woraufhin wieder ein paar finnische Worte folgten.

Da die beiden mir keine Beachtung schenkten, was ich ziemlich unhöflich fand, nutzte ich die Zeit, um mir das Mädchen genauer anzuschauen. Irgendwie kam sie mir bekannt vor, auch wenn das nicht möglich war, da ich seit meiner Ankunft kein Mädchen in meinem Alter kennengelernt hatte. Nichtsdestotrotz lag etwas in ihren weichen Gesichtszügen, das mir vertraut war. Ich kam aber leider nicht drauf. Ob sie irgendeine bekannte Schauspielerin war? Gab es da nicht diese Skarsgård-Familie? Ich meinte, dass sie eine Tochter hatten. Wobei, waren das nicht Schweden?

Ach, keine Ahnung.

Hin und wieder warf mir das Mädchen einen verstohlenen Seitenblick zu. Sah sie zunächst noch erfreut darüber aus, Shane zu sehen, verfinsterten sich ihre Züge jedes Mal, wenn sie zu mir sah, ein kleines bisschen mehr. Als hätte ich ihr irgendetwas getan. Da ich ihre Sprache allerdings nicht verstand und Lilja – ich vermutete, dass so ihr Name lautete – keine Anstalten machte, sich vorzustellen, konnte ich nicht sicher sein, dass es an mir lag. Vielleicht erzählte Shane ihr gerade auch einfach irgendetwas, das sie verärgerte.

Mittlerweile hatte ich keine allzu großen Hoffnungen mehr, bald zurück nach Hause in die Staaten zu kommen, daher wäre es gar nicht so verkehrt gewesen, wenn ich Shane darum gebeten hätte, mir ein paar Nachhilfestunden in Finnisch zu geben. Eventuell würde ich in einem der Souvenirläden hier im Dorf ein Wörterbuch kaufen, das mir etwas weiterhelfen konnte.

Wörterbuch! Früher war ich für schnelle Übersetzungen kurz ins Internet gegangen.

Es dauerte eine gefühlte Ewigkeit, bis die beiden ihr Gespräch endlich für beendet erklärt hatten.

»Lilja«, sagte das Mädchen und nickte mir kurz zu.

Unbeholfen schaute ich zwischen ihr und Shane hin und her. Dieser bedeutete mir mit einem Lächeln, dass es in Ordnung war.

»Cora.«

»Es freut mich, dich kennenzulernen«, säuselte Lilja und entblößte plötzlich eine Reihe strahlend weißer Zähne.

»Gleichfalls?« Es klang wie eine Frage, obwohl es keine war. Allerdings war ich immer noch etwas verwirrt darüber, dass sie sich mir so schlagartig zugewandt und ein Gespräch begonnen hatte.

»Ich habe Shane eben gefragt, ob ihr eventuell Lust auf einen Ausflug habt«, erklärte sie in gebrochenem Englisch. Sie benutzte ein paar falsche Vokabeln, aber ich wollte mir nicht anmaßen sie zu korrigieren. Schließlich verstand ich trotzdem, was sie von mir wollte.

»Vor dem großen Rennen und der Weihnachtszeit ein bisschen entspannen tut uns sicher allen ganz gut. Es wäre nächste Woche, ein kurzer Trip. Aber nur, wenn du auch Lust hast.«

Meine Kinnlade war kurz davor runterzuklappen, durch ein kurzes Räuspern konnte ich sie aber davon abhalten. »Klar, sehr gern.«

»Wunderbar, dann sehen wir uns nächste Woche!« Dann wandte sie sich noch einmal Shane zu und sprach ein paar Worte in ihrer Muttersprache, ehe sie zum Abschied winkte und den Tisch wieder verließ.

Und ich? Ich war noch immer völlig perplex und von der Situation überfordert.

Shane widmete sich jedoch wieder seinem Essen und tat, als wäre nichts gewesen. »Schmeckt es dir?«

Wow, wollte er auf diese Weise etwa galant das Thema wechseln? So leicht ließ ich mich allerdings nicht abspeisen. Erst hatte mich Lilja gemustert, als wäre ich ein Insekt, das es zu zerquetschen galt, und dann hatte sie sich plötzlich in die fleischgewordene Freundlichkeit verwandelt. Da stimmte doch etwas ganz gewaltig nicht.

»Das Essen ist super, danke. Wer war das?« Mit der Tür ins Haus zu fallen war die beste Methode, um ein unangenehmes Gespräch zu starten. Kurzzeitig entgleisten Shane die Gesichtszüge, doch nachdem er leise gehüstelt hatte, fing er sich wieder und lächelte. »Ach, nur eine alte Bekannte.«

»Wieso hat sie mich erst so abschätzig angeschaut und war dann schlagartig so nett?«

Er griff über den Tisch und legte seine Hand kurz auf meine. Ein Stromschlag durchzuckte meinen Körper und machte es mir unmöglich, Widerstand zu leisten. »Mach dir keine Gedanken. Sie ist Fremden gegenüber immer etwas skeptisch.«

Seufzend versuchte ich nicht weiter darüber nachzudenken und nickte langsam. Nichtsdestotrotz wurde ich das Gefühl nicht los, dass es da noch etwas anderes gab. Etwas, das Shane mir allerdings verschwieg, worüber er nicht sprechen wollte. Jeder hatte Geheimnisse, das war mir klar. Aber es bereitete mir Sorgen, wie seine Stimmung so schnell umgeschlagen war. Es war mir nicht entgangen, dass er sich versteift hatte, kaum dass das Mädchen seinen Namen genannt hatte. Es musste in der Vergangenheit also irgendetwas vorgefallen sein, eine andere Erklärung konnte es für sein Verhalten nicht geben.

Leider war ich ein unglaublich neugieriger Mensch, sodass es mich immer nervös machte, wenn ich etwas wissen wollte, was man mir vorenthielt. Es würde mich wahnsinnig machen, nicht hinter Shanes Mauer blicken zu können, dessen war ich mir sicher. Allerdings wollte ich ihn nicht drängen. Zumindest nicht am heutigen Tag, wo dieser doch so schön angefangen hatte. Das wollte ich nicht kaputtmachen.

Also würde ich mir das für einen späteren Zeitpunkt aufheben müssen.

»Sagst du mir wenigstens, was es mit dem großen Rennen auf sich hat?« Ich stocherte noch etwas auf meinem Teller herum, wobei mein Magen schon kurz vor dem Platzen war.

Mit einem lauten Rums donnerte Shane seine flachen Hände auf den Tisch, sodass ich erschrak. »Das weißt du noch gar nicht?«

Ich schüttelte den Kopf.

»Sind dir zu Hause nie die ganzen Trophäen auf dem Kaminsims aufgefallen?«

Stirnrunzelnd lehnte ich mich im Stuhl zurück und versuchte

mir das Kaminzimmer bildlich vor Augen zu führen. Ich sah die rote Ledercouch vor mir, den ausgeblichenen Teppich, auf dem ein runder Beistelltisch stand, und die Bücherregale, die die Wände säumten. Doch egal wie sehr ich auch überlegte, Trophäen hatte ich bisher nicht bemerkt. Also schüttelte ich erneut den Kopf.

Shane seufzte. »Das große Inari-Rentierrennen ist das Ereignis des Jahres bei uns hoch oben im Norden. Die Familienclans treten an Heilig Abend gegeneinander an und der Sieger erhält Ruhm und Ehre. Und eine goldene Trophäe natürlich. Wir sehen das als gutes Training für die Qualifikationsphase an und haben zeitgleich unseren Spaß dabei.«

»Und wie läuft das ab?« Skeptisch zog ich eine Braue in die Höhe.

»Jede Familie schickt ein Mitglied als Jockey an den Start. Ähnlich wie beim Pferderennen beginnt man das Rennen in Boxen. Die Jockeys tragen dabei Skier und werden nach dem Start von ihren Rentieren über eine vorgegebene Strecke gezogen. Man braucht viel Geschick und auch Mut, denn es ist nicht ungefährlich. Rentiere können ziemlich schnell sein, wenn sie wollen«, erklärte er mir sachlich.

»Und du nimmst teil?«

»Und ob! Vor dir sitzt der mehrfache Sieger dieses Ereignisses!« Ein breites Grinsen verfestigte sich auf seinem Gesicht.

Ich musste mir auf die Unterlippe beißen, um nicht lautstark loszuprusten. »Und von wem lässt du dich ziehen? Rudy? Und leuchtet er dir dann mit seiner roten Nase auch den Weg?« Nun konnte ich nicht mehr an mich halten und brach in schallendes Gelächter aus, das mir skeptische Blicke von den Restaurantgästen einbrachte, aber das war mir egal. Ich stellte mir bildlich vor, wie Shane von einem rotnasigen Rentier durch den Schnee gezogen wurde.

»Lach nicht!«, stieß er schmollend hervor. »Rudy ist unser schnellstes Tier und er liebt mich als Jockey!«

Mein Lachflash intensivierte sich und auch Shane stimmte mit ein. Die Anspannung von vor wenigen Minuten schien vergessen.

Kapitel 12

»Möchtest du schon mal vorgehen und wir treffen uns gleich im Souvenirladen?«, schlug Shane vor, als wir das Restaurant verließen.

»Hat es mit diesem Mädchen zu tun?«, fragte ich direkt heraus. Ich musste mir eingestehen, dass ich etwas besorgt war. Hatten wir vor wenigen Minuten noch ausgelassen miteinander lachen können, so hatte sich seine Stimmung schlagartig wieder gewandelt. Das machte auf mich keinen sonderlich gesunden Eindruck!

Er winkte ab. »Ach, alles gut, Cora. Wir sehen uns gleich, ja? Ich beeile mich.«

Dann drehte Shane sich um und ließ mich vor dem Eingang stehen. Ich wurde aus diesem Kerl einfach nicht schlau. Mal war er offen und liebevoll, sodass man ihn richtig ins Herz schließen konnte. Und mal war er so wie jetzt: verschlossen und überhaupt nicht daran interessiert, mich einzuweihen. Das Unfaire daran war, dass seine Eltern und er alles über mich wussten – bis ins kleinste Detail. Sowohl über Zoey Hartford als auch über Cora Bryce. Ich hingegen erhielt keine Einblicke, nur in das Oberflächliche, was man mir mit den Steckbriefen mitgeteilt hatte.

Mit herabhängenden Schultern schlurfte ich zurück in Richtung Hauptplatz, wo sich die Geschäfte aneinanderreihten.

Um mich herum lachten Familien, Pärchen schlenderten eng umschlungen durch den Schnee und genossen die Zweisamkeit. Schlagartig fühlte ich mich unglaublich einsam. Verlassen. Auch wenn Shane bloß ein paar Häuser weiter war und gleich zu mir zurückkehren würde, hatte er eine hohe Mauer um sich gezogen, hinter die ich nicht zu blicken vermochte. Das löste ein Gefühl der Leere in mir aus.

Als ich an der Grenze des Polarkreises angekommen war, blieb ich einen Moment stehen und rekapitulierte unsere Fotosession, die erst wenige Stunden her war. Zu meiner Linken konnte ich einen Wichtel stehen sehen. Es war eine junge Frau, die sichtlich Spaß bei der Arbeit hatte. Sie schwenkte eine Glocke über ihrem Kopf, um die vorbeilaufenden Menschen auf sich aufmerksam zu machen. Einige hielten inne, lauschten ihren Worten, sodass auch ich hellhörig wurde und unwillkürlich einen Fuß vor den anderen setzte, um herauszufinden, was es dort so Besonderes gab.

Die Wichtelfrau war von oben bis unten in Rot gekleidet. Sie trug einen rot-grün karierten Rock, der ihr bis zu den Knien reichte, darunter eine rote Wollstrumpfhose und obenrum ein langärmeliges Oberteil mit weißen Punkten. Abgerundet wurde ihr seltsames Outfit durch ihre rote Zipfelmütze aus Filz, unter der ihre blonden Haare zu zwei Zöpfen geflochten hervorlugten.

»Schreiben Sie eine Postkarte an Ihre Liebsten. Richten Sie Ihrer Familie Weihnachtsgrüße aus. Wir garantieren Ihnen, dass diese rechtzeitig vor den Feiertagen ankommen werden!«, rief der Wichtel und schwenkte weiterhin die Glocke über dem Kopf.

Erneut machte sich der Stich in meinem Herzen bemerkbar – die Einsamkeit, die mich einzuholen drohte. Es würde das erste Jahr sein, dass ich Weihnachten nicht mit meiner Familie verbrachte. Das erste Jahr, in dem keine Geschenke unter dem Christbaum auf mich warteten. Das erste Jahr, in dem ich mich nicht mit meinen Mädels am Heiligen Abend zum Feiern traf, um die Clubs unsicher zu machen und die Kerle um den Finger zu wickeln. Ob sie das dieses Jahr ohne mich tun würden?

Ich fragte mich ohnehin, was sie wohl über mein plötzliches Verschwinden dachten. Hatte man ihnen irgendetwas erzählt? Dass ich lebte, nur weit weggebracht worden war? Oder hielten sie mich für tot und trauerten um mich? Ich wusste es nicht. Und sollte ich nie wieder zurückkehren können, würde ich das auch niemals erfahren.

Und was war mit meinen Eltern? Fehlte ich ihnen, genauso wie sie mir zu dieser Jahreszeit fehlten? Auch wenn wir nicht das Musterbeispiel einer Familie waren, so war es doch seltsam, Weihnachten nicht im Kreis der Lieben zu verbringen.

Seufzend ging ich an der Wichtelfrau vorbei, die mir ein so strahlendes Lächeln schenkte, dass man gar nicht anders konnte, als dieses zu erwidern. Als ich die Tür zum Hauptpostamt des Weihnachtsmanns öffnete, kündigte ein weiteres kleines Glöckchen mein Eintreten an. Es war brechend voll, überall wuselten nicht nur Touristen, sondern auch Elfen und Wichtel herum, die versuchten die Wünsche der Kunden schnellstmöglich zu erfüllen.

Neben Postkarten mit den unterschiedlichsten Motiven gab es hier auch etliche überteuerte Souvenirs, von Schlüsselanhängern über Rentierkuscheltiere bis hin zu Tassen und T-Shirts mit Schriftzügen oder Bildchen darauf. Gemächlich schlenderte ich durch den Laden, um mir alles anzuschauen.

»Kann ich Ihnen helfen? Sie sehen so verloren aus!«, stieß einer der Wichtel hervor, den ich hinter den Regalen lediglich an seiner Zipfelmütze als solchen erkennen konnte. Beinahe hätte ich die Kiste Kuscheltiere vor Schreck umgestoßen.

»Nein danke«, sagte ich schnell.

»Sind Sie sicher?«, hakte die etwas penetrante Verkäuferin nach.

Ich stöhnte leise auf. »Haben Sie auch schlichte Postkarten, aus denen nicht hervorgeht, dass diese *hier* gekauft wurden?«

Nun trat der Wichtel hinter dem Regal hervor und zog die Braue fragend in die Höhe. Das war vermutlich die seltenste Frage, die man an diesem Ort gestellt bekam. Glücklicherweise hinterfragte sie meinen Wunsch nicht, sondern führte mich einmal quer durch das Geschäft zu einem kleinen Drehständer, in dem lediglich vier unterschiedliche Postkarten zu finden waren. Ich bedankte mich freundlich und widmete mich den Motiven. Eigentlich stand auf jeder Karte lediglich »Frohe Weihnachten«, nur die Farben unterschieden sich voneinander. Ich nahm die rote Karte in die Hand und studierte sie akribisch genau, um sicherzugehen, dass wirklich nirgends Rovaniemi oder Finnland draufgedruckt worden war.

Mehrere Minuten stand ich reglos da und überlegte, ob ich es wirklich wagen sollte. Es konnte doch nicht schaden, wenn ich meiner Familie eine Karte zu Weihnachten schickte, oder? Ich wollte ihnen lediglich ein Lebenszeichen zukommen lassen. Sie würden nie erfahren, wo ich mich aufhielt, und erst recht nicht die Mafiosi. Wie auch?

Ich ging zu dem kleinen Tisch neben den Briefkästen, drehte die Karte um und kritzelte mit schnellen Handbewegungen ein paar Worte darauf. Um sicherzugehen, unterschrieb ich nicht. Dennoch würden meine Eltern wissen, dass ich die Karte geschrieben hatte. Anschließend ging ich zum Tresen, um mir eine Briefmarke zu kaufen.

Die Dame an der Kasse fragte mich, wohin die Karte gehen sollte, und klebte dann die passende Marke darauf. Anschließend erzählte sie mir noch irgendetwas, wobei sie wild gestikulierte. Aber sie sprach so schnell und so undeutlich, dass ich nicht wusste, was genau sie sagte. Also entschied ich mich zu lächeln und zu nicken, damit konnte man schließlich nie verkehrt liegen.

Nachdem ich bezahlt hatte, warf ich die Karte in den Briefkasten und schwor mir diese Tat sofort aus meinen Gedanken zu streichen.

Shane oder seine Eltern durften niemals erfahren, dass ich gegen die oberste Regel der Kontaktaufnahme verstoßen hatte. Das würden sie mir nie verzeihen. Auch dann nicht, wenn ich darauf geachtet hatte, keinen Namen und keine Adresse zu notieren.

»Da bist du ja!«, stieß Shane hervor, kaum dass ich aus dem Postamt wieder hinaus in die Kälte getreten war. Er musterte mich skeptisch. »Ich hoffe nicht, dass du eine Karte verschickt hast.«

Energisch schüttelte ich mit dem Kopf. »Für wie doof hältst du mich?«

»Gut!« Man konnte förmlich sehen, wie Erleichterung ihn durchströmte. Dann deutete er durch das Fenster ins Innere. »Die Damen am Tresen hätten dir ohnehin von dem einmaligen Poststempel erzählt. Schau, hinter ihnen klebt dieser sogar als Tapete an der Wand.«

Was? Einmaliger Poststempel? Ich drehte mich ganz langsam in Richtung Glasfront und schaute hindurch. Ich traute meinen Augen kaum, als ich den XXXL-Poststempel an der Wand hinter dem Tresen sah. Wie konnte mir dieser nicht aufgefallen sein? Und wieso zum Teufel hatte ich nicht darauf geachtet, bevor ich die Karte in den Briefkasten geschmissen hatte? *Scheiße!*

Ein verdammter Weihnachtsmann linste über das Datum des Stempels und grinste einem förmlich entgegen. Daneben war ein Rentier abgebildet, eine Karte von Finnland mit dem beschissenen genauen Längen- und Breitengrad, wo wir uns aufhielten. War es das, was die Verkäuferin mir erklärt hatte? Warum zur Hölle hatte ich nicht noch mal nachgehakt, als ich sie nicht verstanden hatte? Wieso war ich so blöd gewesen?

»Ist alles in Ordnung? Du siehst so grün im Gesicht aus«, bemerkte Shane.

Ja, mir war verdammt noch mal schlecht und am liebsten hätte ich das Mittagessen wieder ausgekotzt, weil ich mich so miserabel fühlte. Aber das war nichts, was ich ihm erzählen konnte.

»Alles okay«, sagte ich leise, ließ die Hand dennoch zu meinem Bauch wandern. »Vermutlich bekommt meinem Magen das finnische Essen nicht.«

Ein breites Grinsen stahl sich auf Shanes Lippen, dann klopfte er mir freundschaftlich auf die Schulter. »Er wird sich früher oder später daran gewöhnen«, versicherte er mir. »Komm, ein Spaziergang wird dir guttun.«

Ich nickte geistesabwesend und ließ mich von ihm noch ein weiteres Mal durch das verschneite Dorf führen. Dabei redete Shane ununterbrochen, warf jedoch wieder nur mit irgendwelchen Fakten um sich, mit denen ich gerade nichts anfangen konnte. Auch wenn manches davon sicher interessant war, konnte ich mich nicht auf seine Stimme konzentrieren. Immer und immer wieder glitten meine Gedanken zu dem beschissenen Postamt und zu der beschissenen Postkarte, die ich versendet hatte.

Das alles war Shanes Schuld. Hätte er mich nicht allein gelassen, dann wäre es nie so weit gekommen. Er hätte mich von der Dummheit abgehalten. Es wäre schon ausreichend gewesen, hätte er mir kein Geld in die Hand gedrückt, denn ohne Geld hätte ich mir weder die Karte noch den Versand leisten können.

Es war einfach, die Schuld bei jemand anderem zu suchen. Sie auf Shane abzuwälzen sorgte dafür, dass sich mein Herzschlag etwas beruhigte und mein Magen aufhörte Saltos zu schlagen.

»Du siehst schon viel besser aus«, sagte Shane, nachdem wir etwa eine halbe Stunde herumgelaufen waren. »Dann können wir nun endlich zur Crème de la Crème des heutigen Tages kommen«, sprach er in einem grottigen Französisch, das mich zum Schmunzeln brachte.

Shane hielt vor dem Büro des Weihnachtsmanns inne. Ich hatte nicht mal bemerkt, dass wir schon wieder im Zentrum angekommen waren. Dann wurde mir schlagartig bewusst, worauf er hinauswollte. Natürlich, er hatte ja angekündigt, dass er mich dazu zwingen wollte, ein Foto mit dem Weihnachtsmann zu schießen. »Muss das sein?«

»O ja! Du wolltest mir nicht glauben, dass wir den Weihnachtsmann besuchen gehen, und dafür musst du jetzt büßen!«

Er öffnete die Tür und schon drangen die Klänge der Weihnachtslieder an meine Ohren. Ich hatte heute so viel Weihnachtsmusik gehört wie in meinem ganzen Leben noch nicht. Nach dem heutigen Tag würde ich nicht mal mehr den Klassiker »Last Christmas« von Wham! hören können.

Ich hatte mir das Innere etwas büroartiger vorgestellt. Doch eigentlich erinnerte es eher an eine gemütliche Stube. Auf den ersten Blick konnte ich nur einen kleinen zugestellten Schreibtisch ausmachen, neben dem ein rundlicher Weihnachtsmann auf einem Schaukelstuhl saß. Hinter ihm standen zwei rote Säcke, die vermutlich bis oben hin mit Papier ausgestopft waren, damit sie so prall gefüllt aussahen. An der Wand daneben thronte ein großes Bücherregal, in denen einige eingestaubte Wälzer und etwas Krimskrams lagen.

Direkt hinter dem Weihnachtsmann hing eine riesige Weltkarte, die beinahe schon antik aussah. Sie wurde zur Hälfte von dicken Vorhängen verdeckt. Vor ihm auf dem Boden saßen ein paar Kinder im Schneidersitz und lauschten seinen Worten. Er hielt in seiner Hand einen Globus und erzählte irgendetwas von einem Geschwindigkeitsregulator der Erdkugel, der es ihm ermöglichte, jedes Kind auf der Welt an nur einem Tag mit Geschenken zu beliefern.

Ich erwischte mich dabei, mir vorzustellen, wie es wäre, wenn er die Wahrheit sprach. *Mumpitz!*

Als er die letzten Worte gesprochen hatte, begannen die Kinder zu jubeln und sich anschließend nach und nach auf seinen Schoß zu setzen.

Eine der Elfen hielt eine große Kamera in der Hand und schoss Fotos von den Kindern und dem Weihnachtsmann. Diese konnte man sich im Anschluss digital geben oder direkt ausdrucken lassen. Hier im Dorf versuchte man aus allem Geld rauszuholen. Na ja, die Leute ließen es schließlich mit sich machen und Shane und ich waren ja aus demselben Grund hier.

»Die Nächste!«, rief mir der Fotowichtel zu und winkte mich heran. »Möchtest du deine Jacke ausziehen?«

Ich nickte und streifte Jacke, Mütze, Schal und Handschuhe ab und reichte alles Shane. Dummerweise hatte ich heute Morgen nach dem erstbesten Pullover gegriffen. Dieser hatte einen ziemlich tiefen Ausschnitt, der mehr zeigte, als er sollte. Ein Wunder, dass ich mit so einem Pulli nicht halb erfroren war.

Als ich näher kam, entblößte Santa eine Reihe gelblicher Zähne und klopfte sich breit grinsend auf den Schoß. Als ich zu Shane blickte, hielt er sich die Hand vor den Mund, um nicht in schallendes Gelächter auszubrechen.

Ich hasste ihn in diesem Moment wie die Pest. Wieso zwang er mich dazu, mich auf diesen Ekel-Santa zu setzen?

»Komm zu Santa«, sagte dieser im selben Augenblick und klopfte sich ein weiteres Mal auf das Bein, ehe er die Arme nach mir ausstreckte. Ich atmete tief durch, um das Ganze schnell hinter mich zu bringen.

»Bitte lächeln!«, sagte der Fotowichtel und ich tat wie geheißen. Dabei ruhte Santas Hand mit ziemlicher Sicherheit viel zu nah an meinem Hinterteil. Als das grelle Blitzlicht schließlich erloschen war, sprang ich so schnell auf, dass mir schwindelig wurde, aber ich wollte bloß weg von diesem Typ.

Der Wichtel rief jedoch: »Wir sollten das Foto wiederholen.«

»Nein, nicht nötig«, erwiderte ich prompt und ging zu Shane, der sich auf die Unterlippe biss. Das hinderte seine Mundwinkel aber leider nicht daran, wie von allein nach oben zu wandern. Ich boxte ihn gegen die Schulter. »Du bist ein Idiot!«

Gemeinsam gingen wir zum Verkaufstresen und warteten darauf, dass mein Foto fertig war. Als der Verkäufer es in eine Papiertüte steckte und uns reichte, sagte er: »Das Foto geht aufs Haus.«

Skeptisch schaute ich erst den Verkäufer, dann die Tüte in meiner Hand an. Schnell öffnete ich sie und zog das Foto hervor. Nun konnte Shane nicht mehr an sich halten und lachte so schallend los, dass sämtliche Menschen, die sich innerhalb des Büros befanden, auf uns aufmerksam wurden. Ich war hingegen so schockiert, dass mir die Kinnlade herunterklappte.

Auf dem Foto war deutlich zu erkennen, wo der Weihnachtsmann seine Hand hatte, und anstatt in die Kamera zu lächeln, wie er es auf all den anderen Bildern tat, glotzte er mir in den Ausschnitt und grinste dabei verschmitzt. Mir kam die Galle hoch.

Als ich zu Santa schaute, der noch immer auf seinem Schaukelstuhl saß, wurde ich wütend. Nicht nur darauf, dass so ein schmieriger alter Sack hier angestellt war, sondern dass er sich in keiner Weise zu schämen schien. Als unsere Blicke sich trafen, befeuchtete er seine Lippen und warf mir einen Kussmund zu.

Ich ballte die Hände zu Fäusten und stampfte quer durch das quadratische Zimmer. Als ich vor Santa stehen blieb, holte ich aus und verpasste ihm eine so schallende Ohrfeige, dass sie sicher bis zu Mrs Claus' Cottage zu hören war. Er starrte mich entsetzt an und rieb sich die schmerzende Wange.

»Sie sind widerwärtig«, zischte ich, drehte mich um und ging zu Shane, dem die Worte fehlten. »Komm, wir gehen«, sagte ich und lief an ihm vorbei zum Ausgang. Es dauerte kurz, ehe er sich gefangen hatte und mir folgte. Ich bemerkte es auch nur deshalb, weil sein Lachen immer lauter wurde.

»Du hast dem Weihnachtsmann eine verpasst. Ich wünschte, ich hätte ein Foto gemacht, das glaubt mir sonst niemand!«

Ich verdrehte die Augen und ignorierte seine Worte. Stattdessen lief ich schnurstracks durch den Schnee in Richtung Auto. Mir war so eben alles vergangen. Wo ich vorhin noch so viel Spaß gehabt hatte, war ich nun sauer, von mir selbst enttäuscht wegen der Postkartengeschichte und von Shane genervt, der nicht aufhörte zu lachen. War ja ganz wunderbar, dass mein Auftritt eben zu seiner Belustigung beigetragen hatte.

»Können wir bitte nach Hause fahren?«, sagte ich, als ich am Wagen angekommen war. Mir blieb nichts anderes übrig, als darauf zu hoffen, dass Shane einverstanden war. Denn er hatte nicht nur den Autoschlüssel, sondern er musste auch fahren, denn ich besaß keinen Führerschein. Ich wusste, dass das für eine Amerikanerin in meinem Alter eher ungewöhnlich war, aber bei meinen Eltern war ein Fahrer angestellt gewesen, der mich überall hingebracht hatte, und wenn dieser, aus welchen Gründen auch immer, ausnahmsweise keine Zeit gehabt hatte, hatte ich bloß mit dem Finger schnipsen müssen und irgendwer anders hatte sich erbarmt mich zu fahren. So war es schon immer gewesen und nun war Shane diese Ehre zuteilgeworden.

Seufzend nickte er und entriegelte die Türen. Ich war mittlerweile ein Eisblock, was nicht nur von den Außentemperaturen herrührte, sondern ebenfalls davon, dass ich vor Wut zitterte und mit den Zähnen klapperte. Ich wollte das nicht, es geschah ohne mein Zutun, weshalb ich umso glücklicher war, als Shane einstieg, den Motor anschmiss und die Heizung aufdrehte.

Erst als wir Santa Claus Village hinter uns gelassen hatten, wagte ich es aufzuatmen. Endlich kehrten wir diesem Desaster den Rücken.

Kapitel 13

Es gab noch vieles, das ich lernen musste. Das wurde mir immer bewusster, je mehr Zeit ich auf der Farm der Bryces verbrachte. Die Arbeit war kräftezehrend, mein Körper sehnte sich danach, sich zusammenzurollen und in einen tiefen Winterschlaf zu begeben. Aber das war nicht möglich, es war nichts, was mir vergönnt war.

In den Tagen nach unserem Aufenthalt in Santa Claus Village hatte ich viel nachgedacht. Jede Minute, in der ich die Ställe ausgemistet hatte, waren meine Gedanken um die von mir verschickte Postkarte gekreist. Zunächst hatte mir dieser Gedanke noch die Kehle zugeschnürt, doch je mehr Zeit ins Land gezogen war, ohne dass jemand zu einem entscheidenden Angriff übergegangen war, desto mehr hatte ich es gewagt aufzuatmen. Aber das war auch nicht besser gewesen, da ich nun noch mehr Zeit aufbringen konnte, an Shane zu denken. Wie jetzt gerade.

»Verflucht«, zischte ich zu mir selbst.

Rudy hob seinen Kopf an und legte ihn schief. Er kaute auf einer Möhre herum, während er mich aus großen Knopfaugen musterte. Hatte ich zunächst noch Angst in seiner Nähe verspürt, so war mir Rudy mittlerweile vertraut. Ich kraulte ihn hinter dem rechten Ohr. Das mochte er ganz besonders. Sofort begann er zu schnauben und das Geweih zu schütteln.

Ein Kichern entfuhr mir. »Was würde ich nur ohne dich tun, mein Großer?«

Rudy konnte mich zwar weder verstehen noch antworten, aber es war tröstlich, mit ihm zu reden. Ihm konnte ich all die Sehnsüchte und Geheimnisse anvertrauen, solange keiner der Angestellten hier herumwuselte und mich belauschte.

Rudy war der Einzige, der wusste, dass ich mich noch immer fragte, was es mit diesem Mädchen auf sich hatte. *Lilja*. Schon allein an ihren Namen zu denken, sorgte dafür, dass meine Mundwinkel sich angewidert verzogen. Und dann war da noch der Stich in meinem Herzen, der so präsent war, dass es mich selbst ärgerte.

Shane und ich waren Cousin und Cousine. Mehr nicht. Es war nie etwas zwischen uns vorgefallen, dass mich in eine andere Richtung denken lassen sollte. Und trotzdem war da diese wohlige Wärme, die sich ausbreitete, wann immer er in meiner Nähe war. Wann immer er mir dieses spitzbübische Lächeln schenkte. Es war nicht zu leugnen, dass mir allem Anschein nach menschliche Nähe fehlte.

Ich seufzte. »Na wenigstens sind wir beide Freunde. Nicht wahr, Rudy?«

Er schüttelte seinen mächtigen Kopf noch einmal, als würde er verneinen.

»Die einzig wahre Liebe ist die zwischen Mensch und Tier.« Die mir fremde Stimme ließ mich zusammenzucken.

Als ich mich umdrehte, schaute ich in ein Paar hellblaue Augen, die mich amüsiert musterten.

»Tut mir leid«, begann ich, »aber die Touren fangen erst in ein paar Stunden an.«

Ein breites Grinsen legte sich um die Lippen des jungen Mannes. Er konnte kaum älter als ich sein, vielleicht Anfang zwanzig. Doch anstatt sich freundlich zu verabschieden und wieder zu gehen, blieb er wie angewurzelt stehen. Ich nutzte die Zeit, um an ihm herunterzuschauen. Er trug eine Thermolatzhose und darunter einen dicken Wollpullover.

»Oh!«, entfuhr es mir, als mir wieder einfiel, dass Jenny gesagt hatte, sie würde einen Saisonarbeiter schicken. »Du musst Emil sein?«

Er nickte und reichte mir seine schmutzige Hand, die ich widerwillig ergriff. »Genau, freut mich dich kennenzulernen. Cora, nehm ich an?«

»Genau. Komm, ich führe dich herum!« Ich legte die Mistgabel zur Seite, verabschiedete mich von Rudy und trat aus seiner Box. Ich lief voran und Emil folgte mir. Während ich ihm alles erklärte, schwieg er und lauschte meinen Worten aufmerksam. Es war mir etwas unangenehm, die Oberlehrerin raushängen zu lassen, denn das war eine Rolle, die mir nicht lag. Aber Emil schien das nicht zu merken oder jeden Kommentar runterzuschlucken.

»Woher kommst du?«, fragte ich ihn, als wir vor dem Schuppen angekommen waren.

»Aus New York. Zumindest habe ich dort die letzten Jahre gelebt. Aufgewachsen bin ich in einem kleinen Kaff in Alabama«, erzählte er stolz.

»Und wie kommt es, dass du in Finnland als Saisonarbeiter tätig bist?« Ich konnte mir schwer vorstellen, dass es jemanden gab, der das wirklich freiwillig machte. Immerhin war die Arbeit auf der Farm alles andere als leicht. Zudem lagen zwischen den Staaten und Finnland viele Tausend Meilen.

Emil lachte. Ich mochte den Klang, denn im Gegensatz zu seiner eher rauen Stimme war sein Lachen weich und hell. Es war durch und durch ansteckend. »Mein Dad ist Finne, weshalb wir früher sehr oft Urlaub hier gemacht haben. Während dieser Zeit habe ich öfter bei befreundeten Rentierfarmern ausgeholfen und irgendwie macht mir die Arbeit Spaß.« Er klang beinahe euphorisch. »Und körperlich anstrengende Arbeit ist ein guter Ausgleich zu meinem etwas eintönigen Studium.«

»Was studierst du?« Es war schön, endlich mal mit jemandem in meinem Alter sprechen zu können. Denn bis auf Shane und diese

Lilja war ich bisher noch niemand Gleichaltrigem begegnet. Und Emil machte einen durchaus sympathischen Eindruck.

»Informatik.«

Er verzog angewidert den Mund, was mir ein Kichern entlockte. Am liebsten hätte ich ihm gesagt, dass ich eine Abneigung gegen Menschen aus diesem Bereich hatte, was meinem Dad zu verdanken war. Aber laut Coras Steckbrief war mein Dad kein steinreicher Firmeninhaber, sondern arbeitete in einer kleinen Autowerkstatt.

»Wieso studierst du Informatik, wenn du es offensichtlich hasst?«

Emil hob die Schultern an. »Das frage ich mich auch manchmal. Vielleicht, damit meine Eltern stolz auf mich sind? Keine Ahnung.«

Ich konnte diese Überlegung durchaus nachvollziehen. Früher hatte ich immer alles getan, um meine Eltern stolz zu machen, aber es schien sie nicht im Geringsten zu interessieren. Daher hatte ich irgendwann gemerkt, dass es nichts brachte, anderen zu gefallen. Wichtig war, dass ich mich selbst mochte, aber nicht mal das schien ich wirklich hinzubekommen.

»Alles in Ordnung?« Emil hatte die Stirn sorgenvoll in Falten gelegt. Allem Anschein nach war ich gerade tiefer in Gedanken versunken gewesen, als ich dachte.

»Klar«, erwiderte ich etwas zu schnell. »Alles in bester Ordnung.«

Wären wir Freunde gewesen, dann hätte er vermutlich nachgehakt, um auf Nummer sicher zu gehen, dass mit mir wirklich alles in Ordnung war. Allerdings kannten Emil und ich uns gerade mal eine halbe Stunde, da wäre es zu forsch gewesen, mich zu drängen.

»Und du studierst hier in Finnland?«

»Noch nicht«, erwiderte ich und versuchte mich an alle Details *meines* Lebens zu erinnern. »Ich wollte erst eine Weile bei meiner Familie verbringen und sichergehen, dass es mir hier wirklich gefällt. Wenn alles glatt läuft, fange ich im Sommersemester an. Eigentlich lebe ich aber in Idaho.«

Emil legte die Stirn in Falten. »Und wieso willst du nicht in den Staaten studieren?«

Ich hielt in meinen Bewegungen inne. Die Frage hatte mich eiskalt getroffen und auf die Schnelle fiel mir auch keine passende Antwort ein. Daher zuckte ich mit den Schultern. »Manchmal braucht es einen Tapetenwechsel.«

»Verstehe.«

Ich räusperte mich leise. »Hier findest du übrigens alle Werkzeuge«, erläuterte ich und zog die Holztüren des Schuppens auf. Ein lautes Quietschen ertönte. Onkel Leon musste die Scharniere dringend mal wieder ölen.

Emil trat hinein und schaute sich etwas um. Dabei berührte er einige Werkzeuge mit den Fingern und nahm wieder andere in die Hand, um sie genauestens zu begutachten. Sein Gesicht begann dabei zu strahlen und mir schien, dass hier zu arbeiten seine Bestimmung war. Nicht an einem Computer zu sitzen und was auch immer zu tun. Er wirkte glücklich.

Ein Räuspern ließ mich herumfahren. Dass Shane herangetreten war, hatte ich nicht bemerkt. Vermutlich hatte der peitschende Wind jedes seiner Geräusche mit sich davongetragen.

»Guten Tag«, sagte unser neuer Mitarbeiter mit einer überschwänglichen Freundlichkeit in die Stimme. Man konnte meinen, dass triefender Sarkasmus in ihr mitschwang, aber ich hatte in den vergangenen Minuten gemerkt, dass er einfach wirklich sehr höflich – wenn auch etwas neugierig – war.

Shane zog die Brauen fragend zusammen, dabei nahmen seine Züge eine Boshaftigkeit an, die mir einen eiskalten Schauer den Rücken hinunterjagten. Er schaute zwischen Emil und mir hin und her, hielt die Arme dabei vor der Brust verschränkt. Konnte es sein, dass er dachte ...?

Unwillkürlich brach ich in schallendes Gelächter aus. »Das ist Emil, einer der Saisonarbeiter.«

Augenblicklich fing Shane sich wieder. Es war ein Triumph zu wissen, dass es ihm wohl nicht in den Kram passte, sollte ich mich hier mit irgendeinem Kerl vergnügen. »Shane Bryce, der Sohn der Inhaber und Cousin von Cora.«

Emil ergriff die ausgestreckte Hand. Beide Männer schauten sich tief in die Augen und mir war, als fochten sie einen Krieg gegeneinander aus. Vielleicht war das aber auch nur mein altes Ich, das es gewöhnt war, von sämtlichen Seiten angehimmelt zu werden.

»Emil Donaghue.«

Keine Ahnung, wie lange die beiden in ihrer reglosen Position verharrten, aber am liebsten hätte ich ein Foto davon geschossen, um dieses Bild als Erinnerung mit mir herumtragen zu können!

Schlussendlich ließen sie voneinander ab und traten jeweils einen Schritt zurück. Ich biss mir auf die Unterlippe, bis sie schmerzte, nur um nicht erneut in Gelächter auszubrechen.

»Cora, du wirst im Haus gebraucht«, sagte Shane schließlich und wandte sich mir zu.

Ich betrachtete ihn mit schief gelegtem Kopf. »Aber was ist mit den Ställen?«

»Die kann der Neuling zu Ende ausmisten. Oder?«

»Selbstverständlich«, entgegnete Emil, dieses Mal allerdings mit einer großen Menge Sarkasmus in der Stimme.

Das konnte ja noch lustig werden mit den beiden. Ich verabschiedete mich von Emil und ließ mich dann von Shane wieder hineinführen. Er hatte die Zähne so fest aufeinandergepresst, dass es mich wunderte, dass sie nicht brachen. Im Haus war es still. Vermutlich waren Jenny und Leon gerade unterwegs oder gingen ihrer Arbeit in einem anderen Teil der Farm nach. Die Stufen knarzten unter jedem Schritt, den wir taten.

»Warte im Zimmer, ich komme gleich«, sagte Shane und schob mich halb durch die Tür. Verwirrt schaute ich ihm nach, zog die

Schuhe aus und setzte mich im Schneidersitz auf die Matratze, die unter meinem Gewicht sofort nachgab.

Es dauerte nicht lange, da war er schon wieder da und setzte sich an den Schreibtischstuhl mir gegenüber. Erst jetzt fiel mir auf, dass Shane eine Tragetasche in der Hand hielt und diese nun ganz behutsam neben sich abstellte, als befände sich darin etwas Zerbrechliches. Ihm entging mein neugieriger Blick nicht und ich hätte mich dafür schelten können. Es hätte mir egal sein und mich nicht interessieren sollen, was sich in dieser Tasche befand. Und doch war ich kurz davor aufzuspringen, um hineinzugucken. Keine Ahnung, woher ich diese nervige Angewohnheit hatte, die mich selbst auf die Palme brachte.

»Ich habe etwas für dich«, sagte Shane, wobei Unbehagen in seinem Blick lag, den er durch das Zimmer streifen ließ. Noch immer hatte sich hier nichts geändert.

Da wir in Santa Claus Village voller Eile aufgebrochen waren, war ich nicht mehr dazu gekommen, das Geld auszugeben, das Shane mir gegeben hatte. Zum Glück hatte er es nie zurückgefordert. Ansonsten hätte er mir Fragen gestellt, auf die ich keine Antwort geben ... konnte. Zum Beispiel, weshalb drei Euro und vierundneunzig Cent fehlten und wofür ich diese ausgegeben hatte.

Ich rutschte zur Bettkante und verdrehte den Kopf in einem so ungesunden Winkel, dass ich ihn mir beinahe ausgerenkt hätte, nur um die Tasche besser beäugen zu können. »Was ist es?«

»Komm her und guck rein!«

Da war es wieder. Dieses schelmische, leicht überhebliche Lächeln auf seinen Lippen, das ihn so anziehend machte. Mein Herz sprang mir beinahe aus der Brust, aber ich ermahnte es Stillschweigen zu bewahren.

Stattdessen schwang ich die Beine über die Bettkante und tippelte vorsichtig auf Shane zu. Er hatte die Tasche mittlerweile wieder hochgehoben und auf seinem Schoß platziert. Als ich vor ihm stehen blieb, reichte er sie mir und ich riss sie ihm beinahe aus den Händen. Wie eine wild gewordene Bestie, die man mit einem rohen Stück Fleisch köderte.

Mitsamt dem Beutel pflanzte ich mich auf den Boden und ertastete etwas Eckiges darin. Als ich es hervorzog, atmete ich scharf zwischen den Zähnen ein. Nicht vor Schock, sondern vor Freude. In der Tasche befanden sich fünf Bilderrahmen in unterschiedlicher Größe. Sie alle waren hellblau und an den Rahmen verschnörkelt. Bei genauerer Betrachtung erkannte ich in den Mustern einen Wald und Schneeflocken. Dadurch dass die Rahmen mit Hochglanzlack überzogen worden waren, schimmerten und funkelten sie, sobald Licht darauf fiel.

Shane hatte fünf der Bilder ausgedruckt, die wir in Santa Claus Village geschossen hatten. Ich ließ die Fingerspitzen über das kühle Glas gleiten und versuchte mir jede Einzelheit der Fotos genauestens einzuprägen, sodass ich diese hervorrufen konnte, wann immer ich die Augen schloss.

Im größten und schönsten Rahmen steckte das Bild von uns beiden an der Grenze des Polarkreises. Auf dem kleinen Handydisplay hatte man uns die verliebten Blicke schon angesehen. In DIN A5 ausgedruckt waren diese noch deutlicher und wirkten noch um einiges glücklicher. Ich wusste nicht, wann ich das letzte Mal so ehrlich gestrahlt hatte wie auf diesem Foto.

Natürlich lächelte und lachte ich oft, aber es war selten, dass meine Freude wirklich aus meinem tiefen Inneren kam. So ehrliche Glückseligkeit wie bei diesem Ausflug mit Shane hatte ich selten empfunden.

»Tut mir leid, dass ich die Bilder und Rahmen ausgewählt habe«, sagte Shane kleinlaut und kratzte sich am Kinn. »Ich hoffe, sie gefallen dir trotzdem. Wir können natürlich auch noch die anderen durchgehen oder ich nehme diese hier wieder mit, wenn du sie blöd findest oder–«

»Halt!« Ich lachte und Shane hielt inne. »Ich liebe sie. Danke, wirklich.«

Erleichtert stieß er den Atem aus und wischte sich über die Stirn, um die imaginären Schweißtropfen zu entfernen. »Darauf ein Halleluja!«

Ich sprang auf und Shane um den Hals. Meine Berührung ließ ihn am ganzen Körper versteifen und erst, als ich die Arme fest um ihn geschlungen hatte, wurde mir bewusst, was ich hier gerade tat. Aber ich konnte mich nicht zurückhalten, da ein einfaches »Danke« meiner Meinung nach nicht ausreichend war. Es dauerte ein paar Atemzüge, ehe Shane lockerer wurde und die Umarmung erwiderte. Er platzierte eine Hand auf meinem unteren Rücken und die andere an meinem Hinterkopf, den er sachte streichelte.

»Danke, wirklich«, flüsterte ich.

Ich spürte, wie sich ein Lächeln um seine Lippen formte. »Nichts zu danken.«

Wir verharrten eine Weile in dieser Position. Lange genug, dass es merkwürdig wurde, aber für mein Empfinden doch viel zu kurz. Ich hätte meinen Kopf so gerne weiterhin in seiner Halsbeuge vergraben und seinen Duft inhaliert ...

»Ich werde dann mal weiterarbeiten«, sagte Shane und verließ mein Zimmer wieder.

Ich setzte mich zurück auf den Boden und betrachtete die Fotos noch mal. Zwei von ihnen würde ich aufs Regalbrett über meinem Schreibtisch stellen, zwei auf das Fensterbrett und das letzte auf meinen Nachttisch. Welches das sein würde, stand vollkommen außer Frage.

Kapitel 14

Heute wollten wir uns mit Shanes Freunden treffen. Bisher hatte er mir nicht erzählt, wo genau wir hingehen würden. Wieder mal hatte er gesagt, es sollte eine Überraschung sein. Da ich bei Santa Claus Village allerdings schon so lange gedrängelt hatte, bis Shane endlich nachgegeben hatte, wollte ich es ihm dieses Mal gönnen und mich überraschen lassen. Allerdings war es schwierig, etwas Passendes zum Anziehen zu finden, wenn man keine Ahnung hatte, wohin es ging.

Nun ja, zur Auswahl standen ohnehin nur kratzige Pullover und Thermohosen in verschiedenen Farben. Seufzend entschied ich mich für ein komplett schwarzes Outfit und packte zweimal Wechselsachen ein. Wir würden zwar nur eine Nacht wo auch immer verbringen, aber man konnte nie wissen, ob man sich nicht doch versehentlich von oben bis unten einsaute. Wenn man in Rentierscheiße fiel, beispielsweise.

Shane war nicht sonderlich begeistert davon, dass ich Emil eingeladen hatte mitzukommen. In den letzten Tagen hatte er mir öfter dabei geholfen, die Ställe auszumisten. Er war wirklich nett und ich mochte seine Gesellschaft sehr. Sie lenkte mich von meinen merkwürdigen Gefühlen ab, die ich in Shanes Gegenwart empfand. Zudem war es eine angenehme Abwechslung, nicht den halben Tag allein verbringen zu müssen. Die Arbeit konnte auf Dauer ganz schön einsam sein.

Mit einem letzten Blick versicherte ich mich, ob ich alles eingepackt hatte, zog den Reißverschluss zu und schulterte den Rucksack. Shane und Emil standen bereits unten im Flur und warteten auf mich. War ja klar, dass ich wieder am längsten gebraucht hatte. Beide standen ein paar Meter voneinander entfernt und schenkten dem jeweils anderen keine Beachtung. Hoffentlich würde sich diese Anspannung nicht das gesamte Wochenende über hinziehen.

»Wir können dann los!«, rief ich enthusiastisch.

Emil lächelte und nickte. Shane hingegen seufzte und ging voran.

»Die Fahrt dauert etwa eine Stunde«, sagte er, als wir ins Auto gestiegen waren. Ich hatte auf dem Beifahrersitz neben ihm Platz genommen, während Emil es sich auf der Rückbank bequem machte. Sollte er sich unbehaglich fühlen, ließ er sich nichts anmerken. Stattdessen schaute er immer wieder nach vorn und lächelte. Er war so ein fröhlicher Mensch, dass seine gute Laune auf mich überging.

Wir blieben die Fahrt über relativ ruhig. Ich schaute aus dem Fenster und beobachtete die riesigen vorbeirauschenden Bäume. Sie warfen gespenstische Schatten auf den Weg, der sich vor uns auftat. Wir fuhren nach Norden, was mich durchaus wunderte, da ich dachte, die Farm würde schon so weit nördlich liegen, dass es nicht noch weiter gehen konnte. Allem Anschein nach hatte ich mich getäuscht und die Größe Finnlands durchaus unterschätzt.

»Ist alles in Ordnung da hinten?«, fragte ich Emil, nachdem wir etwas mehr als die Hälfte der Strecke hinter uns gebracht hatten.

»Ja, danke der Nachfrage.«

Ich lächelte ihm durch den Rückspiegel zu, was er erwiderte. In dem fahlen Licht des Wageninneren hatte Emil sehr jungenhafte Züge. Seine Haut war glatt wie ein Babypopo und seine Augen wirkten neugierig, als würde er es kaum erwarten können, jeden Stein dieser Welt zu erkunden.

Ich spürte Shanes Blick auf mir ruhen und auf der Stelle trieb es mir die Röte ins Gesicht. Einerseits gefiel es mir, von ihm angeschaut zu werden, andererseits waren die Gefühle, die er in mir auslöste, fragwürdig. Ich wollte sie verdrängen und aus meinem Herzen verbannen, aber das war schier unmöglich. Das Kribbeln breitete sich in meiner Magengrube aus, intensivierte sich und setzte sich in meinem Unterleib fest, den ich am liebsten ermahnt hätte, den Scheiß sein zu lassen.

Wenn ich eines nämlich nicht gebrauchen konnte, dann war es, mir Ärger einzuhandeln. Leider musste ich mir immer mehr eingestehen, dass Shane allerdings nichts als Ärger für mich bedeutete. Früher oder später würde ich ihm nicht mehr widerstehen können, da war ich mir sicher. Einer solchen Situation galt es, tunlichst aus dem Weg zu gehen. Zumal ich nicht mal sicher sein konnte, welche Gefühle er für mich hegte. Es war nicht abzustreiten, dass etwas in der Luft lag, wann immer wir uns in einem Raum befanden, aber es konnte gut möglich sein, dass ich viel zu viel dort hineininterpretierte. Die Reaktion meines Körpers konnte sich durchaus auch darauf zurückführen lassen, dass ich seit Monaten keinen Sex gehabt hatte. Da war es nur allzu verständlich, dass ich auf attraktive Männer reagierte und mich diese nicht kaltließen.

»Wir sind gleich da«, ertönte Shanes rauchige Stimme vom Fahrersitz.

Glücklicherweise riss er mich damit aus den Gedanken, die sonst wohl wieder eine Richtung eingeschlagen hätten, die nicht gut für mich gewesen wäre.

Emil lehnte sich etwas nach vorn, sodass sein Kopf zwischen den beiden Vordersitzen hervorlugte. Seine Haare rochen wie eine Mischung aus Wald und Honig. »Brennt es dort?«

Ich folgte seinem ausgestreckten Finger und kniff die Augen zusammen. Nun konnte auch ich es sehen. Rauch stieg empor und verdunkelte den Himmel. »Sieht fast so aus.«

»Das ist unser Ziel«, erklärte Shane. »Es ist ein Barbecue am Lagerfeuer.«

Sofort begann mein Magen zu rumoren, woraufhin Emil lachte. »Ich sterbe auch schon vor Hunger.«

Dem konnte ich nur beipflichten. Bis auf das Frühstück vor vielen Stunden hatte ich heute noch nichts gegessen. Es war langsam an der Zeit.

Je näher wir kamen, desto deutlicher konnte man das riesige Feuer sehen, das auf einem Feld errichtet worden war. Unzählige junge Menschen hatten sich um die Flammen versammelt, jubelten und tanzten, als gäbe es kein Morgen. Ich erwischte mich dabei, wie mein Herz sich überschlug. Das hier schien eine waschechte Party zu sein. Ich konnte mich kaum noch daran erinnern, wann ich das letzte Mal ausgelassen gefeiert hatte. Das musste schon etliche Wochen her sein.

Shane suchte einen Parkplatz, doch das war einfacher gesagt, als getan. Wir mussten einige Runden drehen, ehe wir endlich Platz für den Van gefunden hatten.

»Die Rucksäcke können wir erst mal im Auto lassen.«

Mit einem Ruck öffnete ich die Beifahrertür und sofort umfing mich die Wärme des Feuers, auch wenn dieses einige Meter von uns entfernt lag. Nichtsdestotrotz strömte es so viel Hitze aus, dass ich kurz davor war, mir die Jacke vom Körper zu reißen. Aber ich hielt diesem Drang stand.

Shane ging um den Wagen herum und öffnete den Kofferraum. Als er diesen wieder schloss, hatte er eine große Umhängetasche daraus hervorgeholt, die er sich nun umlegte.

»Da seid ihr ja!«, rief eine Frauenstimme.

Als ich den Kopf nach ihr umdrehte, erkannte ich Lilja, die auf uns zugehüpft kam und dabei bis über beide Ohren strahlte. Sie fiel Shane um den Hals, sodass er sie nur mit Mühe und Not auffangen konnte. Allem Anschein nach hatte sie bereits ein paar Drinks zu viel intus.

Als sie von ihm abließ, wandte sie sich uns zu. »Hallo, Cora. Und du bist?«

»Emil.« Er streckte ihr die Hand entgegen und lächelte freundlich.

Sie brauchte zwei Anläufe, um diese zu ergreifen und sich ebenfalls vorzustellen.

»Lilja. Freut mich. Kommt, kommt. Die anderen feiern schon ausgiebig.« Ohne eine Antwort abzuwarten, drehte sie sich um und hüpfte genauso schnell wieder davon, wie sie gekommen war. Dieses Mädchen einzuschätzen war ein Ding der Unmöglichkeit. Noch immer hatte ich den eher finsteren Gesichtsausdruck vor Augen, den sie mir bei unserem ersten Aufeinandertreffen zugeworfen hatte. Doch nun schien sie wie ausgewechselt zu sein, was vermutlich auch an ihrem Alkoholpegel lag.

Shane seufzte und schaute Lilja hinterher. »Tut mir leid, normalerweise trinkt sie nicht so viel.«

»Ach, ist doch lustig«, sagte Emil und folgte Shane, der bereits losgelaufen war.

Einen Moment hielt ich noch inne, um mich ein wenig umzuschauen. Aber viel zu entdecken gab es hier nicht. Es war lediglich ein großes Feuer errichtet, um das einige Baumstämme als Sitzmöglichkeiten lagen. Einige Gruppen hatten Decken auf dem Boden ausgebreitet und andere stellten gerade Klapptische auf und verteilten Getränkeflaschen und Salate darauf.

Shane steuerte einen dieser Tische an und wir folgten ihm. Er wechselte mit den zwei Männern, die gerade mit dem Aufbau beschäftigt waren, ein paar Worte, ehe er seine Tasche ablegte und nach und nach einige Schüsseln und Flaschen hervorholte. Mir war nicht bewusst gewesen, dass er wohl Essen und Trinken eingepackt hatte.

»Das ist eine uralte Tradition«, erklärte Emil, als er meinen erstaunten Blick bemerkte.

»Was meinst du?«

Er nickte in Richtung Tisch. »Man trifft sich zum Barbecue und jeder bringt etwas mit. So gibt es genug Essen und Trinken für alle und auch ausreichend Abwechslung. Dann feiert man einfach miteinander. Das kenne ich aus einigen anderen Ländern und es war jedes Mal ein Erlebnis!«

»Das ist unglaublich schön.« Noch immer stand mir der Mund weit offen bei dieser Erklärung. Diese Tradition brachte ein ganzes Volk näher zusammen. Fremde waren nicht länger Fremde, sondern man bildete eine Einheit, eine Gemeinschaft. Ein Ort, an dem man sich jedem zugehörig fühlte.

Shane winkte uns heran, was wir uns kein zweites Mal sagen ließen.

»Bedient euch!«

Er reichte jedem von uns einen Pappteller, die wir uns mit den leckeren Speisen beluden. »Das rohe Fleisch könnt ihr auf Spieße stecken und direkt am Feuer braten oder es zu einem der Grills bringen.«

Mein Magen verlangte noch immer lautstark nach Essen, weshalb ich die Salate so hoch stapelte, dass sie mir beinahe vom Teller fielen. Trotzdem griff ich noch nach ein paar Spießen und balancierte alles zur nächsten Grillstation, die in unmittelbarer Nähe aufgestellt worden war.

Emil folgte mir auf Schritt und Tritt, da er hier ebenso wenig jemanden kannte wie ich.

Als unser Fleisch durchgebraten war, suchten wir uns gemeinsam einen freien Platz am Feuer, machten es uns bequem und aßen von dem köstlichen Barbecue.

Kapitel 15

Das Essen schmeckte aufgrund des rauchigen Grillaromas noch hundertmal besser, als ich erwartet hatte. Auch Emil kaute genüsslich auf seinem Fleisch herum, während er sich mit der anderen Hand den gefüllten Bauch hielt. Ein Anblick, der mich zum Prusten brachte.

»Ich platze gleich«, sagte er mit noch vollem Mund.

»Nicht nur du.« Zwar war mein Magen zum Bersten gefüllt, doch mein Blick glitt zu einem Tisch, der gerade neu aufgestellt wurde und auf dem sich zahlreiche Desserts aneinanderreihten.

Nachtisch ging doch bekanntlich immer, oder? Aber schon bei dem Gedanken daran, mir ein Stück Kuchen mit Schlagsahne in den Mund zu schaufeln, wurde mir ganz anders.

Shane hatte sich auf einen Baumstamm ganz in der Nähe uns gegenübergesetzt und war gerade in eine innige Unterhaltung mit Lilja vertieft. Mein Blut kochte und schäumte vor Eifersucht beinahe über. Dafür hasste ich mich selbst. Es sollte mir egal sein, mit wem er redete oder flirtete. Er konnte tun und lassen, was immer er wollte. Und doch versetzte es mir einen Stich, ihn mit einem anderen Mädchen zu sehen. Einem so wunderschönen Mädchen, das mit den Wimpern klimperte und Shane musterte, als wäre er ein griechischer Gott.

Schnaubend widmete ich mich wieder meinem Teller, ließ mich von der Wärme, die von den knisternden Flammen ausging, komplett einhüllen. Allerdings glitt mein Blick immer wieder zu Shane. Am besten sollte ich mich auf die Suche nach Paketband begeben, um mir die Lider zuzukleben. Anders wollte ich es scheinbar nicht lernen. Ich wusste nicht, woher ich diese masochistische Veranlagung hatte.

»Vergiss nicht zu atmen«, sagte Emil lachend und stieß mir den Ellbogen leicht in die Seite. Diese Berührung riss mich aus der Schockstarre und ich spürte, wie mein verkrampfter Körper sich ein wenig entspannte.

Ich schaute zu Emil, der mich breit angrinste und verschwörerisch mit den Augenbrauen wackelte.

»Ich atme doch!«

»Du beobachtest Shane und das besoffene Mädchen schon die ganze Zeit wütend.«

Die Schamesröte stieg mir in die Wangen. Dass mein Verhalten jemandem aufgefallen war, war mir nicht bewusst gewesen, aber Emil schien ein hervorragender Beobachter zu sein. Mir fiel es schwer, eine Ausrede zu finden, die erklären konnte, weshalb es mich so wütend machte, Shane mit diesem Mädchen zu sehen.

»Sie tut ihm nicht gut«, sprudelte es aus mir heraus, ehe ich meine Gedanken zu Ende bringen konnte. »Er hat ein total unglückliches Händchen, wenn es um Frauen geht. Ich möchte einfach nicht, dass er noch mal verletzt wird und mir die Ohren dann vollheult.« Ergab das Sinn? Keine Ahnung. Emil schien von meinen Worten allerdings in keiner Weise überzeugt zu sein.

Er lehnte sich etwas zurück und bedachte mich mit einem äußerst kritischen Blick. Seine Mundwinkel kräuselten sich leicht, während er den Kopf schüttelte und weiter in seinem Essen herumstocherte. »Ich glaube dir nicht«, erklärte er langsam und betonte dabei jeden Buchstaben, sodass es mir einen Schauder den Rücken hinunterjagte. »Aber es ist okay, wenn du dich mir nicht anvertrauen möchtest. Jeder braucht seine Geheimnisse.«

Ich wusste nicht, was er mir damit zu sagen versuchte. Spielte er darauf an, dass es verboten war, solche Gefühle für seinen Cousin zu hegen? Oder gab es noch etwas anderes, auf das Emil hinauswollte? Am liebsten hätte ich nachgehakt, um sicherzugehen, allerdings wollte ich ihm auch keine Angriffsfläche bieten. Um nichts in der Welt durfte er hinter mein Geheimnis kommen.

»Cora! Jetzt guck doch nicht so! Es ist alles in Ordnung, wirklich. Was auch immer da läuft, es geht mich nichts an und ich schweige wie ein Grab.« Er griff nach meiner Hand und drückte sie einmal kurz. »Aber du sollst wissen, dass du mir vertrauen kannst, ehrlich. Wenn du reden magst, dann bin ich für dich da.«

Eigentlich sollte mich das beruhigen, tat es aber nicht. Schon die Tatsache, dass Emil etwas zu ahnen schien, machte mich verrückt. Ich sollte mit jemandem darüber sprechen, am besten mit Shane. Allerdings befürchtete ich, dass ich es dadurch noch schlimmer machte. Zwangsläufig musste ich mir eingestehen, dass ich nicht mehr wegwollte. Ich hatte es geschafft, mich hier in Finnland halbwegs einzuleben und zurechtzufinden. Sollte ich mit Shane oder seinen Eltern darüber reden, dass es jemanden gab, der etwas ahnte, konnte das dazu führen, dass das FBI mir einen neuen Ort heraussuchte, an den man mich dann verfrachtete. Und das wollte ich nicht. Ich wollte hierbleiben.

Ich zwang mich förmlich all die negativen Gedanken und Sorgen hinunterzuschlucken und mich stattdessen wieder auf das Lagerfeuer zu konzentrieren.

»Danke. Aber es gibt nichts, worüber ich reden möchte.«

Emils besorgter Blick ruhte auf mir, das spürte ich. Aber ich ging diesem aus dem Weg, anstatt ihn aufzufangen. Auch Shane und Lilja schaute ich nicht noch einmal an, sondern verlor mich in einer Realität fernab von dieser, während ich die flackernden Flammen beobachtete.

Die Zeit verging relativ zügig und so kam es, dass die Nacht schneller über uns hereingebrochen war, als ich es für möglich gehalten hatte. Je später es wurde, desto ausgelassener wurde auch die Stimmung. Jeder schien Spaß zu haben, sich an dem Miteinander zu erfreuen und die Zeit zu genießen. Ich hatte versucht etwas lockerer zu werden, aber ich war angespannt. Nichtsdestotrotz beobachtete ich die Feiernden, wippte den Kopf im Takt der Musik und trommelte den Beat auf meinen Oberschenkeln mit.

»Wieso tanzt du nicht?« Shanes Stimme drang an mein Ohr, als er vor uns in die Hocke ging.

»Mir ist nicht so danach.« Ich zuckte mit den Schultern. Früher einmal war ich vielleicht eine Partymaus gewesen, aber die letzten Wochen hatten mich verändert. Ich hatte keine Lust herumzuzappeln und mich unter Fremde zu mischen.

Shane nickte. »Es ist spät, sollen wir uns langsam zum Hotel aufmachen?«

Ich warf Emil einen fragenden Blick zu. Als er zustimmte, fiel mir eine große Last von den Schultern. Hätte er unbedingt noch weiterfeiern wollen, dann wäre ich ihm zuliebe auch geblieben. Allerdings freute ich mich bereits aufs Bett. Wir waren heute früh aufgestanden und hatten einen halben Tag gearbeitet, weshalb ich müde und ausgelaugt war. Mein Körper schmerzte und meine Lider waren mittlerweile tonnenschwer und fielen beinahe von allein zu.

Shane reichte mir die Hand, um mir aufzuhelfen. Als ich diese ergriff, fühlte es sich an wie ein Stromschlag, der mich zusammenfahren ließ. Dennoch versuchte ich mir nichts anmerken zu lassen, damit Emil nicht doch noch auf die Idee kam, weiter nachzubohren und mich mit Fragen zu bombardieren.

»Ist das Hotel weit?«, fragte ich, als wir vor dem Wagen zum Stehen kamen.

»Nein.« Shane schüttelte den Kopf und öffnete den Kofferraum. Er holte unsere Rucksäcke hervor und reichte sie uns nacheinander, ehe er das Auto wieder verschloss und auf einen kleinen Waldweg zeigte. »Es ist nur ein paar Minuten zu Fuß entfernt. Emil, du hast dir auch ein Zimmer gebucht, oder?«

»Ja, genau.«

Anscheinend hatte er Shane vorab gefragt, wo unser Ausflug hinging, ansonsten wäre er nicht in der Lage gewesen, sich ein Hotelzimmer zu reservieren.

Wir folgten dem kleinen Pfad, der uns zwischen die Bäume führte und jegliches Licht für einen kurzen Moment verschluckte. Es dauerte wirklich keine fünf Minuten, ehe sich unser Sichtfeld wieder aufklärte und ein größeres Gebäude zu erkennen war. Dabei musste es sich um das Hotel handeln, welches von Weitem einen wunderschönen Eindruck machte. Ich malte mir bereits aus, wie ich mich in ein überdimensionales Federkissen warf und bis zum Morgengrauen durchschlief. Ein träumerisches Seufzen entfuhr meinen Lippen.

Seite an Seite stapften wir durch den Schnee, bis wir am Hotel ankamen und hineingingen. Sofort tauten meine erkalteten Glieder prickelnd auf. Es duftete nach Möbelpolitur und heißer Schokolade, sodass mir das Wasser im Mund zusammenlief. Was seltsam war, da mir der Magen noch immer von den massigen Kalorien, die ich in mich hineingeschaufelt hatte, schmerzte.

Während Shane und Emil zur Rezeption gingen, blieb ich noch einen Moment länger in der Lobby stehen und schaute mich um. Der frisch gewischte Boden glänzte so stark, dass ich mich darin hätte spiegeln können, und von der Decke baumelten große Papiersterne, die einen weihnachtlichen Flair verströmten. Irgendwo in der Ferne war Musik eingeschaltet, die ruhig und nicht aufdringlich war. An der gegenüberliegenden Seite der Rezeption gab es eine Sitzlandschaft mit einladenden Sofas. Ich lief darauf zu und setzte mich hin, während ich auf die Jungs wartete. Sie beide standen an der Theke und füllten irgendwelche Papiere aus, um uns einzuchecken.

Gerade als ich den Kopf auf die Lehne fallen lassen und die Augen einen Moment schließen wollte, hörte ich die herannahenden Schritte. Als ich die Lider hob, standen Shane und Emil direkt vor mir.

»Ich habe unseren Schlüssel«, sagte Shane und hielt einen Schlüsselbund in die Höhe und ließ diesen klimpern.

»Wir teilen uns ein Zimmer?«, fragte ich entrüstet. Es war nicht so, dass ich ein Problem damit hatte, ein Zimmer mit ihm zu beziehen, aber ich war mir nicht sicher, ob ich mir selbst über den Weg traute.

Er schien meine Unsicherheit zu spüren. »Es ist ein Apartment mit mehreren Zimmern.«

Erleichtert atmete ich tief durch und nickte. »Und du, Emil?«

»Ich bin auf der anderen Seite des Hotels. Aber wir sehen uns morgen zum Frühstück?«

»Okay, dann gute Nacht.« Wir verabschiedeten uns voneinander und dann folgte ich Shane. Er schaute noch einmal auf die Plakette, die am Schlüsselbund baumelte, und ging einen der langen Flure entlang.

Vor einer Tür blieb er schließlich stehen. »Hier muss es sein!«

Allerdings machte er keinerlei Anstalten, die Tür zu öffnen. Ungeduldig tippte ich mit dem Fuß auf den Boden und stöhnte auf. »Wird das heute noch was? Ich bin total müde!«

»Du musst die Augen schließen.«

»Was? Kommt gar nicht infrage!«

»Doch, bitte.« Ein flehender Unterton lag in seiner Stimme. »Sonst verdirbt das die ganze Überraschung, die ich dir versprochen hatte.«

Ich hatte eigentlich gedacht, dass das Barbecue schon die Überraschung gewesen war. Und diese hatte mich durchaus glücklich gemacht – von der Sache mit Lilja mal abgesehen. Auch wenn ich nicht gefeiert hatte wie die anderen, so hatte ich doch meinen Spaß gehabt und es war schön gewesen, mal etwas anderes als die immer gleiche Rentierfarm zu sehen.

Shane schaute mir so tief in die Augen, dass ich am liebsten geseufzt hätte wie ein Teenager, der seinem Langzeitschwarm gegenüberstand. Mit einem leichten Kopfschütteln, das er hoffentlich nicht bemerkte, vertrieb ich den Gedanken wieder.

»Na schön, wenn es sein muss«, gab ich schließlich nach, atmete tief durch und schloss die Augen. Dann musste ich mich eben auf meine anderen Sinne konzentrieren. Shane klimperte mit dem Schlüssel, während er versuchte die Tür zu öffnen. Das leise Knacken und anschließende Quietschen waren ein Indiz dafür, dass er es schlussendlich geschafft hatte.

Er ging zwei Schritte, dann legte er seine Hände an meine Schultern und führte mich ganz langsam. Behutsam setzte ich ein Fuß vor den anderen, darauf bedacht, nicht zu stolpern. Ich mochte es eigentlich nicht, mich auf andere Menschen zu verlassen. Es war ein immenser Vertrauensbeweis, sich von anderen führen zu lassen, und normalerweise verschenkte ich mein Vertrauen nicht so leichtfertig.

»Vorsicht, gleich kommt ein Teppich«, sagte er ruhig.

Mein Herz setzte einen Schlag aus.

Ich folgte seinen Anweisungen und er hatte recht. Drei Schritte vor mir lag ein Teppich, der sich deutlich vom Holzfußboden abhob. Hätte Shane mich nicht vorgewarnt, wäre ich vermutlich kopfüber hingeflogen. Aber dem Gefühl unter meinen Sohlen nach zu urteilen, wäre ich weich gelandet.

»Nur noch vier oder fünf Schritte.«

Er klang aufgeregt, beinahe so, wie ich mich fühlte. Ob er Angst hatte, dass mir die Überraschung nicht gefallen könnte?

»Okay, du kannst stehen bleiben.«

Gesagt, getan.

»Und jetzt öffne deine Augen und schau nach oben.«

Ich biss mir vor Nervosität auf die Unterlippe. Nun sollte ich also sehen, wohin Shane mich gebracht hatte und welche Überraschung auf mich wartete. Mein Herz hämmerte mir gegen die Brust. Dabei folgte es keinem besonderen Rhythmus. Und wenn doch, war es der eines schnellen Technosongs.

Ganz langsam öffnete ich erst ein Auge, dann das andere. Es dauerte einen Moment, gegen die Dunkelheit anzublinzeln. Aber als ich dann den Kopf in den Nacken legte, stockte mir der Atem.

Kapitel 16

Ich traute meinen Augen kaum. »Atemberaubend«, hauchte ich ehrfürchtig und wagte einen verstohlenen Seitenblick zu Shane. Dieser schaute mich direkt an, ein zaghaftes Lächeln lag auf seinen vollen Lippen. Ich erwiderte es, ehe ich den Blick wieder anhob und mich auf das konzentrierte, was vor mir lag.

Der Schlafbereich des Apartments war komplett verglast. Dadurch hatte man einen berauschenden Ausblick, der alles, was ich jemals gesehen hatte, in den Schatten stellte. Aufgrund der Tageszeit war der Himmel bereits in tiefes Schwarz getaucht und erstrahlte in all seiner Pracht. Glitzernde Sterne funkelnden am Firmament, der Mond leuchtete schwach. Aber das war nicht das, was meine Aufmerksamkeit vollends in den Bann zog.

Es waren die Nordlichter, die in sämtlichen Farben des Regenbogens direkt über uns erstrahlten. Sie flimmerten, tanzten miteinander und explodierten in einem Farbenmeer, das mich die Luft anhalten ließ. Ich hatte das Gefühl, an diesem Ort den Nordlichtern so nah zu sein, als könnte ich die Hand ausstrecken und nach ihnen greifen.

Ungeachtet der Tatsache, dass meine Kleidung vom Lagerfeuer verrußt war und nach Rauch stinken musste, lief ich ein paar Schritte weiter ins Zimmer hinein und ließ mich rücklings auf das große Bett fallen. Die weiche Matratze gab augenblicklich unter meinem Gewicht nach und umhüllte mich wie weiche Schwanenfedern.

Meine eigenen Gedankengänge brachten mich zum Schmunzeln. Wie konnte jemand binnen weniger Wochen sein ganzes Wesen, sein ganzes Sein verändern? Hier in Finnland, ganz besonders unter dem funkelnden Sternenhimmel, fühlte ich mich frei. Als könnte ich hier zum ersten Mal in meinem Leben wirklich aufatmen. Als würde eine Last von meinen Schultern fallen. Eine Last, von der ich nicht gewusst hatte, dass ich sie neunzehn Jahre lang mit mir herumgetragen hatte.

Ich musste mir eines zwangsläufig eingestehen. Ich war glücklich. Und zwar aus tiefster Seele. Natürlich vermisste ich die USA, ich vermisste meine Freunde und auch meine Eltern. Sogar meinen Vater, der mir dieses Schlamassel erst eingebrockt hatte. Auch freute ich mich darauf, eines Tages zurückzukehren. Aber für den Moment genoss ich die Zeit, die ich mit den Bryces, allen voran Shane, verbringen konnte. Sie lösten etwas in mir aus, das ich dort nie vermutet hätte.

»Es freut mich, dass die Überraschung gelungen ist.« Shane war bis eben ruhig geblieben, hatte mir Zeit für meine Gedanken gegeben, Zeit, all die verschiedenen Emotionen zu sortieren. Und dafür war ich ihm dankbar. Nicht nur dafür, sondern für einfach alles.

»Es ist ein Traum«, erwiderte ich ehrlich. »Ich danke dir dafür, mir diesen Ort gezeigt zu haben.«

Shane setzte sich auf die Bettkante. Am liebsten hätte ich meinen Kopf im Kissen vergraben und wäre für immer hiergeblieben. Allerdings fühlte ich mich schmutzig und musste mir dringend bequemere Sachen anziehen, um diesen Moment vollends auskosten zu können.

»Ich gehe kurz duschen«, erklärte ich und stand ruckartig vom Bett auf.

»Direkt auf der anderen Seite des Wohnbereichs.« Shane deutete quer durch das Zimmer.

Ich nahm meinen Rucksack an mich und schlüpfte aus der Tür.

Das Wohnzimmer war riesig, mindestens doppelt so groß wie das zu Hause. Es war ausgestattet mit einer großen u-förmigen Couch, einem Flachbildfernseher, Bücherregalen, einem Esstisch und sogar einem Kamin. Von der Größe her glich das Apartment eher einer Suite und ich wollte gar nicht wissen, was Shane für eine Nacht hatte zahlen müssen.

Langsam schlich ich über den Teppichboden auf die andere Seite des Zimmers. Erst als ich durch die Tür war und den Schlüssel herumdrehte, konnte ich durchatmen. Das Bad war ebenfalls sehr groß und auf Hochglanz poliert. Neben einer Eckbadewanne gab es eine Wasserfalldusche, unter der ich es mir richtig gut gehen lassen konnte.

Ich zog mich aus und warf die schmutzige Kleidung achtlos auf den Boden. Dann ließ ich mich von dem heißen Duschstrahl einhüllen, bis das ganze Bad in einem dichten Dampf lag. Als ich die Augen schloss, schweiften meine Gedanken ab. Ich stellte mir vor, wie Shane hineinkam und sich mit mir unter die Dusche stellte, unsere nackten Körper fest aneinandergepresst. Wie wir uns gegenseitig mit den Händen erforschten und …

Scheiße!

Schnell schüttelte ich den Kopf, um die Gedanken zu vertreiben. Doch selbst, als ich die Augen aufriss, war es noch so, als stünde Shane direkt vor mir, mit einem verführerischen Ausdruck auf dem Gesicht.

Allem Anschein nach fühlte ich mich einsamer, als ich dachte. Oder mir gefiel Shane mehr, als ich bisher vermutet hatte. Aber nein, das durfte nicht sein. Sollte mich jemand dabei erwischen, wie ich ihn anschmachtete und ihm beinahe um den Hals fiel, würden die Menschen Fragen stellen. So wie Emil. Und das wollte ich nicht, unter keinen Umständen, denn mittlerweile konnte ich mir keinen himmlischeren Ort als Finnland vorstellen.

Woran das wohl lag? Sicher nicht an Shane!

Erst als sich mein Herzschlag wieder beruhigt hatte, wagte ich es, tief durchzuatmen, mich schnell abzutrocknen, mir neue Kleidung überzuziehen und das Badezimmer wieder zu verlassen.

Kaum hatte ich den Wohnbereich erreicht, fiel mein Blick ein weiteres Mal auf den großen Flachbildfernseher. Wie gern ich ihn einfach eingeschaltet und es mir auf der Couch bequem gemacht hätte. Ich vermisste es, einen Tag lang vor dem TV zu sitzen, um mir irgendwelche Serien bei einem der vielen Streaminganbieter anzuschauen. Generell waren es die diversen technischen Geräte, die mir am meisten fehlten.

In Amerika hatte ich immer ein Handy in der Tasche gehabt und war von morgens bis abends drangehangen, um mit meinen Freunden zu chatten oder zu telefonieren, die nächste Party zu planen oder Selfies zu schießen. Ich musste Tausende Bilder von mir aus sämtlichen Positionen darauf gespeichert haben. Mittlerweile kam mir meine Selbstverliebtheit lächerlich vor. Was brachte es mir, zig Bilder von mir zu schießen, wenn mein Charakter scheiße war? Eben ... nichts. Es war einfach dämlich!

Wie ich mich meinen Mitmenschen gegenüber verhalten hatte, war teilweise unterste Schublade gewesen. Ich hatte unsere Bediensteten herumgescheucht und mich dabei aufgespielt wie die Herrin des Hauses. Nun gut, ich war die Tochter des Hauses gewesen, aber die Reinigungskräfte waren auch nur Menschen. Jetzt, wo ich selbst mit anpacken musste, teilweise auf Knien Böden schrubbte und Rentiermist wegschaufelte, hatte ich tiefsten Respekt für diejenigen, die solche Arbeiten tagein, tagaus erledigten. Und das, ohne sich zu beschweren, auch wenn ein arrogantes reiches Gör sie anpampte.

Ich ließ den Blick weiter durchs Zimmer schweifen. Die Tür zu dem verglasten Schlafbereich stand offen, sodass ich einen Blick auf Shane erhaschen konnte. Er stand mit dem Rücken zu mir vor dem Bett und hatte den Kopf in den Nacken gelegt, vermutlich um die Schönheit der Natur zu bewundern.

Gerade als ich ansetzen wollte, um etwas zu sagen, zog Shane mit einer schnellen Bewegung seinen Pullover aus und warf ihn auf den Stuhl, der in der Ecke stand und zum Bett hin ausgerichtet war. Seine breiten Schultern waren noch viel muskulöser, als es bisher den Anschein gemacht hatte. Am liebsten wäre ich mit den Fingerspitzen jede Wölbung nachgefahren und hätte mich an ihn geschmiegt. Schon wieder war ich drauf und dran, mich in einem schmutzigen Tagtraum zu verlieren.

Aus diesem wurde ich allerdings gerissen, als Shane sich umdrehte, um nach einem T-Shirt zu greifen, das auf dem Bett lag. Sein Blick traf meinen. Ein amüsierter Ausdruck legte sich auf sein Gesicht. Da fiel mir auf, dass ich ihn mit weit aufgerissenen Augen und Mund anstarrte. Es fehlte bloß noch, dass ich zu sabbern anfing.

Herrgott, wie peinlich!

»Gefällt dir, was du siehst, Prinzesschen?«, zog Shane mich auf. Dieser selbstverliebte Arsch! Anstatt sich das T-Shirt überzustreifen, verharrte er einen Moment in der mir zugewandten Position, sodass ich nun auch seine durchtrainierte Vorderseite und das Spiel seiner Brustmuskeln – sie zuckten bei jeder sanften Bewegung – sehen konnte.

Schlussendlich fasste ich mich. Auch meine Stimme fand ich wieder.

»Du bist ein Idiot!«, fauchte ich. Wobei das Fauchen sich eher in einem leisen Fiepen verlor, für das ich so gern aus dem nächstbesten Fenster gesprungen wäre.

Shane schüttelte kaum merklich den Kopf, ehe er sich endlich den Stoff überwarf. Wobei er das so langsam tat, als *wollte* er, dass ich ihn anstarrte.

Ich jedoch wandte den Blick ab. Dieser huschte zwar verstohlen immer mal wieder in seine Richtung, aber das zählte nicht.

»Wollen wir uns noch etwas hinlegen und die Nordlichter anschauen?«, fragte ich irgendwann, um die Stille zwischen uns mit

Worten zu füllen. Dabei deutete ich auf das Bett und merkte selbst, wie sich das anhören musste.

Nun war es an Shane, etwas unbeholfen zu stammeln. Er kratzte sich am Kopf. »Ehm, ja klar, wenn es für dich kein Problem ist? Sonst würde ich auch schon rüber ins andere Schlafzimmer gehen.«

»Ach, quatsch«, winkte ich viel zu schnell ab. »Das Bett ist riesig. Wir können ja eine Kissenwand zwischen uns aufbauen, um uns nicht zu nahe zu kommen.«

Was? Wieso sagte ich so bescheuerte Sachen? Ich fühlte mich, als hätte man mir ordentlich ins Hirn geschissen!

Shane biss sich auf die Lippe. Vermutlich um sich einen Kommentar zu verkneifen. Dieses Mal konnte ich es ihm wirklich nicht verübeln, denn ich merkte selbst, wie dämlich ich mich aufführte.

»In Ordnung«, sagte er irgendwann und sprang lachend aufs Bett. Ich schaltete das Wohnzimmerlicht aus, ging auf ihn zu und tat es ihm nach.

So lagen wir einfach nur da und schauten in den Nachthimmel, der sich über uns erstreckte. Zunächst ging mein Puls noch ungewöhnlich schnell, da diese Nähe zu Shane mir Unbehagen bereitete. Doch je mehr ich den Fokus auf das legte, was um uns herum geschah, desto schneller beruhigte ich mich wieder.

Es war friedlich, den Blick auf das tanzende Lichtspektakel gerichtet zu halten. So, als wäre alles Böse auf dieser Welt in weite Ferne gerückt. So, als gäbe es niemanden, mit dem Dad es sich verscherzt hatte.

Dad. Was er wohl gerade trieb? Und die anderen?

Ich seufzte leise, während ich an die Dinge dachte, die Tausende Meilen weit entfernt lagen und sich doch wie ein Schatten über mich schoben. Das war's also mit dem Frieden. Plötzlich waren Bilder in meinem Kopf, die ich versuchte wegzublinzeln. Es war keine Angst, die mich plötzlich einholte, sondern Wehmut. Trauer. Einsamkeit.

»Hey, ist alles in Ordnung?«, fragte Shane voller Besorgnis. Er legte sich auf die Seite und stützte den Kopf auf seiner Hand auf. Als ich zu ihm schaute, waren seine Brauen zusammengezogen und seine Lippen zusammengepresst.

»Ja«, sagte ich ruhig. »Ich habe eben nur an meine Familie und meine Freunde gedacht.«

»Sie fehlen dir sehr, oder?«

Ich dachte kurz darüber nach. Eigentlich hätte ich ein schlechtes Gewissen haben müssen, denn ich hatte in den vergangenen Tagen wenig an zu Hause gedacht. Vielleicht lag das aber auch daran, dass ich kaum Zeit gehabt hatte. Meine Tage hatten schließlich aus Arbeit, Arbeit, Arbeit bestanden. Und an den Abenden war ich so ausgelaugt gewesen, dass ich nur noch tot ins Bett gefallen war.

»Nicht so viel, wie sie sollten«, gestand ich mir schließlich ein. »Es ist so wunderbar, dass es mir vergönnt ist, so viele schöne Dinge zu sehen. Wie das hier …« Ich deutete mit einer ausschweifenden Handbewegung nach oben. »Das alles ist atemberaubend. Hier ist es so friedlich. Keine Ahnung, womit ich das verdient habe.«

Meine Wangen erhitzten sich, denn es war die Wahrheit. Jedes einzelne Wort war so verdammt wahr.

»Aber das ist doch gut«, begann Shane. »Also nicht, dass du sie nicht vermisst, aber dass du dich an dein neues Leben hier bei uns gewöhnst. Es war eine unglaubliche Umstellung für dich und du hast sie gemeistert. Ich hätte nie geglaubt, dass du das schaffst, aber du hast dich so schnell bei uns eingelebt und bist zu einem festen Bestandteil unserer Familie geworden. Das rechne ich dir hoch an.«

Seine Worte brachten mein Innerstes zum Schmelzen und als er zu mir herüber und nach meiner Hand griff, setzte mein Herz einige Schläge aus. Die Berührung war so zaghaft und doch so deutlich spürbar. Eine Gänsehaut zog sich über meinen kompletten Körper und ich spürte, wie sich meine Nackenhärchen aufstellten. Dass Shane mich dabei so liebevoll anlächelte, tat sein Übriges.

»Danke, es bedeutet mir viel, dass du das sagst.« Und auch das entsprach der Wahrheit. »Ohne dich würde ich das alles nicht überstehen«, sagte ich etwas leiser.

Doch Shane hörte jedes Wort, das konnte ich deutlich sehen. Seine weichen Züge verhärteten sich schlagartig und er zog seine Hand so schnell von der meinen, dass mich augenblicklich eine eisige Kälte durchzog. Dann drehte Shane sich wieder auf den Rücken und fixierte die Himmelskörper.

»Habe ich etwas Falsches gesagt?«, wollte ich wissen. Jetzt, wo wir uns langsam angenähert und unsere Streitigkeiten hinter uns gelassen hatten, wollte ich nicht, dass etwas zwischen uns stand. Ich brauchte Shane ehrlich. Ohne ihn wäre die Zeit in Finnland schier unerträglich.

Sein Adamsapfel hob und senkte sich. »Nein, es liegt nicht an dir, Cora.«

»Was ist es dann?«

Er atmete tief durch und schloss die Augen. »Das ist unwichtig.« Dann drehte er sich auf die Seite und mir den Rücken zu.

Was war nur so plötzlich in ihn gefahren? Wo war die Leichtigkeit zwischen uns beiden auf einmal hin? Es musste etwas gewesen sein, was ich gesagt hatte. Anders waren diese plötzliche Stimmungsschwankungen nicht zu erklären. Was es war, würde ich aber heute nicht mehr erfahren, so viel war sicher.

Ich versuchte die Tränen wegzublinzeln, doch vereinzelte verließen nichtsdestotrotz die Winkel meiner Augen. Irgendwann gelang es mir dennoch, meine Gedanken abzuschalten und in den Schlaf zu gleiten.

Kapitel 17

Es war eine unruhige Nacht gewesen. Immer und immer wieder war ich aufgewacht, hatte mich herumgewälzt und mich dabei ertappt, wie ich Shane verstohlen musterte. Dieser war wie versteinert dagelegen und hatte keinen Laut von sich gegeben, sodass ich zwischendurch kurz davor gewesen war, seinen Puls zu fühlen, um sicherzugehen, dass er überhaupt noch am Leben war.

Früh morgens lag er auf einmal nicht mehr im Bett. Ich rieb mir die müden Augen und richtete mich auf. Es dauerte etwas, bis ich die Orientierung zurückerlangt hatte und aufstehen konnte. Im Türrahmen blieb ich einen Moment stehen. Ich sah mich um und mein Blick blieb an Shane hängen, der voll bekleidet auf der Couch saß. Der Fernseher war eingeschaltet, doch der Geräuschkulisse nach zu urteilen war das ein finnischer Sender, weshalb ich ohnehin kein einziges Wort verstand.

»Morgen«, nuschelte ich, als ich mich wach genug dafür fühlte.

»Guten Morgen«, erwiderte Shane.

Er versuchte einen freundlichen Ton aufzulegen, doch es fiel ihm sichtlich schwer. Seine Gesichtszüge waren so hart, dass man denken konnte, er wollte jemanden verprügeln. Das schlechte Gewissen nagte an mir, denn ich wusste, dass ich für seine Laune verantwortlich sein musste.

»Zieh dich an, wir müssen gleich los.«

Da ich keine Lust hatte, mich am frühen Morgen bereits mit Mr

»Bin-mit-dem-falschen-Fuß-aufgestanden« anzulegen, beeilte ich mich und gab mir keine Mühe mit meinem Aussehen, auch wenn ich mich furchtbar fühlte. Das war aber nur allzu verständlich, bedachte man, wie kurz meine Nacht gewesen war.

Fünf Minuten später kam ich schon wieder aus dem Bad. Shane stand mit vor der Brust verschränkten Armen gegen die Wand gelehnt da und tippelte mit dem Fuß genervt auf den Boden.

»Krieg dich mal wieder ein!«, zischte ich, nun ebenfalls genervt. Mir lag noch die ein oder andere bissige Bemerkung auf der Zunge, doch ich schluckte sie herunter. Es brachte nichts, mit Shane zu diskutieren, wenn er sich in diesem Zustand befand. Dennoch musste ich gestehen, dass mein Herz in tausend Teile zerbrach.

Shane war mein Fels, mein Anker, der letzte Strohhalm, nach dem ich greifen konnte in dieser misslichen Zeit. Er war der Grund, weshalb ich kaum einen Gedanken an meine Familie, meine Freunde und mein früheres Leben verschwendete. Und nun machte er das mit seiner Laune zunichte. Alles, woran ich in den letzten Wochen so hart gearbeitet hatte. Woran *wir* gearbeitet hatten.

»Kommst du?«, rief er mir über die Schulter zu.

Seufzend folgte ich ihm, doch nicht, ohne einen letzten Blick durch das Zimmer gleiten zu lassen. Ich vermisste die Aussicht schon jetzt. Dennoch blieb mir nichts weiter übrig, als die Tür langsam ins Schloss fallen zu lassen und zu Shane aufzuschließen.

Emil saß bereits an einem der Frühstückstische und machte sich über seinen vollen Teller her. Als er uns herannahen sah, strahlte er über beide Ohren und winkte uns zu sich heran.

Es war deutlich zu sehen, dass Shane sich nichts sehnlicher wünschte, als diesen Ort schleunigst zu verlassen. In meinem Kopf ging ich unser Gespräch von gestern Nacht noch einmal durch, um nach einem Anhaltspunkt zu forschen, weshalb er sich plötzlich so verhielt. Aber mir fiel beim besten Willen nichts ein. Ich hatte mich doch lediglich bei ihm bedankt, dafür, dass er mir all dies gezeigt hatte und für mich da gewesen war. Daran war doch nichts verwerflich, oder?

»Guten Morgen! Habt ihr gut geschlafen?« Emil war eindeutig ein Morgenmensch.

Shane erwiderte mit einem tiefen Grummeln, während ich nickte. »Ja, danke! Die Betten hier sind einfach himmlisch.«

Emil stimmte zu. Während wir frühstückten, unterhielten wir beide uns ausgelassen. Shane machte nicht den Eindruck, sich der Unterhaltung anschließen zu wollen, und wir drängten ihn auch nicht. In seiner derzeitigen Verfassung war er nicht unbedingt die beste Gesellschaft.

»Können wir los?«, fragte er lediglich, kaum hatten wir den letzten Schluck Kaffee ausgetrunken.

»Du bist der Fahrer«, erwiderte Emil. »Also wenn du gehen willst, dann gehen wir.«

***

Zwar brauchten wir gerade mal eine knappe Stunde, ehe wir wieder daheim waren, doch die Fahrt kam mir vor wie eine halbe Ewigkeit. Von Shane ging so viel Negativität und schlechte Laune aus, dass es auf uns abfärbte. Selbst der immer lächelnde Emil blickte trübsinnig aus dem Fenster.

Als Shane den Wagen auf das Grundstück lenkte, konnte ich bereits aus der Entfernung eine Gestalt vor der Haustür erkennen. Je näher wir kamen, desto deutlicher wurden Tante Jennys Konturen. Sie trug einen dicken Wintermantel und hielt eine kleine Reisetasche in der Hand. Ihre Erscheinung wirkte unentspannt und hektisch, so, als hätte sie es eilig.

Noch während wir fuhren, ließ Shane mit einem schnellen Knopfdruck das Fenster hinuntergleiten. Eisiger Wind füllte sogleich das Wageninnere, wodurch ich auf dem Beifahrersitz zu schlottern begann.

»Alles in Ordnung, Mom?«, rief er gegen den Wind an.

Jenny verfestigte den Griff um die Tasche und stapfte durch den immer höher werdenden Schnee auf uns zu. Sorgenfältchen zierten ihre Stirn. Mit zusammengepressten Lippen schüttelte sie ganz sacht den Kopf.

»Meine Freundin Isla hatte einen kleinen Unfall und musste ins Krankenhaus. Nachher wird sie notoperiert.«

Shane atmete scharf zwischen den Zähnen ein. »Wird sie wieder?«

»Ja«, erwiderte Jenny ruhig. »Kein Grund zur Sorge, sie hat sich nur das Bein bei einem Sturz blöd gebrochen. Aber sie braucht jemanden, der ein paar Tage auf die Kinder aufpasst, während ihr Mann arbeitet. Deswegen muss ich den Wagen haben. Ich werde voraussichtlich bis Mittwoch weg sein und möchte, dass Cora und du euch in der Zeit um die Hunde kümmert.« Sie schob ihren Kopf ein Stück weiter durchs Fenster und richtete das Wort an Emil. »Würdest du dich bis dahin um die Ställe kümmern? Solltest du Coras Hilfe benötigen, dann sag Bescheid, dann werden wir schon eine Möglichkeit finden–«

»Natürlich«, unterbrach Emil sie und lächelte. »Ich schaffe das.«

Jenny atmete erleichtert aus und die Anspannung fiel von ihren Schultern ab. »Danke.«

Wir beeilten uns und stiegen nacheinander aus dem Van aus, damit Jenny losfahren konnte. Es war sicher merkwürdig, in den kommenden Tagen die einzige Frau im Haus zu sein – umgeben von Männern. Außerdem war es mir zuwider, dass mir die Aufgabe zuteilwurde, gemeinsam mit Shane die Hunde zu versorgen. Sie brauchten massig Auslauf, was bedeutete, dass wir beide mehrere Stunden täglich aufeinanderhocken würden. Wäre der gestrige Abend nicht wie eine dunkle Gewitterfront über unseren Köpfen geschwebt, dann hätte ich die gemeinsame Zeit vermutlich freudig herbeigesehnt, doch durch die bedrückende Stimmung, die aktuell herrschte, würde sie wohl mehr zu einer Qual werden.

»In zwanzig Minuten beim Gehege. Zieh dich warm an!«, dirigierte Shane mich, kaum waren wir durch die Tür und Jenny davongefahren.

»Was? Wir gehen *jetzt*?«

»Natürlich, was hast du denn gedacht?« Genervt stöhnend verdrehte er die Augen und ließ mich mit Emil im Flur zurück.

Ich wandte mich unserem Gastarbeiter zu, der mich mitfühlend von der Seite betrachtete. »Ist etwas vorgefallen?«

»Wenn ich das wüsste!«

»Gestern schien doch noch alles in Ordnung zu sein.«

Ich nickte. »Keine Ahnung, was ihm über die Leber gekrabbelt ist. Er ist wohl mit dem falschen Fuß aufgestanden. Aber solche Stimmungsschwankungen liegen in der Familie.«

Emil lachte leise. »Ich vergesse immer wieder, dass ihr Cousin und Cousine seid. Ihr zwei seid so unterschiedlich!«

Ein Kloß setzte sich in meinem Hals fest. »Das liegt sicher nur daran, dass wir uns so selten sehen«, versuchte ich die Situation irgendwie zu retten. Allerdings konnte ich Emil deutlich anmerken, dass er keines meiner Worte glaubte. Einer seiner Mundwinkel zuckte in die Höhe, genauso wie seine Augenbrauen. Egal was er zu glauben dachte, er behielt es für sich.

»Ich gehe mich dann auch mal für die Arbeit umziehen. Bis später!«

Als Emil in Richtung der Arbeiterunterkünfte verschwunden war, flitzte ich schnell in mein Zimmer und machte mich in Windeseile fertig.

***

Shane stand schon am Huskygelände, als ich mich in meiner dick gefütterten Thermokleidung zu ihm gesellte. Ich fühlte mich wie ein Michelinmännchen, konnte mich kaum auf den Beinen halten in diesen sperrigen Klamotten. Als Shanes Blick über meinen Körper glitt, meinte ich, die Belustigung aus seinen Augen herauslesen zu können.

»Wir nehmen die Schneemobile«, erklärte er und deutete auf den Schuppen. »Kannst du fahren?«

Ich schüttelte den Kopf.

»Bist du schon mal Jetski gefahren?«

»Ein paar Mal im Urlaub.« Und ich hatte es geliebt. Das Gefühl, auf einem motorisierten Gefährt über das Wasser und die Wellen zu brettern, den Wind in den Haaren und die aufspritzende Gischt am Körper zu spüren, war absolut berauschend gewesen. Es gab wenige Ort auf der Welt und kaum einen Moment in meinem Leben, an dem ich mich jemals freier gefühlt hatte als beim Jetski-Fahren.

»Gut«, sagte Shane weiter. »Das Steuern eines Schneemobils ist aufgrund der Automatik nicht großartig anders. Eigentlich braucht man dafür zwar einen gültigen Führerschein, aber dort, wo wir hinfahren, begegnen wir keinen anderen Menschen, die wir gefährden könnten.«

Shane schlenderte zum Schuppen und ich folgte ihm auf Schritt und Tritt.

Er schob vorsichtig zwei der Schneemobile heraus.

»Der rechte Hebel ist zum Gasgeben, der linke zum Bremsen. Bitte nicht beide gleichzeitig betätigen, das beschädigt den Motor. Der rote Knopf ist für den Notfall. Dann geht das Ding einfach aus.«

»So wie beim Jetski das Band am Handgelenk?«

Shane lächelte. »So ähnlich. Aber beim Schneemobil musst du den Knopf wirklich drücken, um den Motor auszuschalten. Gesteuert wird mit dem Lenkrad und durch Gewichtsverlagerung. Meinst du, du schaffst das?«

Ich suchte den sarkastischen Unterton in seiner Stimme, konnte ihn aber nicht finden. »Ich denke schon«, sagte ich daher.

»Gut. Du kannst ja ein paar Runden auf dem Feld drehen, um dich an das Fahrzeug zu gewöhnen. Aber fahr nicht zu schnell.«

Ganz behutsam schwang ich ein Bein über den Sitz und machte es mir auf dem Schneemobil gemütlich. Das Leder fühlte sich selbst durch die Thermohose unglaublich kalt an meinem Hintern an. Unter den dicken Handschuhen begannen meine Hände vor Nervosität zu schwitzen. Rechts Gas, links Bremse. Das hatte Shane gesagt und es klang wirklich nicht sonderlich schwer zu bewerkstelligen. Trotzdem raste mein Herz.

Einen Moment lang versuchte ich noch ein Gefühl für das Gefährt zu bekommen und eins mit ihm zu werden. Dann lehnte ich mich sacht nach vorn und gab Gas. Sofort schoss das Schneemobil übers Feld. Ein kehliges Kreischen entfuhr mir, das sich in einem hysterischen Lachanfall verlor. Völlig egal ob mir die kleinen Schneeflocken das Gesicht zerkratzten – das Gefühl, über das Feld zu sausen, war atemberaubend. Shane hatte mit seinem Jetski-Vergleich den Nagel auf den Kopf getroffen.

Behutsam lehnte ich mich nach rechts, im selben Augenblick, wie ich das Lenkrad in ebenjene Richtung schwenkte. Mein Herz setzte einen Schlag aus, beruhigte sich aber wieder, als es bemerkte, dass es keinen Grund zur Sorge gab. Ich kippte nicht vom Motorschlitten, sondern glitt sanft wie auf Wattewolken über den Puderschnee.

Ich sah zu Shane, der am Husky-Gelände stand und mich lächelnd beobachtete. Wieso konnte er nicht immer so fröhlich schauen, sondern wechselte seine Stimmung häufiger als eine Frau mit PMS?

Darauf bedacht, nicht zu schnell zu fahren, lenkte ich das Mobil in Richtung des Geheges und bremste ab. »Und, wie war ich?«

»Ganz okay, schätze ich«, erwiderte Shane mit einem spitzbübischen Grinsen.

Die Hunde rannten in ihrem Gehege schon aufgeregt hin und her. Sie schienen genau zu wissen, dass es jeden Augenblick losgehen würde und sie herumtollen durften. Hechelnd und mit den Schwänzen wackelnd sprangen sie herum. Dieser Anblick ließ sie deutlich weniger angsteinflößend aussehen.

Ich wartete, bis Shane das kleine Tor quietschend öffnete. Es dauerte nur den Bruchteil einer Sekunde, ehe die ersten der Huskys sich um seine Beine herum und raus aus dem Gehege schlängelten.

Kopfschüttelnd lachte Shane. Der melodische Klang war herzerwärmend und ich hoffte, dass diese Ausgelassenheit anhalten würde.

Als er das Gehege verließ und das Tor hinter sich schloss, setzte er allerdings schon wieder seine steinerne Maske auf. »Komm, sonst entlaufen die Hunde.« Dann schwang er sich auf das zweite Schneemobil und bretterte los, immer den Huskys hinterher, die genau zu wissen schienen, wo es langging.

Seufzend startete auch ich den Motor und versuchte mich selbst auf andere Gedanken zu bringen. Also konzentrierte ich mich auf die Umgebung. Der Fahrtwind wirbelte meine Haare auf und trieb mir Tränen in die Augen, die, kaum waren sie auf meinen Wangen angekommen, zu Eis gefroren.

Shanes Schneemobil wurde in der Ferne immer kleiner, weshalb ich etwas mehr Gas gab, um schneller zu ihm aufzuschließen. Wenn ich eines in dieser Tristesse nicht wollte, dann war es, verloren zu gehen. Zwar konnte ich mich noch an den Pfotenabdrücken und Spuren der Mobile orientieren und den Weg nach Hause finden, doch sollte der Schneefall noch stärker werden, wäre von den Spuren bald nichts mehr zu erkennen.

Meine Finger waren um den Lenker bereits klamm und schmerzten. Ich schlotterte am gesamten Körper, trotz der Tatsache, dass es mir großen Spaß machte, durch den Wald zu brettern.

Als Shane einen Blick über die Schulter und mir zuwarf, bremste er ab. Kaum war ich neben ihm angekommen, konnte ich das Verdrehen seiner Augen sehen und sein Aufstöhnen hören. Die Ader in meiner Stirn begann zu pochen.

»Wo ist dein Problem?«, entfuhr es mir lauter als beabsichtigt. »Warum bist du auf einmal so, so ... Argh!«

»So was?«, fragte er spitz.

»So verdammt arschig! Dein arrogantes Machogehabe geht mir gehörig gegen den Strich!«

Ich verschränkte die Arme vor der Brust und lehnte mich auf dem Sitz etwas zurück, um eine bequemere Position einzunehmen. Dabei presste ich die Zähne so fest aufeinander, dass meine Kiefer nach kürzester Zeit schmerzten.

»Ach, das Prinzesschen hat etwas gegen Arroganz einzuwenden, ja?«

Am liebsten hätte ich ihm den Sarkasmus aus dem Gesicht geschlagen.

»Und wie ich gestern bereits sagte, hat meine Laune nichts mit dir zu tun.«

»Dann behandle mich nicht so von oben herab!«

Shane rang mit sich, als würde er einen inneren Kampf mit sich austragen und nicht wissen, wer als Sieger hervorgehen würde. Immer wieder schaute er kurz zu mir und Hoffnung keimte in mir auf, dass er etwas sagen, sich erklären wollte, doch er schwieg.

Noch eine gefühlte Ewigkeit lang lieferten wir uns ein stummes Blickduell. Doch meine Wut verpuffte schlagartig, als ich an ihm vorbei in Richtung des Feldes schaute, auf dem nicht nur die Huskys gerade ausgelassen tobten. Mit einem Satz sprang ich vom Schneemobil und auf das Feld zu.

»Wo willst du hin?«, rief Shane mir hinterher, doch seine Stimme wurde vom Wind davongetragen.

Als ich ein paar Schritte gelaufen war, hielt ich abrupt inne. Mein Blick hatte mich also nicht getrogen. Nur wenige Meter entfernt erkannte ich zwei große und drei kleine Füchse, sie spielten miteinander. Doch im Gegensatz zu den Tieren, die bei uns in Amerika lebten, waren diese hier genauso weiß wie der Schnee, in dem sie herumtollten. Sie sprangen einander an, wälzten und rollten sich in der Puderschicht und sahen einfach nur rundum glücklich und zufrieden aus.

»Wieso bist du weggerannt?« Shane tauchte neben mir auf, atmete schwer und stützte die Hände auf den Oberschenkeln ab.

Da ich ihm eine Antwort schuldig blieb, folgte er meinem Blick.

»Das ist eine Polarfuchsfamilie«, erklärte er mir leise, vermutlich, um die Tiere nicht zu verschrecken. »Normalerweise sind sie menschenscheu, besonders wenn sie ihre Jungtiere dabeihaben.«

»Wieso haben sie dann keine Angst?«

»Ich weiß es nicht«, gestand Shane. »Das sind vermutlich ihre natürlichen Instinkte. Sie spüren, dass von uns keine Gefahr ausgeht.«

Ich beobachtete das sich vor mir auftuende Spektakel eine Weile. Shane ließ mich gewähren. »Wie viel Spaß es machen muss, durch den Schnee zu springen und zu spielen. Das würde ich auch gern tun.«

Aus dem Augenwinkel sah ich, dass Shane sich mir zuwandte. »Ach, wirklich? Das willst du?«

»Ja!«, stieß ich hervor.

Das hätte ich mal besser sein lassen, denn keinen Atemzug später packte Shane mich, warf mich erst über seine Schulter und, nachdem er ein paar Schritte vorwärtsgegangen war, in den Schnee.

Ein spitzer Schrei entfuhr mir, als ich in dem weichen eisigkalten Puderschnee landete. »Spinnst du jetzt völlig?«

Shane prustete los. So laut und so ausgelassen, dass ich mich fragte, was jetzt wieder in ihn gefahren war. Irgendwann begann er, wie eine Robbe zu fiepen und nach Luft zu ringen.

Na, warte!

Ich nutzte den Moment, in dem er mir keine Beachtung schenkte, um einen Schneeball zu formen und zu werfen. Als dieser ihm auf direktem Weg ins Gesicht flog und dort zerfiel, brach auch ich in schallendes Gelächter aus.

In Shanes Augen blitzte etwas auf, was einer Mischung aus Wut und Belustigung glich. »Du willst Krieg, du bekommst Krieg!«, sagte er mit drohendem Unterton in der Stimme.

Oh, oh.

So schnell ich konnte, rappelte ich mich auf und versuchte wegzurennen, aber der Boden unter der Schneedecke war gefroren, weshalb ich wegrutschte und kopfüber hinflog. Shane nutzte den Moment, warf sich auf mich und schaufelte mir mit beiden Händen einen Haufen Flocken hinten in den Thermoanzug. Sobald diese mit meiner Haut in Berührung kamen, schmolzen sie und rannen meinen Rücken hinunter.

»Ahhhh, ihhhh, das ist so kalt, mach das weg!« Ich verlor mich in einem Lachanfall, aus dem es kein Entkommen zu geben schien. Shane stimmte mit ein. Als ich mich wieder gefangen hatte, forderte ich meine Revanche ein.

Und so kam es, dass wir mindestens eine halbe Stunde wie die Polarfüchse und Huskys über das Feld rannten, uns mit Schneebällen bewarfen oder einseiften. So lange, bis unsere Lungen brannten und es kaum noch möglich war, Luft zu bekommen.

Ich ließ mich fallen und setzte mich mitten in den Schnee. Mein gesamter Körper war bloß noch ein Eisblock, aber das war mir gerade so was von egal. Ich genoss einfach diesen Augenblick, der sich uns eben geboten hatte. Shane setzte sich ebenso außer Atem neben mich. Noch immer war das Grinsen auf seinen Lippen wie festgefroren. Ich erwiderte es, was ihn dazu veranlasste, etwas näher an mich heranzurutschen.

Ach! Jetzt auf einmal kam er wieder angekrochen. Aber dieses Verhalten als Annäherungsversuch zu werten war der schlimmste Fehler, den ich hatte machen können. Denn Shane packte mit der rechten Hand plötzlich meinen Hinterkopf und warf mir mit der linken Hand lawinenartig so viel Schnee ins Gesicht, dass ich kurz davor war, daran zu ersticken.

Ich fuchtelte wie eine Verrückte herum, wedelte mit den Armen, aber Shane war viel zu stark, als dass meine kläglichen Versuche, mich zu wehren, Früchte getragen hätten. Als er keinen weichen Schnee mehr fand, ließ er lachend von mir ab. Er lachte so sehr, dass er sich den Bauch hielt. Ich jedoch war derartig durchgefroren, dass ich nicht mal etwas sagen konnte. Und auch wenn, ich war ihm gerade absolut nicht böse, auch wenn ich keine Schneedusche gebraucht hätte.

»Was, kein genervter Spruch von dir, Prinzesschen?«, sagte Shane und wischte sich die letzten Lachtränen aus den Augenwinkeln.

Ich schüttelte den Kopf. »Nein, ich will den Moment nicht ruinieren. Das ist schließlich *dein* Spezialgebiet.« Die Worte waren wie kleine Geschosse, schroffer, als ich es beabsichtigt hatte.

Shane verzog den Mund zu einem traurigen Lächeln. »Tut mir leid«, sagte er. Dann breitete er die Arme aus. »Frieden?«

Ich war skeptisch. »Du willst mich nur wieder einseifen.«

Er lachte. »Nein, versprochen.«

»Na schön.« Ich rutschte an ihn heran. Jedoch hatte ich schon wieder nicht daran gedacht, dass der Boden unglaublich glatt war, weshalb meine Hand, mit der ich mich gerade hatte abstützen wollen, wegrutschte. Shane versuchte mich abzufangen, aber stattdessen knallten wir mit der Stirn aneinander. »Autsch!«

»Dein Schädel ist hart wie Stein!« Er lachte und rieb sich die Beule. Als ich hochschaute, trafen sich unsere Nasenspitzen. Wir waren einander so nah, dass wir dieselbe Luft atmeten. Shanes Augen funkelten und ich konnte jeden einzelnen goldenen Sprenkel in ihnen deutlich erkennen. Darunter mischten sich grüne Pünktchen und bei genauerer Betrachtung konnte man auch vereinzelt bläuliche Sprenkel erkennen, die sich von dem hellen Braun abhoben. Sie schlängelten sich vom äußeren Rand seiner Iriden in Richtung Mitte, wo sie aufeinandertrafen und in einer Farbexplosion rund um seine Pupille endeten.

Ohne es zu merken, rutschte ich noch näher an ihn heran. Ich wurde von seinen Augen förmlich magisch angezogen.

»Cora …« Shane flüsterte meinen Namen so leise, dass mir beinahe so war, als hätte ich mir seine dunkle, kratzige Stimme nur eingebildet. Doch das hatte ich nicht.

Er befeuchtete seine Lippen. Sein Atem ging schneller, traf in unbeständigem Rhythmus auf meine Lippen, die den seinen so nahe waren.

Erst jetzt wurde mir bewusst, in welcher Lage wir uns befanden. Aber es war mir egal. Shane hatte die Arme um meine Hüfte gelegt, während meine Hände auf seinen Schultern ruhten. Noch immer befanden wir uns Nasenspitze an Nasenspitze. Es waren nur Zentimeter, wenn nicht sogar nur Millimeter, die uns voneinander trennten.

Mittlerweile ging auch mein Atem schneller, während das unsichtbare Band mich immer näher an Shane heranzog, sodass ich ihm meinen Körper fast schon gierig entgegenstreckte.

Ich musste nur noch die letzte Distanz zwischen uns überbrücken.

Shanes Blick sprach Bände. Hungrig schaute er mich an, Verlangen loderte in seinen Augen. Es war wie eine Einladung, der ich nur allzu gern folgte.

»Cora …«, flüsterte er erneut.

»Shane«, hauchte ich gegen seinen leicht geöffneten Mund. Doch bevor ich den Abstand zwischen uns weiter verringern konnte, schob er mich sacht von sich.

»Nein«, sagte er, nun bestimmter. »Es tut mir leid. Das hier ist falsch.«

Mit einem Ruck stand er auf, sodass ich beinahe wieder in den Schnee fiel. Nur mit Mühe und Not konnte ich mich rechtzeitig abfedern.

»Du wolltest wissen, was plötzlich los ist? Wo mein Problem liegt?

Genau *das* ist mein Problem«, stieß Shane hervor und deutete auf den Abstand, der nun zwischen uns lag. »Du. Das hier. Du musst aufhören mir den Verstand zu rauben, Cora.«

»Aber–« Ich wusste nicht, was ich erwidern sollte. Einerseits schmeichelte mir sein Geständnis, andererseits hatte er mich soeben von sich gestoßen, wo ich mir doch gerade nichts sehnlicher gewünscht hatte, als seine Lippen endlich auf meinen zu spüren. Wenn ich genau darüber nachdachte, hatte ich das schon in dem Moment gewollt, in dem unsere Blicke sich zum ersten Mal getroffen hatten. Shane und mich verband etwas. Etwas, das ich nicht zu deuten vermochte. Er war anders als jeder Mann, den ich bisher im Leben getroffen hatte. Nie zuvor hatte ich mich so schnell zu jemandem hingezogen gefühlt. Und zwar nicht nur auf körperlicher Ebene.

»Du kannst nichts dafür. Ich bin einfach schwach.«

»Sag so etwas nicht«, erwiderte ich. »Mir geht es nicht anders. Ich weiß selbst, dass es nicht geht. Immerhin müssen wir eine glückliche Familie mimen.«

»Genau. Und dieses Schauspiel müssen wir aufrechterhalten.« Er reichte mir die Hand, um mir aufzuhelfen, und ich ergriff sie.

»Ja, das müssen wir wohl«, sagte ich, ohne ihn aus den Augen zu lassen. Ich musste den Kopf in den Nacken legen, um Shane direkt anzuschauen.

»Ja, egal wie schwer es ist.« Er schluckte.

Ich nickte. »Egal wie sehr wir uns zueinander hingezogen fühlen.«

»Cousin und Cousine.«

»Nicht mehr und nicht weniger.«

Noch immer loderte ein Feuer in Shanes Blick. »Ach, scheiß drauf!«

Mit einer schnellen Handbewegung griff er um meine Hüfte, zog mich an sich und legte seine Lippen auf meine. Ich war so überrascht, dass ich einen Moment brauchte, um mich diesem Kuss vollends hingeben zu können. Doch kaum hatte ich die Augen geschlossen und den Mund einen Spaltbreit geöffnet, ging Shanes Zunge auf Tuchfühlung.

Es war, als sollte es so sein. Er und ich. Hier an diesem Ort. Tausende Meilen entfernt von meiner Heimat. Als hätte das Schicksal zwei Seelen, die zueinander gehörten, endlich vereint.

Kapitel 18

Ich wusste nicht, wie lange wir so dastanden. Inmitten des schneebedeckten Feldes – mit dem Wind, der uns um die Ohren blies, und aufgeheizt durch die Leidenschaft, die wir empfanden. Aber der Augenblick war viel zu schnell wieder vorbei. Als Shane von mir abließ und sich zurückzog, schaute er mich voller Entsetzen an.

»Verdammt!«, zischte er und taumelte einige Schritte zurück. Er legte die Hände über dem Kopf zusammen und drehte sich mehrfach im Kreis. Dabei murmelte er einige unverständliche Flüche. Ich meinte sogar, dass er auf Finnisch fluchte.

»Shane …«, setzte ich an. Aber es war unmöglich, die richtigen Worte zu finden. Die richtigen Worte für etwas, das so falsch war, wie das, was so eben zwischen uns geschehen war. Trotz der Tatsache, dass sich selten etwas so richtig angefühlt hatte.

»Nicht«, sagte er, blieb abrupt stehen und hielt die Hände hoch. »Bleib da stehen, wo du bist. Sonst weiß ich nicht, ob ich mich zurückhalten kann.«

Ich lächelte. Noch immer prickelten und pochten meine Lippen, die von unseren Küssen geschwollen waren. »Okay.«

Ohne etwas zu sagen, beobachtete ich ihn bei seinem Wutausbruch, der einfach nicht abebben wollte. Dabei trat er hier und da einen aufgetürmten Berg Puderschnee weg, fluchte und schrie wie ein Geisteskranker. Ich musste gestehen, dass das ein unfassbar lustiger Anblick war. Dennoch verkniff ich mir das Lachen, denn das hätte ihn vermutlich noch wütender gemacht.

»So, fertig«, sagte er irgendwann. Dann wandte er sich mir zu, stapfte jedoch direkt an mir vorbei. »Lass uns nach Hause fahren. Und niemals jemandem hiervon erzählen, sonst wirst du vermutlich mit dem nächsten Flieger nach Timbuktu verfrachtet.«

»Einverstanden.«

Shane lief über das Feld und scheuchte die Hunde auf. Sie gehorchten seinen Worten, versammelten sich und rannten wieder zurück in die Richtung, aus der wir gekommen waren. Wir setzten uns beide auf die Schneemobile und starteten langsam die Motoren. Zwar fuhren wir in gemächlichem Tempo nebeneinander her, hingen aber unseren eigenen Gedanken nach. Nichtsdestotrotz trafen sich unsere Blicke immer wieder, wenn wir den jeweils anderen verstohlen von der Seite musterten. Es war zum Verrücktwerden. Als hätte man uns Magnete in die Köpfe gepflanzt.

Shane versuchte seine eisige Miene wieder aufzusetzen, aber es gelang ihm nicht. Was wohl kaum verwunderlich war, wenn man bedachte, was für einen wunderschönen Moment wir eben geteilt hatten. Auch wenn sich das zwischen uns niemals wiederholen durfte, würde ich diesen Kuss um nichts in der Welt missen wollen. Er hatte etwas in mir entfacht, das ich schon ewig verloren geglaubt hatte. Endlich hatte ich wieder etwas empfinden können. Es wäre zwar besser gewesen, wenn ein anderer solche Empfindungen in mir hervorgerufen hätte, aber das ließ sich nun mal nicht ändern. Dennoch mussten Shane und ich versuchen dem Drang, einander nahe zu sein, zu widerstehen.

***

Nach ein paar weiteren Minuten – oder waren es Stunden? – kam das Haus ins Sichtfeld. Sobald wir über die Schwelle treten würden, war der Zauber vorüber und wir mussten gezwungenermaßen wieder in unser altes Leben zurückkehren. Shane schien genau dasselbe zu denken, denn er drosselte das Tempo seines Schneemobils noch weiter.

»Kriegst du das hin?«, fragte er mich.

Ich schaute zu ihm auf, überlegte kurz, was er meinte. Dann nickte ich. »Klar. Cousin und Cousine.«

»Nicht mehr und nicht weniger«, bestätigte er.

Aber es war deutlich, dass es ihm genauso schwer wie mir fallen würde. Dennoch blieb uns nichts anderes übrig, als unsere Gefühle füreinander zu verdrängen.

Mein Herz versuchte gegen meinen Verstand anzukämpfen. Es versuchte mir einzureden, dass es falsch war, Shane einfach aufzugeben. Es war nicht so, als hätte mein Verstand das nicht selbst gewusst, doch er war vernünftig genug einzusehen, wann der Kampf verloren war. Und dieser hier war nun mal aussichtslos.

Es war unmöglich für Shane und mich, zusammen zu sein. Zumindest so lange, wie ich mich im Zeugenschutzprogramm befand. Es war egal, wie sehr ich mich nach ihm verzehrte und wie gern ich noch einmal von ihm geküsst werden wollte. Es ging nicht. Es war falsch. Falscher als falsch. Und daran würde sich nichts ändern, egal wie laut mein Herz auch schrie.

Wir parkten unsere Schneemobile vor dem Schuppen und stiegen ab. Shane streckte seine Hand nach mir aus und drückte die meine einmal zärtlich. Dabei schaute er mich schmerzverzerrt mit zusammengepressten Lippen an. Er rang mit sich, das war deutlich zu sehen. Aber er sagte nichts. Stattdessen drehte er sich um und brachte die Huskys zurück auf ihr Gelände.

Ich atmete tief durch, ehe ich die Türen zum Schuppen öffnete und die Mobile hineinschob. Dann machte ich mich auf den Weg in Richtung Haus, ohne noch einmal zu Shane zurückzublicken. Denn ansonsten wäre ich vermutlich auf ihn zugerannt und wäre ihm in die Arme gesprungen, einfach um ihm nahe zu sein.

Ein Kloß setzte sich in meinem Hals fest und ich spürte ein verräterisches Brennen hinter meinen Lidern.

***

»Alles in Ordnung?«

Ich machte einen erschrockenen Satz zurück und fasste mir an die Brust, in der mein Herz heftig zu pochen begann. Emils leises Lachen erfüllte die Ställe.

Als mein Herzschlag sich wieder beruhigt hatte, schaute ich zu ihm auf. Der Ausdruck auf seinem Gesicht war etwas zwischen Belustigung und Sorge.

»Alles in bester Ordnung«, versicherte ich.

Emil nickte. »Deswegen siehst du auch aus wie die kleine My mit deiner Furche auf der Stirn.« Erneut brach er in schallendes Gelächter aus. Dabei krallte er die Finger so fest um den Griff der Box, vor der er gerade stand, dass seine Knöchel weiß hervortraten. Allerdings verstand ich nur Bahnhof.

»Kleine My?«, fragte ich und legte den Kopf schief. Emils blonde Haare standen ihm verschwitzt zu Berge.

»Die Freundin der Mumins?«

»Nie gehört.«

Er zog schockiert die Brauen in die Höhe und fasste sich an den Brustkorb, als würde er einen Infarkt erleiden. »Du machst mich fertig, Cora!«

»Was ist hier los?«

Schon allein Shanes Stimme hinter mir zu hören, ließ mich erschaudern. Eine wohlige Wärme durchzog meinen Körper bei diesem Klang.

Emil streckte den Finger aus und deutete auf mich. »Sie kennt die kleine My nicht. Sie lebt aktuell in Finnland und weiß nicht, wer das ist. Wie kann das sein?« Seine Stimme nahm einen überdramatischen Tonfall an, der mich die Augen verdrehen ließ.

Ich verschränkte die Arme vor der Brust und drehte mich ganz langsam Shane zu. Sofort bereute ich das, denn seine Bernsteinaugen nahmen mich förmlich gefangen. Schnell räusperte ich mich, damit Emil mir mein Gefühlschaos nicht anmerkte. Er hatte gestern bereits zu viele Fragen gestellt. »Du wolltest mir die Mumins in Rovaniemi zeigen, hast es aber nicht gemacht.«

Shanes Mundwinkel zuckte leicht, ehe er sein Handy aus der Hosentasche zog. Er tippte etwas ein und reichte es mir dann. Es war ein Bild von einem dicken weißen Nilpferd.

»Ist das ein ›Happy Hippo‹?«

»Tzz«, machten Emil und er zeitgleich und schielten zu mir. Dann fügte Shane hinzu: »Das ist ein Mumin. Ein nilpferdartiges Trollwesen. Wage nicht, es ›Happy Hippo‹ zu nennen!«

Mann, da reagierte aber jemand allergisch. Doch auch nachdem ich das Foto gefühlte fünf Minuten lang angestarrt hatte, konnte ich keinen wirklichen Unterschied zu einem Nilpferd erkennen. Da ich aber weder Shane noch seine heiß geliebten Mumins weiter verärgern wollte, behielt ich den Kommentar, der mir auf der Zunge lag, lieber für mich.

Als ich ihm das Handy wiedergeben wollte, glitt mein Finger versehentlich über den Home-Button, woraufhin der Browser sich schloss und ich einen Blick auf Shanes Bildschirmhintergrund werfen konnte.

Als ich das Foto sah, trieb es mir erneut die Tränen in die Augen. Es war dumm, eifersüchtig zu sein. Doch nach allem, was zwischen uns vorgefallen war, machte es mich rasend, dass sein Hintergrundbild ihn mit dieser Frau zeigte. Es war das gleiche Foto, das auch eingerahmt auf seinem Nachttisch stand. Wochenlang hatte ich kaum noch einen Gedanken daran verschwendet. Vor allem nicht, nachdem wir uns immer nähergekommen waren. Nun allerdings sehen zu müssen, dass er sich dieses Bild wohl jeden Tag auch noch auf dem Display anschaute und diese Frau ihm eindeutig viel bedeutete, versetzte mir einen Stich.

Es machte mir deutlich, dass ich nichts Besonderes war und dass alles, was ich zwischen uns vermutet hatte, ins Reich der Einbildung gehörte – nicht mehr war als ein Produkt meiner bescheuerten Fantasie! Hatte ich wirklich geglaubt, dass Shane mich mögen konnte? Vermutlich war er nichts weiter als ein Aufreißer, der sich seinen Spaß daraus machte, mit den Gefühlen anderer zu spielen.

»Cora …«, begann er.

»Es war ein langer Tag, ich bin ausgelaugt und müde, von daher werde ich jetzt aufs Zimmer gehen«, unterbrach ich ihn und gab ihm das Handy zurück. Dann wandte ich mich Emil zu, der das Spektakel stillschweigend über sich hatte ergehen lassen. Es war nicht meine Absicht gewesen, dass er es mitbekam. »Schaffst du die restlichen Boxen allein oder brauchst du mich hier unten?«

»Geh nur, ich packe das«, sagte er und nickte. Seine jungenhaften Züge verhärteten sich und eine Furche bildete sich zwischen seinen Augenbrauen, als er mich mit schiefgelegtem Kopf anschaute. Ich musste mir eine Erklärung für mein merkwürdiges Verhalten einfallen lassen, aber das verschob ich auf später.

»Danke.«

Ein letzter Blick auf Shane verriet mir, dass er sich für das Bild rechtfertigen wollte, aber ich wollte seine Ausreden nicht hören. Es ging mich nichts an und es sollte mir im Grunde genommen auch egal sein. Eigentlich sollte ich ihm sogar dankbar dafür sein, denn war es mir bis dato schwergefallen, die Finger von ihm zu lassen, so wusste ich nun mit Sicherheit, dass ich sie mir lediglich an ihm verbrennen würde.

Und auf ein gebrochenes Herz konnte ich durchaus verzichten.

Kapitel 19

Die nächsten Tage waren ziemlich eigenartig. Das Haus und die gesamte Anlage waren eigentlich groß genug, sodass man sich relativ gut aus dem Weg gehen konnte. Außerdem hatte ich Emil davon überzeugen können, sich an meiner Stelle mit Shane um die Huskys zu kümmern. Dennoch schien es, als wollte das Schicksal sich einen schlechten Scherz mit uns erlauben. Es war zum Haareraufen, wie oft Shane und ich aufeinandertrafen, obwohl ich mir nichts sehnlicher wünschte, als ihm aus dem Weg gehen zu können. Wann immer wir uns im Flur oder sonst wo auf der Farm begegneten, schlugen wir eine jeweils andere Richtung ein. Allerdings begegneten wir uns dann meistens keine fünf Minuten später trotzdem in einem anderen Raum wieder.

Bisher war unser Verhalten an Shanes Eltern weitgehend vorbeigegangen, da wir uns beim Essen möglichst normal benahmen und Jenny auch erst seit gestern wieder da war. Trotzdem hatte ich manchmal das Gefühl, dass sie etwas misstrauisch war. Hätte sie Wind davon bekommen, was sich zwischen uns abspielte, hätte das sicherlich verheerende Konsequenzen nicht nur für Shane, sondern auch für mich gehabt. Ich konnte sie nicht gut genug einschätzen, um zu wissen, ob sie mich sofort beim FBI verpfeifen oder erst mal ein Auge zudrücken würde. Denn auch wenn unser merkwürdiges Verhalten nichts mit dem Kuss zu tun hatte, war es doch allzu deutlich, wie viel Spannung in der Luft lag, wann immer wir uns im selben Zimmer aufhielten.

Gerade als ich aus dem Bad kam, fiel mein Blick auf Shanes Zimmertür, die einen Spaltbreit offenstand. Ich hätte diese Tatsache einfach ignorieren und wieder zurück an die Arbeit gehen sollen, aber ich konnte es nicht. Wie von selbst schlich ich auf Zehenspitzen an die Tür und linste durch den Spalt. Im Inneren war es stockduster, lediglich ein sanfter Schein drang durch die Gardinen hindurch, sodass Shane in einen schwachen Lichtkegel gehüllt wurde. Er saß auf dem Bett, aufrecht gegen die Wand gelehnt, und schaute etwas an, das er in der Hand hielt.

Mit beinahe schmerzhaft pochendem Herzen trat ich noch einen Schritt näher heran, darauf bedacht, nicht auf die quietschenden Dielen zu treten. Als ich mich etwas streckte, konnte ich den eckigen Rahmen sehen, den er auf seinen Schoß gebettet hatte. Ein kurzer Blick auf den Nachttisch bestätigte mir, dass es das Foto war, welches dort normalerweise stand.

Ein Kloß schnürte mir die Kehle zu. Bevor ich etwas Dummes tun konnte, machte ich auf dem Absatz kehrt und rannte hinunter in Richtung der Ställe.

Da war es wieder. Dieses stechende Gefühl der Eifersucht, das das Atmen schwermachte und mir die Tränen in die Augen trieb. Zu oft in meinem Leben war ich schon verletzt worden und ich hatte mir geschworen, so etwas nie wieder mit mir machen zu lassen. Und doch war ich nun hier, hatte mich an eine der Boxen gelehnt und war daran hinuntergerutscht, bis mein Hosenboden das Stroh berührte und ich die Arme um die angewinkelten Knie legen konnte.

Was machte ich hier bloß? Verdammt, ich hatte kein Recht, mich aufzuführen wie ein eifersüchtiges Kleinkind. Das, was zwischen Shane und mir vorgefallen war, war ohnehin ein dummer Fehler gewesen, der sich unter keinen Umständen wiederholen durfte. Und doch machte ich ein Fass auf, weil es allem Anschein nach noch eine weitere Frau in seinem Leben gab. Sollte er sich doch mit sonst wem vergnügen! Das konnte und sollte mir egal sein.

Schnaubend legte ich den Kopf auf die Knie und guckte Rudy auf die Schnauze. Er schaute mich aus großen Knopfaugen fragend an, während er genüsslich auf seinen Halmen herumkaute. Auch wenn er nicht mit mir sprach, so war es doch, als könnte ich seine Gedanken in diesem Moment nur allzu deutlich lesen. Ich wusste, dass auch er mein Verhalten lächerlich fand. Sicherlich war er der Meinung, dass ich mich bei Shane entschuldigen sollte, und allmählich beschlich mich das Gefühl, dass er recht haben könnte.

»Cora?«

Ganz langsam stand ich auf und klopfte mir den Schmutz von der Kleidung. Bevor ich die Box verließ, kraulte ich Rudy noch einmal hinter dem Ohr, weshalb er freudig schnaubte.

Als ich aus der Tür trat, drehte ich mich in die Richtung, in der ich die Stimme vermutete. Hoffentlich konnte man mir nicht ansehen, was für ein Sturm in meinem Inneren tobte. »Ja?«

Emil machte ein paar große Schritte auf mich zu und blieb direkt vor mir stehen. »Wie geht es dir?«

»Gut?«

»Ich weiß, dass wir uns kaum kennen«, begann er, »aber wie ich dir schon einmal gesagt habe, kannst du mit mir reden, wenn dich etwas belastet. Ich sehe doch, dass es dir nicht so gut geht, wie du behauptest.«

Anhand seines Tonfalls war deutlich zu hören, wie ernst es ihm war. Und am liebsten hätte ich mich ihm auch anvertraut, ihm alles erzählt, von Anfang bis Ende. Davon, dass ich eigentlich Zoey Hartford war und mich im Zeugenschutzprogramm befand, davon, dass ich ein Auge auf meinen vermeintlichen Cousin geworfen hatte, obwohl das nicht sein durfte. Doch vollkommen gleichgültig, wie sehr es mich auch zerriss, mit meinen Gedanken allein zu sein, es ging nicht anders. Ich konnte Emil in diese Angelegenheit auf keinen Fall mit hineinziehen. Nicht nur, weil es mir untersagt war, sondern auch, wenn ich ihn nicht in Gefahr bringen wollte. Noch konnte niemand von uns ahnen, ob ich hier wirklich dauerhaft in Sicherheit war. Wenn nicht, dann wäre es unklug, wenn andere zu viel wussten. Es reichte schon, dass die Bryces so viel für mich opferten.

Also blieb mir nichts anderes übrig, als zu nicken und Emil zu vertrösten. »Es ist wirklich nichts, worüber du dir Gedanken machen musst.«

Er streckte die Hand aus und platzierte sie auf meiner Schulter. Erst jetzt bemerkte ich, dass sie zu zittern begonnen hatte. Dankbar lächelte ich ihn an.

»Ich habe dich eigentlich auch wegen etwas anderem gesucht«, sagte Emil und räusperte sich. Seine Stimme nahm einen etwas ruhigeren Klang an und sein Blick zuckte unsicher umher. Irgendetwas schien ihm unangenehm zu sein.

»Ja?«, hakte ich nach, da er keine Anstalten machte weiterzusprechen.

»Nächste Woche, an Heilig Abend, ist doch das Rentierrennen.«

Wahnsinn, wie schnell die Zeit vergangen war. Ich hatte wirklich beinahe vergessen, dass Weihnachten bereits vor der Tür stand und es das erste Jahr sein würde, an dem ich nicht in den USA war.

»Ich hatte mich gefragt, ob du vielleicht Lust hättest, gemeinsam mit mir dorthin zu gehen?«

»Oh«, entfuhr es mir überrascht. Damit hatte ich nun nicht gerechnet. »Bist du denn nicht über die Feiertage zu Hause?«

Langsam schüttelte er den Kopf. »Es ist mir ehrlich gesagt zu teuer hin- und herzufliegen, da ich ja nur noch den Januar über als Saisonarbeiter tätig bin.«

»Ah, verstehe.« Einen kurzen Moment dachte ich über diese Einladung nach. Immerhin kannten weder Emil noch ich sonderlich viele Leute hier. Shane würde ohnehin als Jockey antreten und ich konnte gut und gern darauf verzichten, die ganze Zeit an Jenny und Leon zu kleben. Sich gemeinsam das Rennen anzuschauen klang also gar nicht mal so verkehrt. »Klar können wir zusammen hin. Sehr gern sogar!«

»Wirklich?« Emil riss die Augen auf, als wäre er überrascht über meine Zusage.

Schulterzuckend gab ich zurück: »Ja, natürlich!«

»Super! Danke, Cora!« Seine Euphorie war ansteckend und ging auf mich über. »Ich werde dann mal den Schuppen weiter aufräumen. Wir sehen uns sicher nachher noch?«

»Klar, bis später!«, erwiderte ich und hob die Hand in Erwiderung seines Grußes. Dann blieb ich stehen und beobachtete, wie Emil draußen in der Kälte verschwand. Ein ehrliches Lächeln lag auf meinen Lippen. Auch wenn ich in dieser Verabredung kein Date sah, so freute ich mich doch Zeit mit anderen Menschen zu verbringen. Ich war immer eine gesellige Person gewesen und das fehlte mir.

»Emil ist so ein schmieriger Idiot. Ich kann ihn nicht leiden.« Shanes Stimme hinter mir ließ mich zusammenfahren und am ganzen Körper erschaudern.

»Wie bitte?« Ich drehte mich zu ihm um und schaute ihm direkt in die Augen, in denen ich ein unheimliches Feuer lodern sehen konnte.

»Du hast mich schon verstanden.«

»Was gibt dir das Recht, so etwas zu sagen? Emil ist ein netter Kerl, was man von dir ja wohl nicht sagen kann!«, spie ich heraus. Die Worte waren wie spitze Geschosse, das wusste ich selbst. Aber in diesem Moment hatte Shane nichts anderes verdient. Was glaubte er bitte, wer er war?

»Ich bin hergekommen, um mich bei dir zu entschuldigen!«, fauchte er und ging an mir vorbei in Rudys Box. »Und dann muss ich mitansehen, wie du so offensichtlich mit ihm flirtest und dich auch noch von ihm einladen lässt. Das ist doch scheiße!«

»Ist da etwa jemand eifersüchtig?«, neckte ich ihn und verdrehte die Augen.

»Ja, natürlich!« Shane lehnte sich gegen die Box und verschränkte die Arme über dem Kopf.

Es sollte mich wütend machen, dass er sich nun so aufführte und mir auch noch sagte, er wäre eifersüchtig. Er war es schließlich gewesen, der mich verletzt hatte. Und doch setzte mein verräterisches Herz wieder aus und freute sich über diese Worte. Mein Verstand war machtlos.

Ich machte ein paar unsichere Schritte vorwärts und blieb neben Rudy stehen. Man konnte meinen, er verzog das Maul zu einem kessen Grinsen. Kaum zu glauben, dass ich binnen so kurzer Zeit dieses haarige Vieh so ins Herz geschlossen hatte. Wir zwei hatten zwar einen schlechten Start gehabt, aber mittlerweile waren wir beste Freunde. Als hätte er meine Gedanken hören können, neigte er den Kopf vor und zurück, als würde er nicken.

Auch Shane schien das zu bemerken. »Er mag dich. Das ist eine große Ehre, normalerweise hasst er Frauen.«

»Das hat er mir am Anfang deutlich zu spüren gegeben«, erwiderte ich lachend.

Shanes Brust hob und senkte sich schneller als noch zuvor. Eine Strähne fiel ihm ins Gesicht, wobei ich bemerkte, dass seine Stirn glänzte, als hätte er schwer geschuftet. Ich ließ einen flüchtigen Blick über seine Arme gleiten … Verdammt, wieso hatte ich nur so ein Faible dafür?

Vor seinen Lippen formten sich kleine Wölkchen, wann immer er den Atem ausstieß. Wir befanden uns zwar in einem Unterstand, doch die Tür stand offen und pustete den Eiswind hinein.

»Ich will nur nicht allein zum Rennen gehen und dachte, es wäre nett, Emil an der Seite zu haben«, meinte ich, warum auch immer ich mich gerade zu rechtfertigen versuchte.

»Ja, es war auch nett von dir zuzusagen«, stieß er zwischen zwei

Atemzügen hervor. »Das ändert aber nichts daran, dass …« Abrupt hielt er inne, noch bevor er seinen Satz zu Ende gesprochen hatte. Stattdessen widmete er sich ebenfalls voll und ganz Rudy und kraulte ihm das Fell.

»Dass was?«, hielt ich dagegen und machte einen Schritt auf ihn zu. Shane riss seine Augen weiter auf, je näher ich ihm kam. Es sah beinahe so aus, als hätte er Angst vor meiner Nähe. Als würde diese ihm körperliche Schmerzen bereiten. Bei mir war es genau das Gegenteil. Ihn nicht in meiner Nähe zu haben tat weh.

Ich atmete tief durch und machte noch einen weiteren Schritt auf ihn zu. Ich wusste, dass es falsch war. Ich wusste, dass ich besser auf Abstand und ihm aus dem Weg gehen sollte. Aber ich konnte mich nicht dagegen wehren. Es war eine innere Stimme, ein tiefes Bedürfnis, mich an seinen starken Körper zu schmiegen und von ihm halten zu lassen. Dabei war es vollkommen gleichgültig, wie oft wir miteinander stritten, wie oft ich ihm eine verpassen wollte und wie oft er mich so sehr auf die Palme brachte, dass ich ihn weit wegwünschte. Es war egal, dass es Dinge gab, die er mir nicht sagen wollte. Dinge, die wohl mit dieser anderen Frau zu tun haben mussten. Ich brauchte ihn mehr, als ich es mir eingestehen wollte.

Ich musste ihm einfach nahe sein. Und das schien auch er zu spüren. Und auch Rudy, denn er stieß Shane mit dem Po an, sodass dieser nach vorn und direkt auf mich zu stolperte.

»Wieso ist das nur so schwer?«, raunte Shane an meinen Schopf, als er die Arme um meine Taille legte.

»Ich weiß es nicht«, gestand ich atemlos. »Ich weiß es einfach nicht.«

Er neigte sich mir entgegen, wartete ab, als wollte er mein Einverständnis einfordern. Als ich mich auf Zehenspitzen stellte, berührten unsere Lippen sich ein weiteres Mal. Und hatte ich noch bei unserem ersten Kuss vor wenigen Tagen gedacht, es konnte nicht magischer werden, so war es dieses Mal so viel mehr, als ich mir jemals hätte erträumen können.

In meinem Unterleib zog sich alles zusammen. Voller Verlangen presste sich mein Körper ohne mein Zutun Shane entgegen, was ihm ein leises Stöhnen entlockte. Seine Lippen glitten zu meinem Hals hinab, küssten ihn so zärtlich, dass sich meine Nackenhaare aufstellten und es mir immer schwerer fiel, an mich zu halten.

Ich vergrub die Finger fest in seinen Haaren, legte den Kopf in den Nacken, um mich ihm entgegenrecken und seine Küsse vollends genießen zu können. Als Shanes Lippen wieder hinaufgewandert waren, biss er mir sachte in die Unterlippe. Gerade sanft genug, dass es nur auf eine angenehme Art und Weise schmerzte.

Wir waren so stürmisch, dass wir nach kürzester Zeit die Balance verloren und in dem frischen Stroh landeten. Unser Sturz wurde abgefedert, wir kicherten leise, nur um uns sofort wieder aneinanderzuschmiegen und in diesem Augenblick zu verlieren. Ein Augenblick, der meinetwegen endlos hätte sein können.

Doch just in diesem Moment wurde unsere Traumblase, in der es nur uns beide und nichts und niemanden sonst auf der Welt gab, von Jennys Stimme zum Platzen gebracht.

»Shane? Cora?«, rief sie von der Tür in die Stallungen hinein.

Schnell entfernten wir uns voneinander, auch wenn Jenny uns in Rudys Box nicht sehen konnte. Shane war der Erste, der sich wieder gefangen hatte. Er sprang auf die Beine, strich sich durchs Haar und warf mir einen letzten Blick über die Schulter zu, bevor er sich nach draußen begab. »Wir kommen. Wir haben nur noch eben Rudy versorgt.«

Ich rappelte mich auf und strich mir die verrutschte Kleidung glatt. Einzelne Strohhalme hatten sich in meine Haaren geschlichen. Mit schnellen Handgriffen versuchte ich, sie zu erwischen, mir dabei aber nicht zu viel Zeit zu lassen, damit Jenny nicht misstrauisch wurde. Als ich fertig war und an Shanes Seite gewetzt kam, lächelte Jenny liebevoll.

»Das Essen ist fertig«, sagte sie und ging voran.

Wir folgten ihr ins Haus und aßen stillschweigend. Immer wieder trafen sich unsere Blicke, woraufhin meine Wangen erröteten, ohne dass ich sie daran hindern konnte. Ich spürte die Hitze in mir, wann immer seine Augen mich gefangen nahmen. Sie lösten einen Wirbelsturm an Gefühlen aus.

Als das Abendessen für beendet erklärt wurde, ging ich so zügig auf mein Zimmer, wie es mir irgendwie möglich war. Dabei versuchte ich, das schnelle Pochen meines Herzens wieder unter Kontrolle zu bekommen.

Ich fasste mir an die Stirn und lief in dem kleinen Raum auf und ab, so lange und so oft, bis mir schon ganz schwindelig wurde. Nach wenigen Minuten kam auch Shane die Treppe hinauf und ließ seine Tür leise ins Schloss fallen. Schon allein das Wissen, dass nur eine dünne Holzwand uns voneinander trennte, machte mich wahnsinnig.

Wie gern wäre ich zu ihm hinübergegangen, um dort anzusetzen, wo Jenny uns eben unterbrochen hatte. Aber ich wusste, dass es nicht ging und dass es keine Möglichkeit für Shane und mich gab, eine gemeinsame Zukunft zu haben. Doch verbotene Früchte schmeckten bekanntlich am süßesten. Und so war es auch mit seinen Lippen, die ich noch immer an meinem Hals spüren konnte, mit seinem warmen Atem, der mir den Nacken kitzelte und meinen Unterleib Saltos schlagen ließ.

»Fuck!«, zischte ich und trat meinen Schreibtischstuhl durchs Zimmer. Mit einem lauten Poltern schlug er an die Wand. Kurz hielt ich den Atem an und spitzte die Ohren, aber niemand schien meinen kleinen Ausraster mitbekommen zu haben. Oder sie scherten sich schlichtweg nicht darum.

Was machte ich hier bloß? Ich sollte mit den Gedanken ganz

woanders sein. Bei meiner Familie, meinen Freunden, bei Cam, auch wenn dieser mich hintergangen hatte. Die Wunden, die er in mir hinterlassen hatte, waren eigentlich noch frisch. Wie konnte es also sein, dass es Shane in wenigen Wochen gelungen war, mein gebrochenes Herz zu heilen und für sich einzunehmen? Und das, obwohl wir einander kaum kannten. Ich konnte im Grunde nur wenig über ihn sagen, nichtsdestotrotz war es so, als würden wir einander schon unser ganzes Leben lang kennen. Und viele Leben davor.

Als ich den Blick schweifen ließ und dieser auf das Fenster traf, lächelte ich. In der Ferne tanzten erneut die verschiedenfarbigen Lichter am Himmel. War es wirklich erst ein paar Tage her, dass wir gemeinsam im Bett gelegen und durch das verglaste Schlafzimmer das Spektakel bewundert hatten?

Hätte man mir bei meiner Ankunft erzählt, dass ich mein Herz an Shane Bryce verlieren würde, hätte ich diese Person vermutlich ausgelacht und für verrückt erklärt. Und nun fühlte ich mich, als wäre es das einzig Richtige gewesen. Dass es so hatte kommen müssen.

Ich setzte mich auf das Fensterbrett und ließ die Stirn langsam gegen die kühle Scheibe gleiten. Augenblicklich durchzuckte mich eine eisige Kälte, die mich zum Frösteln brachte. *Morgen, Cora. Ab morgen wird der Traum von Shane enden und du wirst weitermachen wie zuvor.*

Ja, an diese Worte klammerte ich mich, musste ich mich klammern. Mir blieb keine andere Wahl. Ich musste ihn vergessen, ob ich es wollte oder nicht. Und vielleicht konnten wir die Gefühle eines Tages so ausleben, wie wir das wollten. Doch dafür musste das FBI die Bande finden, die es auf meinen Vater und mich abgesehen hatte. Ich musste daran glauben, dass sie die Männer zu fassen bekamen. Anders würde ich das nicht überstehen. Nicht ohne Shane.

Kapitel 20

In den nächsten Tagen war Shane die meiste Zeit über außer Haus. Er führte Rudy regelmäßig aus, um für das große Rennen zu trainieren, auch wenn er wohl ein Naturtalent war.

Einerseits deprimierte es mich, dass wir uns deswegen eher unregelmäßig sahen, andererseits war es besser so. Denn jedes Mal, wenn unsere Wege sich kreuzten und wir einander allein im Vorbeigehen berührten, sprühten die Funken. Es tat weh, diese Gefühle nicht so ausleben zu können, wie wir das wollten.

Ich versuchte nicht zu viel darüber nachzudenken. Allerdings sorgte das nur dafür, dass ich an zu Hause dachte. Weihnachten stand vor der Tür und ich hatte mittlerweile seit beinahe sieben Wochen nichts von meiner Familie und meinen Freunden gesehen oder gehört. Allmählich verblassten ihre Gesichter und es fiel mir schwer, die Stimme meiner besten Freundin Jess hervorzurufen. Und das, obwohl wir so viele Jahre unzertrennlich gewesen waren und viel Zeit miteinander verbracht hatten.

Die einzige Erleichterung, die ich verspürte, war, dass die Postkarte aus Santa Claus Village kein böses Nachspiel gehabt und ich mir den Kopf diesbezüglich unnötigerweise zerbrochen hatte. Alles war noch einmal gut ausgegangen und das war es, was zählte.

Übermorgen fand das Rennen statt. Der Ort lag nicht weit entfernt von unserem Hof, weshalb wir gemeinsam mit den Schneemobilen hinfahren konnten. Es hatte etwas gedauert, Tante Jenny und Onkel Leon davon zu überzeugen, diese statt des Autos zu nehmen. Shane hatte ihnen allerdings versichert, dass ich eine grandiose Fahrerin war und die fünfzehn Minuten, die wir zum Rennplatz brauchten, schon unfallfrei überstehen würde. Als die beiden schließlich zugesagt hatten, musste ich mir ein freudiges und vor allem peinliches Quietschen verkneifen.

Dass ich mir das Rennen gemeinsam mit Emil anschauen wollte, stimmte die Familie allerdings etwas missmutig. Keine Ahnung, was alle gegen ihn hatten. Vermutlich war das auch gar nichts Persönliches, sondern ihr allgemeines Unwohlsein, wenn ich in Kontakt mit anderen Menschen trat. Ich konnte durchaus verstehen, weshalb sie sich Sorgen machten, immerhin konnte ein falsches Wort von mir uns alle gefährden. Dennoch, Emil war wirklich ein netter Kerl, dem konnte niemand etwas entgegensetzen, und ich freute mich bereits darauf, nicht am Rockzipfel von Jenny und Leon hängen zu müssen.

»Klopf, klopf!« Shane linste durch die Tür, ohne eine Antwort meinerseits abzuwarten. Sein Blick war entschuldigend, was ihn nicht davon abhielt, trotzdem einfach ins Zimmer zu kommen.

»Klar, komm rein, setz dich doch!«, stöhnte ich scherzhaft auf, zog die Beine an die Brust und lehnte mich gegen die Wand. Mein Herz klopfte so laut, dass es ein Erdbeben hätte auslösen können.

Ich hatte es mir heute nach dem Essen direkt im Bett gemütlich gemacht. Die vergangenen Tage waren anstrengend gewesen und hatten mich erschöpft. Mittlerweile war ich relativ zügig darin, die Boxen auszumisten und die Tiere zu versorgen, was auch an Emils Hilfe lag.

Nachdem Shane ein paar vorsichtige Schritte ins Zimmer gemacht hatte, blieb er einen zögerlichen Moment in der Raummitte stehen. Mir war, als überlegte er, wo er sich hinsetzen sollte. Am liebsten hätte ich ihm zugerufen, dass er herkommen und sich an mich kuscheln sollte, aber je weiter er von mir weg war, desto besser.

Er entschied sich für den Schreibtischstuhl, den er so platzierte, dass er in meine Richtung schauen konnte. Shanes Adamsapfel trat hervor, als er sich setzte und laut hörbar schluckte. Unter seinem rechten Auge zuckten Muskeln und er wischte sich die Handflächen an seiner Hose ab, als würde er schwitzen. Äußerlich machte er allerdings nicht den Eindruck, gerade hart gearbeitet zu haben.

Ich setzte mich noch etwas weiter auf und versuchte einen Hinweis zu finden, weshalb Shane hier war und so nervös wirkte.

»Ist alles in Ordnung?«, fragte ich, um das Schweigen zu durchbrechen.

»Ja ...« Er schaute mich durchdringend an. »Nein.«

»Was denn nun? Ja oder nein?«

»Ein wenig von beidem würde ich sagen.« Ein paar Atemzüge lang herrschte Stille. »Ich möchte mit dir über etwas reden.«

»Okay ...«

Shane nickte mit zusammengepressten Lippen und atmete tief durch. »Emma und ich waren vier Jahre zusammen«, begann er, während mein Herz zwei Schläge aussetzte. Seine Stimme klang schmerzverzerrt und ich wusste weder, warum er mir das jetzt erzählte, noch, ob ich es wirklich hören wollte. Emma war vermutlich die junge Frau auf dem Bild, das bei ihm im Zimmer einstaubte.

Plötzlich fiel es mir wie Schuppen von den Augen. Lilja war mir gleich von irgendwoher bekannt vorgekommen, so, als hätte ich sie bereits schon einmal gesehen. Aber ich hatte nicht *sie* gesehen, sondern eine andere junge Frau, die ihr ähnlichsah. Genauer die auf Shanes Foto. Lilja und Emma mussten miteinander verwandt sein.

Als unsere Blicke sich trafen und ich ihm ganz behutsam zunickte, räusperte Shane sich und sprach weiter. »Sie war ein wundervoller Mensch, jeder musste sie ins Herz schließen. Sie war anders als andere finnische Mädchen. Sie war gesprächig und offenherzig, hatte immer Zeit, sich um die Probleme anderer zu kümmern, sorgte sich um alles und jeden.« Ein Lächeln legte sich auf Shanes Lippen, während er die Erinnerung an diese längst vergangene Zeit wieder aus den Tiefen seines Unterbewusstseins hervorholte und sich mir offenbarte. »Sie wollte Tierärztin werden und wenn sich Emma etwas in den Kopf gesetzt hatte, dann wurde das auch gemacht. Aber leider war es ihr nicht vergönnt gewesen zu studieren. Kurz nachdem wir die Oberschule abgeschlossen hatten, ist sie gestorben.«

Ein entsetzter Laut entfuhr mir. Dieser war ohrenbetäubend in der Stille, die sich über uns gelegt hatte. »Es tut mir so leid«, flüsterte ich.

Shanes Hände zitterten unkontrolliert. Ich vermochte nicht nachzuempfinden, wie viel Mut und Kraft es ihn kostete, darüber zu sprechen.

»Sie hatte Leukämie im Endstadium. Die Krankheit blieb lange unentdeckt, sodass man schlussendlich nichts mehr für sie tun konnte«, erklärte er ruhig. »Von der Entdeckung bis zu ihrem Tod waren es gerade mal zwei Wochen. Mir blieben zwei Wochen mich von dem Menschen zu verabschieden, den ich mehr geliebt habe als mein eigenes Leben.«

Es war still im Zimmer. Ich hatte die Luft angehalten und wagte es auch jetzt noch nicht, meine Lunge wieder mit Sauerstoff zu füllen. Ich wollte nicht die Erste sein, die die Stille brach und Shane zurück in die Realität holte. In eine schreckliche, eine grausame Realität, wie mir bewusst wurde. Dass er überhaupt in der Lage war weiterzumachen, war bewundernswert. Ich wusste nicht, wie ich reagiert hätte, wäre Cam während unserer Beziehung gestorben. Er war ein Arschloch und dennoch war ich mir ziemlich sicher, dass ich daran zerbrochen wäre.

Shane hingegen … Er war so stark. Erhobenen Hauptes ging er durchs Leben, arbeitete, lachte, versprühte oft so viel Freude mit seiner bloßen Anwesenheit. Und dabei musste er innerlich Stück für Stück zerbrochen sein.

»Du hast mich gerettet«, flüsterte er nach einer schieren Ewigkeit. »Du hast mein geschundenes Herz geheilt. Durch dich habe ich mein Lächeln zurückerlangt, Prinzesschen.«

Der Spitzname, den er mir an unserem ersten gemeinsamen Tag gegeben hatte, war nicht mehr mit Shanes anfänglicher Arroganz behaftet. Nun lag in diesem Namen so viel mehr, so viele unausgesprochene Worte hingen zwischen uns, die wir doch nicht sprechen konnten, nicht sprechen durften. Es hätte uns so viel Leid und Kummer erspart, hätten wir uns unter anderen Umständen kennengelernt. Und doch waren wir hier und heute an diesem Ort, an dem wir einander so nah und doch so fern waren. Ein Ort, an dem es niemals ein *Wir* geben konnte. Etwas, das uns beiden bewusst wurde, nun schmerzlicher als jemals zuvor.

Shane und ich gehörten zueinander wie Tag und Nacht, aber waren durch ganze Welten voneinander getrennt. Und diese zu durchqueren, um Seite an Seite zu stehen, war ... unmöglich.

»Du–«, setzte ich an, doch Shane unterbrach mich mit einem energischen Kopfschütteln.

»Bitte.« Seine Stimme war kaum mehr als ein Hauchen, ein leises Flüstern, das durch den Wind hätte davongetragen werden können. »Du musst nichts sagen, Cora.« Ein gequältes Lächeln zeichnete sich auf seinen Zügen ab.

Seufzend nickte ich. Es war mir recht zu schweigen. Denn es war gleichgültig, was ich sagte, es änderte nichts an der Situation, in der wir uns befanden. Eine aussichtslose Lage, aus der es kein Entrinnen gab.

Ich wusste, was seine Worte bedeuteten, wusste, wie schwer es ihm gefallen war, endlich die Karten auf den Tisch zu legen. Shane empfand etwas für mich, etwas, das über bloße Freundschaft weit hinausging. Und doch war es uns nicht möglich, Hand in Hand in die Zukunft zu schreiten. Zwar hatten wir einander auf gewisse Weise gerettet, zeitgleich zerbrachen wir aber ebenso aneinander.

Es war diese Gewissheit, die mich innerlich zerriss und dafür sorgte, dass mein Herz in tausend Teile zerbarst.

Kapitel 21

Shane und ich hatten versucht damit abzuschließen. Hätten wir uns weiter den Kopf zerbrochen und dem hinterhergetrauert, was hätte sein können, aber niemals sein würde, hätten wir uns nur selbst in den Wahnsinn getrieben.

Heute war Heiliger Abend und somit der Tag des Rennens, weshalb unser Fokus glücklicherweise ohnehin auf anderen Dingen lag.

Jenny hatte das Haus letzte Nacht unglaublich schön und heimelig geschmückt. Von oben bis unten war es in zahlreiche Lichterketten gehüllt worden, vor dem Kamin stand ein kleiner Christbaum, an dem einige silberne und rote Kugeln baumelten, die das ganze Zimmer funkeln ließen, wann immer das knisternde Feuer von ihnen reflektiert wurde. Überall roch es nach Zimt, Tanne und frisch gebackenen Plätzchen, sodass man sich am liebsten einfach mit einer Decke einkuscheln und es sich mit einem Buch im Schaukelstuhl bequem machen wollte. Zumindest erging es mir so. Anhand der akkurat ausgewählten Dekoration konnte man deutlich erkennen, wie viel Freude es Jenny bereitete, das Haus im neuen Glanz erstrahlen zu lassen. Jedes kleine Figürchen und jeder Tannenzweig waren aufeinander abgestimmt, sodass das Haus einer kleineren Version des Winterwunderlands glich.

Bei uns zu Hause hatte es an den Feiertagen nie so ausgesehen, da meine Eltern eher wenig wert auf Dekoration gelegt hatten.

Wirklich vermisst hatte ich den Schmuck nie. Aber wie hätte ich das auch tun sollen? Ich hatte es doch gar nicht anders gekannt. Lediglich ein Christbaum und die obligatorischen Socken am Kaminsims waren bei uns zu Hause Standard gewesen.

»Bist du so weit, Liebes?«, fragte Tante Jenny. Ich warf einen letzten Blick auf das beleuchtete Kaminzimmer, ehe ich mir die rote Bommelmütze aufsetzte und mich abwandte.

»Komme!«

Jenny und Leon standen mit Emil an der Haustür und warteten nur noch auf mich. Shane war bereits nach dem Frühstück mit Rudy losgefahren, damit sie vor dem Rennen noch genug Zeit für Organisatorisches hatten. Ich hatte normalerweise nicht sonderlich viel für Sport übrig. Natürlich schaute ich wie jeder halbwegs patriotische Amerikaner jedes Jahr den Super Bowl, aber Interesse hatte ich selbst an Football eigentlich nicht.

Das heute war hingegen etwas vollkommen anderes. Zum einen lag das daran, dass man wohl nicht häufig von sich behaupten konnte live bei einem Rentierrennen dabei gewesen zu sein. Zum anderen selbstverständlich an Shane, den ich heute zum ersten Mal live in Action sah. Ich hatte mir schon von Anfang an gedacht, dass er Sport treiben musste. Schließlich war das Spiel seiner Armmuskeln, wann immer er diese nutzte, fantastisch anzusehen und auch sein breites Kreuz und ...

Halt, ermahnte ich mich, ehe ich in einen endlosen schmachtenden Monolog verfiel. Einem, aus dem ich es vermutlich ohne Hilfe nicht wieder herausgeschafft hätte.

Schnell folgte ich den anderen hinaus.

Der Wind peitschte, riss an meiner Kleidung, sodass ich beinahe vom Boden abhob. Die kleinen Flocken, die zusätzlich noch vom Himmel fielen, waren scharfkantig und spitz. Hätte ich mal vorher aus dem Fenster geschaut, dann hätte ich mir bei meinem Outfit auch keine Mühe geben müssen. Kaum zwei Schritte aus dem Haus sah ich aus, als wäre ich gerade aus dem Bett gefallen und hätte mir seit Wochen nicht die Haare gekämmt.

Ich konnte erst wieder erleichtert aufatmen, als wir in den Schuppen traten, wo die Schneemobile bereits auf uns warteten. Mittlerweile wünschte ich, ich hätte nicht daraufbestanden, dass wir diese Gefährte nahmen.

»Was für ein Sturm«, sagte Leon. »Hoffentlich bricht unser Junge sich nicht alle Knochen beim Rennen.«

»Er ist zäh«, sagte Jenny und winkte ab. »Er lässt sich von seinen alten Eltern doch eh nichts sagen.«

»Da hast du wohl recht.«

Emil und ich tauschten einen stummen und doch vielsagenden Blick miteinander aus. Langsam wurde ich etwas nervös und machte mir ernsthafte Sorgen um Shane. Ich hatte nicht gewusst, dass Rentierrennen mit Gefahren verbunden waren. Aber wenn ich darüber nachdachte, war wohl kaum eine Sportart ungefährlich ... außer Curling vielleicht. Wobei man selbst dabei auf dem Eis ausrutschen konnte.

»Und freut ihr beiden euch schon auf die Veranstaltung?« Jenny warf erst mir, dann Emil einen verschwörerischen, augenbrauenwackelnden Blick zu.

Ich versuchte mich noch kleiner zu machen, als ich ohnehin schon war. »Ehm ... ja, total?« Es klang wie eine Frage, obwohl es gar keine sein sollte.

Emil lachte leise. »Also ich für meinen Teil bin sehr gespannt. Ich habe mir bisher nur bei Youtube ein paar Rennen angeschaut und bin gespannt, wie es ist, bei einem dabei zu sein.«

»Es ist großartig, du wirst es lieben!«

»Das denke ich auch.« Dann wandte er sich mir zu und schenkte mir ein so strahlendes Lächeln, dass mich das schlechte Gewissen packte. Ich vermutete, dass Emil in dieser Verabredung vielleicht doch so etwas wie ein Date sah, was es für mich aber in keiner Weise war. Ich wollte lediglich die Zeit an der Seite eines Freundes genießen, den einzigen, den ich hier wirklich hatte.

Es war ja nicht so, als würde ich Emil nicht als gut aussehend und nett empfinden. Und hätten wir uns unter anderen Umständen kennengelernt, wäre es vielleicht etwas anderes gewesen, aber nicht so. Allerdings konnte ich ihm wohl schlecht erzählen, dass mein vermeintliches Desinteresse daher rührte, dass ich mich in Shane verknallt hatte.

Moment mal. Hatte ich gerade verknallt gesagt? Bisher war ich mir nur sicher gewesen, dass es auf jeden Fall eine Anziehung zwischen Shane und mir gab, die kaum zu leugnen war. Doch ging diese über eine rein körperliche Geschichte hinaus? Wenn ich an Shane dachte, waren seine Bernsteinaugen das Erste, das mir in den Sinn kam, gefolgt von seinem durchtrainierten Körper, seinem melodischen Lachen, das einem Engelsgesang gleichkam, sein verschmitztes Grinsen, sein idiotisches Auftreten, das mich zugleich in den Wahnsinn trieb und schwach machte.

Okay, ich war in Shane verknallt, das musste ich mir wohl oder übel eingestehen. Aber das war nichts, was ich irgendwem erzählen konnte, egal wie sehr es mir auch auf der Seele brannte.

»Wo bist du nur mit deinen Gedanken?«, sagte Leon und lachte.

»Wie bitte?« Ruckartig hob ich den Kopf.

»Da ist wohl jemand ganz weit weg!« Leon hatte eine sanfte Stimme, weich wie Butter. Wann immer er sprach, fühlte man sich wohl, geborgen, sicher. Dass er andere Saiten aufziehen konnte, wusste ich mittlerweile nur allzu gut, das änderte aber nichts daran, dass er einen sehr väterlichen Eindruck machte. Ein liebender Vater und Ehemann, der sich für seine Familie in den Tod stürzen würde.

Mich würde wirklich interessieren, wie es überhaupt dazu gekommen war, dass die Familie Bryce Teil des Zeugenschutzprogramms werden konnte. Aber das ist eine der Informationen, die man vor mir geheim hielt. Warum dem so war, konnte ich nur erahnen.

»Ja, tut mir leid!«, rief ich, dieses Mal voller Ehrlichkeit. »Ich habe keine Ahnung, wo sich meine Gedanken eben herumgetrieben haben.«

»Nicht weiter schlimm, aber wir müssen jetzt los, damit wir nicht zu spät kommen.«

Nacheinander nahm sich jeder von uns eines der Schneemobile und schob es langsam aus dem Schuppen heraus. Noch immer war es ziemlich stürmisch und trotz der Mütze auf meinem Kopf waren meine Ohren bereits wie erfroren.

Ich warf Emil einen Blick zu. Er schaute das Gefährt eher missbilligend und skeptisch an.

»Alles klar?«, fragte ich mit einem Hauch von Belustigung in der Stimme.

»Natürlich.« Er räusperte sich leise. »Wir haben es ja nicht so weit.«

Während er sein Bein vorsichtig über den Sitz schwang, legte sich ein angsterfüllter Ausdruck um seine Züge. Ich kicherte leise.

»Alle bereit?«, rief Leon von vorderster Front.

»Bereit!«

Und mit einem Mal bretterte er los in Richtung Wald. Ich wartete einen Moment, bis auch Emil so weit war, ehe auch ich mein Gefährt startete und mir den Wind ins Gesicht peitschen ließ. Ich genoss die Fahrt mit jeder Faser meines Seins und versuchte nicht daran zu denken, was geschehen war, als ich das letzte Mal auf einem Schneemobil gesessen hatte.

Tja, das war allerdings einfacher gesagt als getan. Mit wurde heiß und meine Lippen begannen bei der Erinnerung an Shanes leidenschaftliche Küsse angenehm zu kribbeln. Glücklicherweise konnte mir meine Scham momentan niemand ansehen, denn wir waren alle auf den Weg vor uns konzentriert.

Nach knapp fünfzehn Minuten hatten wir einen riesigen vereisten See erreicht, der unser Ziel darstellte. Wir parkten unsere

Schneemobile und stiegen ab. Menschenmassen tummelten sich um den See, alle gekleidet wie die Ureinwohner der eiskalten Zonen. Kein Wunder bei den Temperaturen. Als ich den Blick über den See gleiten ließ und feststellen musste, dass das Rennen genau darauf stattfinden würde, rutschte mir das Herz in die Hose.

»Was, wenn das Eis bricht?«, fragte ich mit zittriger Stimme. Ich konnte kaum verhindern, dass mein Puls zu rasen und ich vor Angst zu schwitzen begann. Das war gar nicht gut, das war alles andere als das. Ich konnte doch nicht dabei zusehen, wie Shane sich von Rudy auf einer dünnen Eisplatte herumziehen ließ.

»Ach, das passiert eher selten«, winkte Jenny erneut ab, als würde sie sich absolut keine Gedanken um ihren Sohn machen. Als wäre seine Sicherheit ihr vollkommen gleichgültig.

»Eher selten?«, rief ich außer mir, das Herz immer lauter gegen meine Brust hämmernd. »Du willst mir allen Ernstes sagen, dass es überhaupt passiert?«

Jenny drehte sich zu mir um und starrte mich entsetzt an. »Psst«, sagte sie und legte sich den Zeigefinger an die Lippen. »Ich kann dich hören, auch wenn du mir nicht ins Ohr schreist.«

»Sorry«, murmelte ich.

»Und ja, es ist einmal passiert, aber keine Sorge, es gibt genug Sicherheitskräfte, die das Rennen beobachten und schnell einschreiten, sollte etwas geschehen. Shane wird es heil überstehen, versprochen«, sagte sie nun mit so viel Sanftmut, dass sich mein Puls regulierte. Jenny würde es wohl besser wissen, immerhin hatte sie schon an weitaus mehr Rennen als Zuschauerin teilgenommen als ich. Ich war nur eine reiche Göre aus den Staaten, die keine Ahnung vom echten Leben hatte.

Ich hatte seit Ewigkeiten nicht mehr so viele Menschen auf einem Haufen gesehen. Das meiste waren Finnen, wie Leon mir erklärte. Da dieses Rennen eines der größten Ereignisse des Landes war, hatten sie sich hier in Massen versammelt. Zudem lag die Menge der Zuschauer auch daran, dass es viele Runden gab und etwa einhundert Familienclans teilnahmen. Zum ersten Mal wurde mir bewusst, wie viele Rentiere es in diesem Land geben musste.

Der Wind war eisig. Am liebsten hätte ich kehrtgemacht, mich vor dem Kamin in eine Decke gewickelt und wäre da geblieben bis zum nächsten Sommer. Der hier vermutlich auch arschkalt war, aber so wie jetzt wohl kaum.

»Und wohin gehen wir?«, schrie ich an Emil gewandt gegen den peitschenden Wind an. Trotz der Lautstärke, in der ich sprach, konnte ich förmlich sehen, wie meine Worte in eine andere Richtung geweht wurden. Na, das konnte ja heiter werden. Schon die beißende Kälte sorgte dafür, dass meine Kehle trocken wurde, wenn ich dann auch noch den ganzen Tag herumschreien musste wie eine Verrückte, dann würde ich vermutlich die nächsten Tage flachliegen und mich mit schönem heißem Tee unter die Bettdecke verkrümeln.

Mhm, wenn ich genauer darüber nachdachte, dann war das gar kein allzu schlimmes Schicksal. Das würde mir ein paar Tage Ställe ausmisten ersparen.

»… oder?« Bruchteile von Emils Stimme rissen mich aus meiner Gedankenwelt, in der ich mich gerade im Warmen befunden hatte und nicht an diesem vereisten See mit Temperaturen, die unmenschlich waren.

Ich legte meinen Finger ans Ohr, um ihm zu verdeutlichen, dass ich kein Wort verstanden hatte.

Er trat etwas näher und beugte sich zu mir herüber. Kaum hatte sein Atem seine Lippen verlassen, wurde auch dieser kalt. »Direkt ins Getümmel, oder?«

Ich nickte. »Ist das in Ordnung, Tante Jenny?«

»Klar, ihr macht euch ein paar schöne Stunden und wir treffen uns dann alle nach dem Rennen hier wieder?«

Sie presste ihre Lippen fest zusammen. Es kostete sie sichtlich viel Mühe, so viel Freundlichkeit an den Tag zu legen, obwohl sie Emil offenbar nicht wirklich mochte. Das rechnete ich ihr hoch an.

»Super!«

Emil streckte mir seinen Arm entgegen. »Wollen wir?«

O Mann, wenn ich eines nichts mochte, dann mich bei jemandem unterzuhaken. Instinktiv breitete sich ein mulmiges Gefühl in meiner Magengegend aus. Diese Geste, die lieb gemeint war, erinnerte mich unwillkürlich an Cam. Er hatte all die Jahre, die wir uns kannten, immer den Gentleman raushängen lassen. Er hatte mir den Arm gereicht, damit ich mich bei ihm unterhaken konnte, hatte mir seine Jacke über die Schulter gelegt, wann immer ich zu frösteln begonnen hatte, er hatte jede Tür für mich geöffnet und mir jeden Stuhl zurechtgerückt und dabei all seinen Charme versprüht. Ich hätte schon damals wissen müssen, dass all das bloß Fassade gewesen war. Er hatte den Menschen Nettigkeit vorgegaukelt, damit sie ihn für einen der Guten gehalten hatten, obwohl er weit davon entfernt gewesen war. Cameron gehörte zu dem Typ Mann, an dem man sich zwangsläufig die Finger verbrannte, egal wie vorsichtig man auch war.

Noch immer stand Emil regungslos da, wirkte beinahe festgefroren. Das Lächeln auf seinen Lippen begann zu bröckeln, je länger ich da stand, ohne mich zu rühren.

»Sorry«, murmelte ich für ihn vermutlich kaum hörbar und griff nach seinem Arm. Erleichtert atmete er aus und lief ein paar Schritte voran.

Jeder Schritt war allerdings mühsam, da wir gegen den Wind ankämpfen mussten, der uns von vorn ins Gesicht blies und beinahe von den Füßen riss. Wie man bei dieser Windgeschwindigkeit ein Rennen fahren wollte, war mir schleierhaft.

»Normalerweise werden Stände aufgebaut, an denen Speisen und Getränke serviert werden, habe ich gehört«, erklärte Emil.

»Doch das Wetter ist heute so unbeständig, dass wohl darauf verzichtet wurde.«

»Aha«, erwiderte ich geistesabwesend, während ich die Menge scannte, in der Hoffnung, ein Paar Bernsteinaugen unter den Menschen zu erkennen. Wobei ich vermutete, dass die Jockeys ihren eigenen Bereich hatten, wo sie sich auf das bevorstehende Rennen vorbereiten konnten. Es wäre eher verwunderlich gewesen, wenn sich Shane hier in der Menge aufhielt.

Emil trieb mich weiter voran, zwischen all den Leuten hindurch, die dicht an dicht standen und so einander wenigstens halbwegs Wärme spendeten. Als er einen für uns geeigneten Platz gefunden hatte, an dem es mir nicht schwerfiel, die Rennstrecke im Blick zu haben, blieb er stehen. Ich tippelte mit meinen Beinen hin und her, damit ich nicht festfror. Doch musste ich mir auch eingestehen, dass von den Menschen hinter mir eine kuschelige wohlige Wärme ausging, die auf mich übersprang und meinen Körper ein wenig auftaute.

Emil deutete nach vorn in Richtung des vereisten Sees und erklärte mir die Regeln. Diese waren alles andere als kompliziert und erinnerten an die Pferderennen, bei denen Dad gern mal ein paar Hundert Dollar verwettet hatte. Ab und zu hatte er mich mitgenommen, aber wirklich begeistert war ich nie gewesen. Lediglich das Buffet in der edlen Lounge hatte meine Aufmerksamkeit wecken können.

In jeder Runde würden fünf Jockeys gegeneinander antreten. Eines der Rennen ging lediglich etwa eine Minute. Eine Minute, die dem Zuschauer endlos vorkommen konnte. Heute gab es achtundzwanzig Runden und nur der jeweils erste Platz würde eine Runde weiterkommen. Welche Jockeys gegeneinander antraten, war vorab durch das Zufallsprinzip entschieden worden.

»Hier auf dem Flyer kannst du sehen, wer gegeneinander antritt.« Emil reichte mir ein schwarz-weißes Papier, das mehrfach gefaltet worden war und mir vom Wind beinahe aus den Händen gezerrt wurde. Nur mit Mühe und Not gelang es mir, es festzuhalten und nicht zu verlieren. Allerdings fiel es mir schwer, die kleine Schrift überhaupt zu entziffern, da meine Augen von der Kälte tränten.

Doch dann konnte ich schließlich seinen Namen unter hundert anderen finden. Shane Bryce. Er würde in Gruppe elf gegen vier Finnen antreten, deren Namen ich im Leben nicht aussprechen konnte. Das hieß, dass ich mich noch eine Weile gedulden musste, bis ich ihn und Rudy endlich sehen konnte. Laut Flyer würde er die Nummer dreiundfünfzig tragen.

Ich kniff meine Augen zu kleinen Schlitzen zusammen, um die Tränen zurückzudrängen und eine bessere Sicht zu haben. Inmitten des Sees waren so etwas wie Metallkästen aufgebaut worden. Vermutlich die Startpunkte. Die Strecke war hufeisenförmig angerichtet. Leider hatte ich kein Fernglas in meiner Tasche, weshalb es schier unmöglich für mich sein würde zu sehen, wer als Sieger aus der jeweiligen Runde hervorging. Dafür befanden wir uns leider auf der falschen Seite des Sees.

»Hyvät naiset ja herrat, tervetuloa tämän vuoden pätevyyteen«, ertönte es plötzlich aus einer der großen Boxen, die ich zuvor nicht bemerkt hatte. Für mich klang das, als hätte irgendjemand willkürlich irgendwelche Buchstaben aneinandergereiht.

Emil lehnte sich zu mir herüber, um als Übersetzer zu fungieren. »Sehr geehrte Damen und Herren, willkommen beim diesjährigen …«

Meine Gedanken drifteten jedoch ziemlich schnell wieder ab. Die Ansprache war mir ehrlich gesagt ziemlich egal, ich brauchte Action!

Dennoch lächelte und nickte ich, während Emil sprach. Kaum war er fertig, reckte er das Kinn in die Höhe und grinste triumphierend.

»Danke«, nuschelte ich und widmete mich der Rennstrecke.

Die ersten Jockeys traten mit ihren Tieren vor und führten sie in die metallischen Unterstände. Ich versuchte zu beobachten, was genau sie da taten, aber die Entfernung war zu groß, der Wind noch immer viel zu stark. Das hinderte die Menge um mich herum aber nicht daran abzugehen wie beim Super Bowl. Sie jubelten in ihre behandschuhten Hände und klatschten wie verrückt.

Nur Emil komischerweise nicht. Er stand kerzengerade neben mir und hier passte die Aussage, jemand hätte einen Stock im Arsch, ganz hervorragend. Ich warf ihm einen verstohlenen Seitenblick zu, um ihn genauer zu mustern. Seine Nase trug er so hoch oben, dass man jedes sich darin befindende Härchen sehen konnte. Er ließ den Blick über die Menschen streifen, schaute dabei leicht skeptisch und arrogant, etwas, das im absoluten Gegensatz zu seiner sonst so fröhlichen und lustigen Lebensart stand.

Während ich ihn so ansah, wurde mir eines schlagartig bewusst. Emil schaute genau so, wie ich früher geschaut hatte. Auch ich hatte Leute, die anderen Gesellschaftsschichten angehörten, betrachtet, als wären sie weit unter mir, Menschen zweiter Klasse, sozusagen. Ich hatte mich stets für etwas Besseres gehalten, genau wie Emil es gerade anscheinend tat. Wieso war mir das vorher nie aufgefallen? Ihn nun jedoch so zu sehen, ließ mich nichts als Ekel empfinden. Nicht vor ihm, sondern vor mir selbst. Was war ich nur für ein dummes Mädchen gewesen? Und wieso hatte man mich nie zurechtgewiesen, wenn ich mich benommen hatte wie der letzte Kotzbrocken? Anstatt etwas zu sagen, hatte man mich von allen Seiten bejubelt und die Leute waren mir förmlich am Rockzipfel gehangen. Doch das hatte vermutlich bloß am Geld meines Vaters gelegen. Ich war ihnen doch egal gewesen. Aber trotzdem hatte es sich niemand mit mir, der Millionärstochter, verscherzen wollen. Sie hätte einem schließlich die Welt zu Füßen legen können, wenn sie denn gewollt hätte.

Sollte ich jemals in mein altes Leben zurückkehren können, so schwor ich mir hier an Ort und Stelle ein besserer Mensch zu werden. Ich wollte anderen helfen, ihnen zur Seite stehen und sie nicht belächeln oder gar auslachen, nur weil sie mit keinem so erfreulichen Schicksal gesegnet waren. Wobei Geld allein nicht glücklich machte und selbst wenn man darin schwamm, konnte man sich damit keine wahre Freundschaft oder Liebe erkaufen. Die Welt des Geldes wurde von Oberflächlichkeit regiert. Und das war eine Welt, in der ich nicht mehr leben wollte.

Kapitel 22

»Es geht los«, sagte Emil mit einem Anflug von Euphorie in der Stimme. Aus den Boxen drangen erneut knatternde Geräusche, gefolgt von ein paar Worten und Namen der Jockeys, die als Erste gegeneinander antraten. Hitze durchströmte meinen Körper. Ob vor Aufregung oder weil sich die Menschen hinter uns gegen uns drängten, wusste ich nicht.

Als ein lauter Knall ertönte, vibrierte der Boden unter meinen Stiefeln. Die Rentiere sprinteten aus ihren Boxen, als wäre der Teufel hinter ihnen her. Sprachlos klappte mir die Kinnlade hinunter, weil ich kaum glauben konnte, was ich sah. Kein Wunder, dass es Santa Claus gelang, jedes Kind auf der Welt an nur einem Tag zu beliefern, wenn seine Gefährten so schnell waren. Bisher hatte ich Rentiere eher im gemächlichen Tempo dahinschreiten sehen. Aber diese hier rannten schneller als Usain Bolt.

Emil lachte. Das Geräusch kam so plötzlich, dass ich zusammenzuckte. »Sie erreichen Geschwindigkeiten von bis zu sechzig Stundenkilometern«, beantwortete er die Frage, die mir allem Anschein nach in großen roten Buchstaben auf der Stirn geschrieben stand.

»Krass«, entfuhr es mir. »Da hat wohl jemand seine Hausaufgaben gemacht.«

Die Tiere zogen ihre Jockeys auf Skiern hinter sich her. Man musste unglaubliche Kraftreserven haben, um sich bei dieser Geschwindigkeit nur an einem Seil über das Eis ziehen zu lassen.

Zudem brauchte man sicherlich ein perfektes Gleichgewichtsgefühl, um nicht kopfüber hinzufliegen. Ich hätte das nie und nimmer ausgehalten.

Emil hatte recht behalten. Das Rennen dauerte lediglich ein paar Sekunden, vielleicht eine knappe Minute, und doch war mir in dieser kurzen Zeitspanne das Herz vor Aufregung beinahe aus der Brust gesprungen. Ohne selbst beim Rennen anzutreten, pumpte mein Körper massig Adrenalin durch mich hindurch. Mal sehen, ob ich vor Anspannung einfach umkippen würde, sobald Shane an der Reihe war.

Kaum hatten die fünf Jockeys die Zielgerade passiert, ertönte die Ansage des Moderators.

»Nummer drei hat gewonnen«, erklärte Emil, woraufhin ich dankbar nickte. Es war gar nicht so verkehrt, dass er als Halbfinne für mich den Dolmetscher gab. Zwar hatte der Moderator auch den Namen des Siegers genannt, aber ich konnte diese komplizierten finnischen Namen nicht von deren ganz normalem Vokabular unterscheiden.

Zwischen den Rennen waren einige Minuten Pause, wie ich feststellen musste. Am liebsten hätte ich mir einen Moment lang die Beine vertreten, aber es waren so viele Menschen in den vergangenen Minuten dazugekommen, dass mein Platz in jedem Fall weg sein würde, wenn ich wiederkam.

Ich schien die Einzige zu sein, der diese Temperaturen zu schaffen machten. Zwar hatte ich mich dick angezogen, trug sicherlich sechs Schichten, Mütze, Schal und Handschuhe, und doch konnte ich mich kaum rühren. Meine Glieder waren taub von der Kälte und mir brannte die Haut unangenehm. Zudem hatte ich das Gefühl, dass der Wind an meinem Körper riss und zerrte, als wollte er mich mit sich davontragen.

Es verging schätzungsweise eine Stunde, bis endlich die ersten zehn Runden vorüber waren.

»Kurze Pause«, murmelte Emil gegen den Wind an und ich konnte mir ein Aufstöhnen nicht verkneifen. Jetzt, wo endlich Shane an der Reihe war, musste man eine Pause machen, das war so typisch. Ich musste mir eingestehen, dass ich lediglich die ersten zwei oder drei Runden wirklich verfolgt hatte, danach wurde mir selbst ein Rentierrennen zu langweilig. Schließlich passierte nichts Besonderes, es waren immer fünf Jockeys, fünf Tiere und etwa eine Minute Rennen. Niemand brach ins Eis ein, niemand flog hin und schlug sich sämtliche Zähne aus, es spritzte kein Blut. Nicht dass ich das zwangsläufig gewollt hätte, aber ein wenig Action wäre gar nicht mal so verkehrt gewesen.

Dadurch dass Emil die Rennen gebannt verfolgte, blieb mir nichts anderes übrig, als Löcher in die Luft zu starren und zu versuchen Figuren mit meinem Eisatem zu formen. Das war leider unmöglich, wie ich feststellen musste. Lediglich kleine Kringel bekam ich hin, die aber so schnell vom Wind davongepustet wurden, dass ich mich nicht mal an ihnen erfreuen konnte.

Ich rieb meine Handschuhe aneinander und versuchte so meine Hände irgendwie aufzuwärmen. Der kratzige Stoff lag unangenehm auf meiner Haut und am liebsten hätte ich ihn abgestreift. Ich wusste allerdings, dass das keine gute Idee war und mir die Hände vermutlich einfach abfallen würden, sollte ich es wagen.

Stattdessen versuchte ich mich auf die Schneeflocken zu konzentrieren, die langsam vom Himmel hinabrieselten und einen Tanz aufführten, während sie zu Boden glitten. Sie wirbelten durch die Lüfte, flogen nach rechts, nach links, wurden zwischenzeitig wieder hinaufgeblasen, nur um ihr Ende schlussendlich doch bei ihren Kumpanen am Boden zu finden.

Ein leises Knattern ertönte, gefolgt von der Stimme, die, wie ich vermutete, erklärte, dass es in wenigen Augenblicken weitergehen würde.

Ein nervöses Kribbeln durchzuckte meinen Körper, mein Herz

hämmerte wieder gegen meinen Brustkorb und meine Atmung beschleunigte sich. Ich kniff die Augen fest zusammen, um mich auf die Jockeys zu konzentrieren, die gerade auf das Eis traten und ihre Tiere zu den Boxen führten. Es dauerte etwas, ehe ich die große dreiundfünfzig erkannte, die auf Rudys Rücken prangte. Ohne diese Nummer hätte ich niemals erkannt, bei welchem der Jockeys es sich um Shane handelte.

Hätte ich keine Handschuhe getragen, dann hätte ich mir vermutlich die Nägel abgekaut.

»Da vorn ist Shane«, erklärte Emil.

Eine Erwiderung lag mir auf der Zunge, die ich jedoch hinunterschluckte. Als hätte ich nicht die ganze Zeit nach ihm Ausschau gehalten, nach dem jungen Mann mit den Bernsteinaugen, die mir bei jedem Blickkontakt unter die Haut gingen.

Die Stimme des Moderators wurde immer lauter und ich vermutete, dass er so etwas rief wie »Auf die Plätze, fertig, los!«, denn kaum hatte seine Stimme die höchste Lautstärke erreicht, ertönte ein ohrenbetäubender Knall, der als Echo durch die nahe gelegenen Wälder getragen wurde. Anschließend sprinteten die Tiere wieder übers Eis.

Ich kam nicht umhin, mir die Hände trichterförmig an die Lippen zu legen, Shanes Namen zu rufen und zu jubeln, als ginge es hier um die Goldmedaille bei Olympia.

Voller Konzentration beobachtete ich, wie Rudy die Hufen in die Hand nahm und galoppierte, als ginge es um Leben und Tod. Wie anstrengend dieser Sport sein musste, konnte man Shane nicht ansehen – schon gar nicht über diese Distanz. Er wirkte so gelassen wie eh und je, als kostete es ihn keinerlei Mühe, die Balance zu halten.

Die Hälfte der Strecke hatten Rudy und Shane geschafft und neigten sich gerade in die Kurve, als einer der anderen Jockeys ihren Weg kreuzte und sie beinahe von der Fahrbahn drängte.

Das Herz rutschte mir in die Hose, als ich sah, wie Shane kurz strauchelte und beinahe wegrutschte. Doch es gelang ihm sich aufrecht zu halten und Rudy noch ein letztes Mal anzutreiben. Dieser sammelte all seine Kraftreserven zusammen und preschte voran, zog an der Nummer vierundfünfzig vorbei, die ihn beinahe den Sieg gekostet hätte.

Die Sirene ertönte, sie hatten die Zielgerade als Erstes passiert und die Runde somit für sich entschieden.

»Shane Bryce« war das Einzige, was ich von den Worten verstand, die durch die Boxen ertönten. Ich kreischte, hüpfte auf und ab, wie es auch die restliche Menge um mich herum tat. Sie alle riefen Shanes Namen und waren vollkommen außer sich vor Freude. Mir erging es nicht anders. Wärme durchflutete mein Innerstes, ich wurde von Glückseligkeit und Stolz erfüllt, dass er es wirklich geschafft hatte. Mein Shane.

Nein!

Er war nicht mein Shane und würde es auch niemals sein. Als mich diese Erkenntnis wieder einmal traf wie ein Schlag, blieb ich abrupt stehen und ließ meinen Blick über die Menge gleiten. Sie alle jubelten ihm zu und feierten ihn, als wäre er der größte Superstar aller Zeiten. Und vermutlich war er das hier in Finnland auch.

Als ich mich nach vorn lehnte und die Menschen, die in der ersten Reihe standen, genauer unter die Lupe nahm, blieb mein Blick an einem Mann haften, der aus der Reihe tanzte. Er hatte sich in meine Richtung gedreht und schien mich direkt anzuschauen. Ich drehte mich kurz um, um mich zu vergewissern, dass es wirklich ich war, die seine Aufmerksamkeit erweckt hatte. Da niemand sonst in diese Richtung schaute, musste ich es sein, die er ins Visier genommen hatte. Aber wieso sollte er?

Er trug einen langen gesteppten Mantel und hatte sich eine dicke Kapuze übergezogen, die gerade so sein Gesicht freigab. Das Merkwürdige an ihm, weshalb er mir überhaupt aufgefallen war, war, dass er eine dunkle Sonnenbrille trug. Das kam mir dann doch etwas seltsam vor. Als unsere Blicke sich trafen, meinte ich, seine Mundwinkel leicht zucken zu sehen. Ein Schauder lief mir den Rücken hinunter, der nicht von der Kälte herrührte. Irgendetwas an diesem Fremden schrie förmlich nach Gefahr.

Ich schaute zu Emil, dieser war allerdings so sehr auf das Rentierrennen fokussiert, dass er meine Panik nicht bemerkte. Als ich mich wieder umdrehte, war der Mann plötzlich spurlos verschwunden.

Verdammt, hatte er es auf mich abgesehen? Ich hatte im Laufe meines Lebens wohl zu viele Kriminalfilme und Thriller gesehen. Vermutlich war das einfach irgendein Kerl, der eine Sonnenbrille trug, um seine Augen vor den Schneeflocken zu schützen, die wie kleine Dolche waren. Und angelächelt hatte er mich sicherlich auch nur, weil er freundlich war.

Ja, genau so musste es sein. Ich versuchte diese Worte und Gedanken zu verinnerlichen, um das merkwürdige Gefühl abzuschütteln, das sich in mir ausgebreitet hatte. Dennoch erwischte ich mich immer und immer wieder dabei, nach dem mysteriösen Fremden zu schauen.

Es fiel mir unglaublich schwer, den Blick starr geradeaus gerichtet zu halten, um mich auf das Rennen zu konzentrieren. Das beklemmende Gefühl blieb und kitzelte mich im Nacken. Ich wurde panisch. Seit ich diese blöde Postkarte abgeschickt hatte, dachte ich an das Was-wäre-Wenn. Was wäre, wenn ich mit dem Absenden der Weihnachtsgrüße die kriminelle Bande auf mich aufmerksam gemacht hätte? Was wäre, wenn sie die Post meiner Familie abgefangen hätten und jetzt wussten, wo ich mich aufhielt?

Was wäre, wenn sie hier wären, um mich zu töten?

Ich befeuchtete meine Lippen und schluckte den Kloß hinunter, der sich in meinem Hals festgesetzt hatte und mir die Kehle zuschnürte. Meine Handflächen begannen zu schwitzen und mein

Herzschlag beschleunigte sich. Es war, als spürte ich förmlich die Augen des Fremden auf mir ruhen. Wie ein sechster Sinn, der sich in Form von Gänsehaut auf meinem Körper bemerkbar machte.

»Emil«, flüsterte ich und wandte mich ihm zu.

Erst dachte ich, dass er mich vielleicht nicht gehört hatte, doch nachdem auch das letzte Rentier im Ziel angekommen war, schaute er mich direkt an. Ein Glitzern lag in seinen hellblauen Augen.

»Alles in Ordnung?«

Wie sollte ich ihm nur erklären, was gerade in mir vorging? Ich konnte und wollte ihn da nicht mit hineinziehen. Wir mussten dringend Jenny und Leon finden.

Langsam schüttelte ich den Kopf und legte mir die Hand auf den Bauch. »Mir ist nicht so gut. Können wir bitte meine Tante suchen?«

Eine kleine Furche zeichnete sich zwischen seinen Brauen ab, als er mich besorgt musterte. Behutsam legte mir Emil die Hand auf die Schulter und drückte sanft zu. »Was hast du denn?«

Ich war nie eine sonderlich gute Schauspielerin gewesen, weshalb es mir schwerer fiel als gedacht, Unterleibsschmerzen vorzutäuschen. Mit einer raschen Bewegung griff ich nach Emils Arm und tat so, als hätte ich einen Krampf. Das musste ein armseliges Bild abgeben, aber ich wusste mir nicht anders zu helfen.

Emil griff nach mir und half mir aufrecht zu stehen. Als ich den Kopf hob und mich direkt mit ihm auf einer Augenhöhe befand, gefror mir das Blut in den Adern. Irgendetwas an Emils Blick hatte sich verändert. Die Sorge war durch Misstrauen und Ärger ersetzt worden. Seine Finger krallten sich immer fester in meinen Arm und meine Schulter, sodass ich einen Aufschrei nur schwer unterdrücken konnte.

»Lass mich los! Du tust mir weh!«, zischte ich und versuchte mich aus seinem Klammergriff zu befreien, was allerdings nur dafür sorgte, dass Emil fester zudrückte. Irgendetwas stimmte hier ganz gewaltig nicht.

Ich drehte den Kopf, wollte mich irgendwie bemerkbar machen und nach Hilfe rufen, aber ich war starr vor Angst. Dieser kurze Moment der Unachtsamkeit genügte. Emil hatte meine Schulter zwar losgelassen, stattdessen spürte ich aber etwas Hartes, Metallisches, das mir in die Seite drückte.

Ein Blick nach unten ließ mir das Blut in den Adern gefrieren. Ich sah den Lauf einer Waffe. Ich wusste nicht, wo ich die Stärke hernahm, die Worte zwischen meinen Zähnen hervorzupressen. »Wer bist du?«

»Nicht der, für den du mich hältst, Cora. Oder sollte ich lieber Zoey sagen?«

Ein wütendes Funkeln lag in seinen Augen. Ich wusste, wenn ich eine falsche Bewegung machen oder schreien würde, dann würde er mich an Ort und Stelle erschießen.

Schweiß perlte von meiner Stirn. Meine einzige Hoffnung war, dass Jenny oder Leon auf uns aufmerksam werden und diesem Spuk ein Ende setzen würden.

»Was willst du von mir?« Ein weinerliches Wimmern lag in meiner Stimme.

Emil, oder wer auch immer er wirklich war, entfuhr ein leises Grunzen. »Du tust, was ich dir sage«, knurrte er an meinem Ohr. »Solltest du dich widersetzen, wirst nicht nur du sterben, sondern auch dein geliebter Shane. Haben wir uns verstanden?«

Ich nickte.

»Gut. Dann lauf langsam los.«

Stückweise drehte ich mich um. Der Lauf des Revolvers drückte mir in den Rücken, während mein Körper unkontrolliert zitterte. Für Außenstehende musste es so aussehen, als würde ich frieren. Niemand würde Verdacht schöpfen.

Klammheimlich versuchte ich dennoch Augenkontakt mit einem der Zuschauer aufzunehmen, doch sie alle waren voll und ganz aus das Rennen konzentriert. Niemand schenkte mir Beachtung, während ich mich zwischen jubelnden Körpern hindurchquetschte.

Ich war hoffnungslos verloren. Wenn ich Shane und seine Eltern schützen wollte, musste ich mich geschlagen geben. Sie hatten sich in den vergangenen Wochen gut um mich gekümmert, hatten mit mir eine Fremde in ihr Heim gelassen, ihre Leben für mich riskiert. Nun war es an mir, ihres zu schützen. Und wenn das hieß, mich von einer kriminellen Bande verschleppen zu lassen, dann sei es so.

Kapitel 23

Emil trieb mich mit der Pistole voran, ich wagte kaum zu atmen. Er schob mich immer weiter durch die Menge, sodass wir schon beinahe das andere Ende des Sees erreicht hatten. Ich hatte nach Jenny und Leon Ausschau gehalten, hatte aber keinen von beiden ausmachen können – und auch Shane war nirgends zu sehen. Er befand sich vermutlich mit den anderen Teilnehmern in einem abgetrennten Bereich. Das Rennen war noch in vollem Gange und solange dies der Fall war, würde ohnehin niemand bemerken, dass ich eben entführt wurde.

»Weiter«, zischte Emil aus zusammengepressten Zähnen.

Es war erstaunlich, wie sehr man sich in einem Menschen täuschen konnte. In den vergangenen Wochen hatte ich geglaubt in ihm einen Freund gefunden zu haben, jemanden, der mir zuhörte und dem ich mich anvertrauen konnte. Nun musste ich allerdings feststellen, dass dem nicht so war und er mich schamlos ausgenutzt hatte. Er hatte sich an mich herangepirscht, mich in Sicherheit gewogen, nur um den richtigen Moment abzupassen und die Falle zuschnappen zu lassen.

Und ich war so dumm gewesen mich darauf einzulassen. Ich hatte nichts gemerkt, hatte nicht eine Sekunde daran gezweifelt, dass Emil ein netter Kerl war. Nun gut, vielleicht hatte ich vorhin einen Moment gezweifelt, aber das war es dann auch gewesen. Nie hätte ich gedacht, dass meine Menschenkenntnis wirklich so schlecht war.

Nach einigen weiteren Metern ließen wir die jubelnde Menge hinter uns. Der Schneefall hatte mittlerweile nachgelassen, sodass es mir nicht schwerfiel, eine weitere Person in der Ferne auszumachen. Mir rutschte das Herz in die Hose, als ich den Mann erkannte, der mich beobachtet hatte. Nun lag ein gehässiges Grinsen auf seinem Gesicht, das dafür sorgte, dass sich mir der Magen umdrehte.

»Hat dich jemand gesehen?«, fragte er an Emil gewandt. Er sprach akzentfrei Englisch.

»Nein, alles sicher. Wo sind die anderen?«

Der Fremde deutete mit einem Kopfnicken in Richtung Wald. Wie viele von ihnen sich wohl hinter den Bäumen versteckten? Ich kniff die Augen zusammen, um in der dichten Bewaldung etwas zu erkennen, doch es rührte sich nichts und niemand.

»Was wollt ihr von mir?« Meine Stimme war zittrig und brüchig, kaum als die meine wiederzuerkennen. Ich wollte stark klingen, doch die Angst lähmte mich.

Wie erwartet erhielt ich keine Antwort. Stattdessen rammte mir Emil die Waffe noch stärker in den Rücken, sodass ich einen ächzenden Schmerzenslaut von mir gab. Tränen brannten hinter meinen Lidern, Adrenalin pumpte durch mich hindurch. Dennoch gab ich mir die größte Mühe, mir jede Kleinigkeit einzuprägen. Der Mann war beinahe zwei Köpfe größer als ich. Unter seiner Kapuze lugten braun gelockte Strähnen hervor und ein leichter Bartschatten zierte sein Kinn. Seine Nase hatte einen kleinen Buckel, auf dem noch immer die dunkle Sonnenbrille saß, die seine Augen verdeckte. Aber anstatt mich anzuschauen, fixierte er einen Punkt hinter mir, woraufhin sich seine Mundwinkel grimmig hinabsenkten.

»Schnell, wir müssen gehen«, sagte er.

Emil trieb mich wieder voran, tiefer hinein in den Wald.

Als wir einige Schritte gelaufen waren, konnte ich zwei weitere

Männer erkennen, die auf uns zukamen. Hinter ihnen standen einige Schneemobile bereit. Verdammt, wohin wollten sie mich verschleppen?

In meinem Kopf durchlief ich sämtliche Szenarien, wie der heutige Tag enden konnte, und keines davon gefiel mir. Ich war am Arsch. Denn ich war mir ziemlich sicher, dass Emil nicht der Einzige mit einer Waffe war. Nie im Leben würde ich es mit vier bewaffneten Männern aufnehmen können. Und wer wusste schon, wie viele von ihnen noch am Ziel auf uns warteten?

Die anderen beiden Männer waren ebenso in dicke Wintermäntel gehüllt, deren Kapuzen sie sich weit ins Gesicht gezogen hatten. Sie tauschten einen allem Anschein nach vielsagenden Blick miteinander aus, ehe sie sich umwandten und auf die Schneemobile zugingen und diese in Position brachten.

»Mach bloß keine Dummheiten!«, brummte Emil.

Ich schluckte einen Kloß hinunter und brachte gerade so ein Nicken zustande. Er schob mich zu einem der Schneemobile und sagte mir, ich solle mich daraufsetzen, was ich stillschweigend tat. Kurz danach schwang sich Emil hinter mich und legte seine Arme um meinen Körper, um an das Lenkrad zu kommen. Das bedeutete, dass er seine Waffe eingesteckt haben musste.

Es war riskant, aber sollte es hart auf hart kommen, konnte ich versuchen vom Gefährt abzuspringen und zu flüchten. Ob sie mich bei einem Fluchtversuch töteten oder sobald sie mit mir fertig waren, war im Grund völlig egal. Sterben würde ich so oder so, sollte es mir nicht gelingen abzuhauen.

Der lockige Mann, von dem ich glaubte, er sei das Oberhaupt dieser Truppe, rief seinen Männern etwas über die Schulter zu. Kurz darauf wurden die Motoren aller Mobile gestartet.

»Coooоora!«

Ohne mich umdrehen zu müssen, wusste ich, wessen Stimme das war, die aus den Wäldern zu mir durchdrang. Instinktiv legte sich ein breites Lächeln auf meine Lippen, auch wenn ich mich nicht in der dafür passenden Situation befand.

»Fuck!«, zischte Emil hinter mir und ich spürte, wie er sein Gewicht verlagerte, um sich umzudrehen. Ich nutzte die Chance, um einen Blick über die Schulter zu werfen und erkannte Shane in nicht allzu weiter Ferne. Aber nicht nur das. Er wurde von keinem anderen als Rudy gezogen! Das rotnasige Rentier schien wirklich der Retter in der Not zu sein.

Mit einer schnellen Handbewegung startete Emil das Schneemobil. Er zog den Gashebel bis zum Anschlag durch, sodass wir mit einer Höchstgeschwindigkeit von knapp achtzig Stundenkilometern durch den Wald bretterten. Ein schriller Aufschrei entfuhr mir, wurde jedoch binnen Sekunden vom Wind davongetragen. Wir waren verdammt schnell und alles, was ich sehen konnte, waren die Bäume, an denen wir vorbeirasten. Die Panik vor den Pistolen der Männer war wie weggeblasen. Stattdessen breitete sich nun die Angst aus, gegen den nächsten Baum zu donnern und in die Luft zu fliegen. Wie konnte Emil sich hier bitte orientieren?

So kräftig es ging, krallte ich mich am Schneemobil fest, das gerade einen waghalsigen Schlenker nach rechts machte, sodass mein Körper unweigerlich gegen Emils gepresst wurde. Galle stieg in mir hoch, weil ich meinem Entführer so nahe war und nichts dagegen unternehmen konnte.

Ich kniff die Lider zusammen, um den eiskalten Wind davon abzuhalten, mir die Tränen in die Augen zu treiben.

»Ausschwärmen!«, meinte ich einen der Männer rufen zu hören, aber ich konnte mir die Worte ebenso gut eingebildet haben. Als Emil allerdings das Lenkrad nach links riss und sein Gewicht in eben jene Richtung verlagerte, war ich mir sicher, dass ich den Ruf richtig verstanden hatte.

Ich sah, wie jeder der Männer sich in eine andere Richtung fortbewegte und durch das schummerige Tageslicht sauste.

Es musste mittlerweile früher Nachmittag sein, auch wenn es mir so vorkam, schon eine Ewigkeit auf diesem Gefährt zu sitzen.

Emil hinter mir stieß einige Flüche aus und bewegte sich auf dem Mobil hin und her. Ich konnte mich nicht umwenden, aber ich war mir ziemlich sicher, dass er den Kopf nach hinten drehte, um zu sehen, ob Shane uns noch immer auf den Fersen war. Ich wusste, dass dem so war. Wenn ich mich genauestens konzentrierte, dann konnte ich das Vibrieren von Rudys Hufen hören.

Mir wurde gerade bewusst, dass Emil, wann immer er sich umdrehte, für einen kurzen Moment die rechte Hand vom Lenkrad nahm. Es war nicht lange, vielleicht drei Sekunden, aber es handelte sich um eine Zeitspanne, in der man etwas unternehmen konnte. Mich darauf zu verlassen, dass Shane meine Rettung war, mochte vielleicht eine romantische Vorstellung sein, aber ich war durchaus in der Lage, mir selbst zu helfen, oder?

Ich konzentrierte mich auf meinen Herzschlag, der noch immer ungesund schnell war, sich in den vergangenen Minuten allerdings beruhigt hatte. Mit der Zunge befeuchtete ich meine Lippen, die von der Kälte fast taub waren. Mein Gesicht war wie erfroren, sodass ich es kaum noch spüren konnte, und dass meine Glieder sich überhaupt noch bewegen ließen, konnte ich nur hoffen.

Wieder zischte Emil etwas hinter mir und ich wusste, dass gleich der entscheidende Augenblick gekommen war. Wir sausten an einem Baum vorbei, dann an noch einem und noch einem, ehe er das Lenkrad losließ, um sich umzudrehen. Dies war meine Chance. Mit meinem Gewicht und aller Kraft, die ich aufbringen konnte, schmiss ich meinen Körper nach rechts, wo nun eine kleine Lücke entstanden war. Der heulende Wind schnürte mir die Kehle zu und erstickte meinen Aufschrei, als das Schneemobil ins Schlenkern geriet. Erst als ich hart aufkam, wusste ich, dass ich es geschafft hatte, mich von Emil zu befreien. Ein Ächzen entfuhr mir. Vom weichen Pulverschnee war der Großteil meines Sturzes zwar abgefangen worden, aber ich war unsanft auf meinen Rippenbogen gefallen und hätte schwören können, ein Knacken gespürt zu haben. Die eine Hand legte ich mir auf die schmerzende Stelle und richtete mich mit der anderen langsam auf. Jede Bewegung kostete mich größte Mühe und wäre da nicht das Adrenalin gewesen, das durch meinen Körper gepumpt wurde, wäre ich vor Schmerzen sicher einfach ohnmächtig geworden.

»Verdammte Scheiße!«, hörte ich Emil schreien. Er versuchte noch das Schneemobil gerade zu halten. Dies gelang ihm allerdings nicht, stattdessen landete er ein paar Meter von mir entfernt ebenfalls im Schnee. Er röchelte.

Mühevoll kämpfte ich mich auf die Beine. Ein stechender Schmerz hatte sich hinter meiner Stirn festgesetzt. Schwankend machte ich ein paar Schritte auf Rudy zu, der zwar noch ein Stück weit entfernt war, jedoch mit schnellen Hufen auf uns zugerannt kam.

Ein Schritt vor den anderen. Langsam. Die eng stehenden Bäume waren meine Stütze, ohne die ich mich nicht hätte auf den Beinen halten können. Sterne tanzten über meinem Kopf und meine Glieder pochten.

Aus der Ferne rief Shane mir irgendetwas zu, das ich allerdings nicht verstehen konnte. Mit seinem linken Arm gestikulierte er wild, als wollte er mich vor etwas ...

Mit einem dumpfen Aufprall knallte mein Schädel gegen den nächsten Baumstamm. Augenblicklich rann Blut aus der offenen Platzwunde, mein Magen schlug Saltos und am liebsten hätte ich mich auf der Stelle übergeben. Aber ich konnte mich dem Schmerz nicht hingeben, denn es folgte ein harter Tritt in den ohnehin schon pochenden Rippenbogen. Nach Luft ringend keuchte ich auf, krallte meine behandschuhten Finger in den Schnee, suchte nach Halt, fand aber keinen.

Als eine Hand in meine Haare griff und daran zog, konnte ich die

Tränen nicht mehr zurückhalten. Fuchtelnd und um mich schlagend versuchte ich mich aus dem Griff zu befreien, doch anstatt locker zu lassen, packte Emil mich nur noch fester.

»Lass sie los!« Shanes Stimme klang sowohl zornig als auch besorgt. Mittlerweile war er nur noch ein paar Meter von uns entfernt. Emil machte aber keinerlei Anstalten, ihm zu gehorchen, sondern riss mich an den Haaren auf die Beine. Ein stechender Schmerz breitete sich auf meiner gesamten Kopfhaut aus. Über meine Schultern hinweg versuchte ich Emils Arme zu fassen zu bekommen … vergeblich.

Schnaubend kam Rudy zum Stehen und mit einem Satz sprang Shane aus den Skiern, die Hände in unendlicher Wut zu Fäusten geballt. Wut, die in seinen Augen aufflammte.

»Keinen Schritt näher«, befahl Emil, ohne von mir abzulassen. Dennoch musste er mit einer Hand in seine Tasche gegriffen haben, denn ich hörte ein verräterisches Klicken, das wie das Entsichern einer Waffe klang.

Abrupt blieb Shane stehen und hob die Hände in die Höhe. »Whoa, ganz ruhig!« Die Verunsicherung war allzu deutlich aus seiner Stimme herauszuhören. Hektisch zuckte sein Blick zu Emil und dann zu mir. Es gab nichts, was er tun konnte. Dieser Kampf war verloren.

Ein eisiger Schauder durchzuckte mich, als Emil mir die Arme so hinter dem Rücken verdrehte, dass er mich festhalten konnte und ich beinahe wehrlos war. Den kalten Lauf der Pistole drückte er mir an die Schläfe. Unkontrolliert zuckten meine Lippen und ein wimmernder Laut entfuhr mir. So viel dazu, dass ich Stärke hatte bewahren wollen. Noch nie im Leben hatte mich jemand mit einer Knarre bedroht.

»Nicht schießen«, knurrte Shane zwischen zusammengepressten Zähnen, die Hände noch immer in einer Schutzhaltung nach oben gelegt. Es fiel ihm sichtlich schwer, nicht auf uns zugestürmt zu kommen. Sein Körper zitterte und sein linkes Bein zuckte, als wollte es instinktiv einen Schritt nach vorn machen. Kaum merklich schüttelte ich den Kopf, um Shane vor jedweder Dummheit abzuhalten. Schließlich war ich diejenige mit einer Waffe am Kopf.

»Hau ab oder ich puste deiner Kleinen den Schädel weg.« Während Emil sprach, drückte er den Lauf noch fester an meine Schläfe. Mein Wimmern wurde stärker. Ich hatte keine Ahnung, wie ich mich aus dieser Situation noch hätte befreien können.

»Okay, okay«, sagte Shane und taumelte ein paar unbeholfene Schritte zurück. Dabei fixierte er mich, fing meinen Blick auf und in dem seinen lag so unendlich viel Schmerz und Bedauern. Ich erkannte, dass es ihm aus tiefster Seele leidtat, dass er mir nicht helfen konnte. Aber das musste es nicht. Er hatte genug für mich getan in den vergangenen Wochen. Er hatte mich zu dem Menschen gemacht, der ich heute war, und das war etwas, wofür ich ihm ewig danken würde.

Mein Brustkorb drohte zu explodieren und mittlerweile rannen die Tränen so unkontrolliert über meine Wangen, dass ich kaum noch etwas sehen konnte. Daher presste ich die Lider aufeinander und fokussierte mich auf meine schnelle Atmung, die sich leider auch nicht verlangsamte. Der Druck an meiner Schläfe wurde immer stärker und nur ganz leise drang Shanes beruhigende Stimme an meine Ohren, die Emil zuflüsterte, die Waffe zu senken.

Als der erlösende Schuss ertönte, war das Letzte, woran ich dachte, Shane und meine Eltern.

Kapitel 24

Die Zeit um mich herum schien stehen geblieben zu sein. Ich war umhüllt von Schwärze und ein friedliches Gefühl durchströmte meinen Körper.

»Cora! Cora!«

Mein Name. Ich hörte, wie jemand ihn rief. Oder bildete ich mir die Stimme lediglich ein?

Schmerz grub sich in meine Schultern und ein Schwindelgefühl hatte sich in meinem Kopf festgesetzt, als befände ich mich im Schleudergang einer Waschmaschine.

»Cora! Komm schon, wach auf!«

Die Stimme war mir bekannt, stellte ich fest. Aber wem gehörte sie? Jemandem, den ich zu Lebzeiten gekannt hatte? Und wieso fühlte ich mich so grausig und ausgelaugt? Sollte man sich im Tod nicht leicht und schwerelos fühlen? So hatte ich mir das zumindest immer vorgestellt. Doch die Schmerzen waren so real, als wohnte ich noch immer in meinem Körper. Aber das konnte nicht sein, das war nicht möglich. Immerhin hatte ich den Druck an meiner Schläfe gespürt, hatte den lauten Knall gehört, der als Echo durch die Wälder getragen worden war. Und dann? Dann war Dunkelheit über mich hereingebrochen.

»Cora!«

Ich hörte Schritte aus allen Richtungen. Sie knirschten im Schnee. Schnee?

Unwillkürlich runzelte ich die Stirn. Meine Augen waren verquollen und ich tat mich schwer sie zu öffnen. Vorsichtig legte ich meine Hand auf die linke Brust. Mein Herz. Es schlug noch immer in seinem gewohnten Takt.

»Mhm«, war der einzige ächzende Laut, der meine Lippen verließ.

Es dauerte ein paar Sekunden, ehe ich wieder klar sehen konnte. Mein Körper lag tatsächlich im Schnee, Gestalten waren über mich gebeugt und neben mir konnte ich schemenhaft etwas auf dem Boden liegen sehen. Als ich den Kopf sacht drehte, sah ich, dass es nicht etwas war, was dort lag, sondern *jemand*.

Emil. Er hatte eine Schussverletzung am Kopf, aus der das Blut heraustropfte und den Schnee rot tränkte. Mir wurde speiübel bei dem Anblick.

»Vorsicht«, sagte irgendjemand leise und griff unter meine Achseln, um mich behutsam aufzurichten. Mir ging es gut. Bis auf den pochenden Kopfschmerz und die vermutlich angeknacksten Rippen war alles in Ordnung. Etwas, das ich selbst kaum glauben konnte.

Als ich die Orientierung langsam wiedererlangte, erkannte ich Shane, der vor mir in die Hocke gegangen war und mich lächelnd betrachtete. Seine Bernsteinaugen funkelten voller Liebe.

»Hey«, hauchte ich leise, ein Lächeln zupfte an meinen Lippen.

Er hob die Hand und legte sie mir an die Wange. Schmetterlinge flogen wild in meinem Magen herum. »Hi.«

Bevor ich noch etwas sagen konnte, stürmten plötzlich zahlreiche Menschen aus den Wäldern auf uns zu. Es waren überwiegend uniformierte Männer mit Gewehren und Pistolen in den Händen. »Alles gut, du brauchst keine Angst haben«, sagte Shane, als er bemerkte, dass sich mein gesamter Körper zu verkrampfen begann.

Als die Männer näher kamen, konnte ich feststellen, dass sie zu den Guten gehörten. Einer von ihnen lief schnurstracks auf mich zu und ging neben Shane in die Hocke.

»Zoey Hartford? Mein Name ist Special Agent Taylor vom FBI. Sie waren heute sehr mutig.« Seine schmalen Lippen formten sich zu einem Lächeln, was die kleinen Fältchen, die seine gräulichen Augen zierten, stärker hervorhob.

»Was machen Sie hier?«

Der Mann schaute besorgt zwischen Shane und mir hin und her, so, als wisse er nicht, wie viele Informationen er überhaupt preisgeben sollte. Um uns herum wuselten die anderen Männer und mittlerweile waren auch ein paar Sanitäter vor Ort.

Was ging hier vor sich? Wie konnten so viele Menschen so plötzlich hier sein? Oder war ich so lange ohnmächtig gewesen?

»Miss Hartford, es tut uns unendlich leid, Sie in solch eine Lage gebracht zu haben. Hätten wir die Gefahr früher erkannt, wären wir definitiv schneller eingeschritten, das kann ich Ihnen versichern.« Seine Worte klangen aufrichtig, aber der Sinn kam noch nicht ganz bei mir an.

Shane griff nach meiner Hand und drückte sie sacht. Ich lächelte ihm zu, ehe ich mich wieder an den Agenten wandte. »Was wollen Sie mir damit sagen?«

»Der junge Mann, der sich Ihnen als Emil vorgestellt hat, ist eigentlich Gerald Hawkings, ein gesuchter Verbrecher aus den USA. Die anderen drei Männer, die Sie vorhin gesehen haben, gehören ebenfalls der Bande an, die sich auf Cyberkriminalität spezialisiert hat und nicht nur Gelder raubt, sondern hauptsächlich Informationen.« Er holte tief Luft, ehe er weitersprach. »Ihr Vater war im Begriff, diese Menschen festzunageln. Als sie dabei waren, sich in die Firmencomputer zu hacken, war es Ihr Vater, der den Spieß umgedreht und mit dem FBI kooperiert hat. Leider ging der Schuss nach hinten los und so hat er sich und seine Familie in höchste Gefahr gebracht – der Grund dafür, dass man Sie fortgeschickt hat, Miss Hartford.«

Ich nickte mechanisch. Das bedeutete, dass ich meinem Dad

unrecht getan hatte. Er hatte keine kriminellen Geschäfte abgewickelt, sondern sich lediglich gegen die wirklichen Kriminellen gestellt, hatte diese hinter Gitter bringen wollen. »Das erklärt nicht, weshalb Sie hier sind.«

Der Agent atmete tief durch. »Ohne Ihre Hilfe wäre uns die Bande durch die Lappen gegangen. Die Postkarte, die Sie Ihren Eltern geschickt haben, hat die Männer auf Ihren Aufenthaltsort aufmerksam gemacht. Wie wir feststellen mussten, hatten die Typen Ihr Elternhaus verwanzt und so die Information aufgeschnappt, dass Sie sich in Finnland aufhalten. Es hat leider etwas länger gedauert herauszufinden, dass Emil Hawkings auf der Farm eingeschleust worden war. Wir vermuten, dass er es darauf abgesehen hatte, dass Sie etwas Falsches sagen und sich ihm zu erkennen geben, damit er die Gewissheit hatte, dass es sich bei Ihnen wirklich um Zoey handelte.«

Meine Atmung beschleunigte sich und ich drückte Shanes Hand so fest, dass dieser einen zischenden Schmerzenslaut von sich gab. »Ich verstehe das nicht. Wie konnten Sie zur richtigen Zeit am richtigen Ort sein? Wieso sind Sie hier?«

Mein Gegenüber befeuchtete sich die Lippen, sein Blick huschte hektisch umher. Er hatte etwas zu verbergen.

»Mr Hawkings hat den folgeschweren Fehler gemacht im Schuppen der Bryce-Farm zu telefonieren. Leon hat ihn gehört und uns auf der Stelle informiert. Er war kurz davor, Hawkings einfach selbst zur Strecke zu bringen, aber wir brauchten die komplette Bande, um sie ein für alle Mal auszulöschen.«

»Mein Dad wusste davon?«, zischte Shane. Nun war es ihm, die Beherrschung zu verlieren.

»Ja«, gestand der Agent nickend. »Vor drei Tagen hat er uns kontaktiert. Ab diesem Zeitpunkt wussten wir, dass Sie, Miss Hartford, heute verschleppt werden sollten.«

»Soll das heißen, Sie haben mich als Köder missbraucht? Ich wäre beinahe gestorben!«

»Ich weiß, Miss Hartford. Es tut mir schrecklich leid, auch wenn eine einfache Entschuldigung das nicht wiedergutmachen kann. Allerdings«, er machte eine kurze Pause, »können Sie nun wieder nach Hause.«

Nach Hause.

Das war etwas, das ich mir nicht mehr erträumt hatte. Ich hatte fest damit gerechnet, mich in Finnland niederlassen zu müssen und Amerika nie wieder betreten zu können. Das sollte sich nun aber ändern. Mein Herz machte einen Freudentanz.

»Meinen Sie das ernst?«, fragte ich euphorisch, woraufhin der Agent nickte.

»Ja. Ihre Eltern haben wir eingeweiht, auch wenn sie von dem Plan verständlicherweise nicht angetan waren. Sie sind bereits auf dem Weg hierher, um Sie abzuholen.« Er reichte mir die Hand, die ich, ohne zu zögern, ergriff. »Vielen Dank für Ihre Mithilfe. Wir werden uns wiedersehen, Miss Hartford.«

»Danke«, erwiderte ich. Der Kopfschmerz war beinahe vergessen, aber nur beinahe.

Der Agent entfernte sich und ließ Shane und mich allein zurück.

Shane.

Mein Blick schnellte hoch und traf den seinen. In seinen Augen lag all die Trauer dieser Welt.

»Ich –«, begann ich, aber er schüttelte den Kopf.

»Du musst nichts sagen. Ich weiß, dass du zurückmusst.« Keine Ahnung, wo er sie plötzlich herhatte, aber Shane legte eine rot karierte Wolldecke um unsere Schultern und zog mich näher an sich heran. Seine Arme um meinen Körper fühlten sich so gut an und ließen mich den Schock der vergangenen Stunden beinahe vergessen.

»Cora!« Jenny und Leon kamen angerannt.

Instinktiv wollte ich einen Schritt vor Shane zurückweichen, aber er ließ es nicht zu, sondern zog mich nur noch enger an sich heran.

»Gott sei Dank, es geht dir gut!«

In Jennys Blick lag ernsthafte Besorgnis und das, obwohl ich im Grunde eine Fremde war. Sie gesellte sich zu uns und umschloss mich von hinten mit ihren Armen.

»Tut mir leid, dass ich dir wegen Emil nichts sagen konnte, Cora«, nuschelte Leon.

Eigentlich hätte ich ihm böse sein sollen, aber ich konnte verstehen, weshalb er lieber geschwiegen hatte. Es war nicht nur um meine Sicherheit gegangen, sondern um alle Menschen, die es mit dieser Bande von Cyberkriminellen zu tun gehabt hatten. Noch immer verstand ich nicht, was genau vor sich gegangen war, aber das hatte Zeit. Früher oder später würde man mir schon alles erzählen. Fürs Erste genoss ich die restliche Zeit, die mir mit dieser wundervollen Familie blieb.

***

Es war spät, als wir endlich in Richtung Haus aufbrachen. Ein Sanitäter hatte mich noch einmal durchgecheckt und gesagt, dass ich sofort einen Arzt aufsuchen sollte, sobald ich wieder in Amerika war. Er hatte vermutet, dass zwei meiner Rippen vielleicht sogar gebrochen waren und ich eine Gehirnerschütterung hatte. Die kleine Platzwunde an meiner Stirn hatte er noch an Ort und Stelle genäht. Zusätzlich hatte ich dem FBI noch ein paar Fragen beantworten müssen, ehe wir endlich entlassen worden waren. Zwei der übrigen drei Männer wurden in Handschellen abgeführt. Neben Emil, oder auch Gerald Hawkings, war der große Lockige erschossen worden und ich hatte mitansehen müssen, wie ihre Leichen abtransportiert worden waren. Ein Anblick, der mich wohl in meinen schlimmsten Albträumen noch verfolgen würde.

So hatte ich mir den Heiligen Abend in Finnland nicht vorgestellt.

Wir hatten die Schneemobile stehen gelassen. Stattdessen hatte uns ein Wagen mitgenommen und ein anderer Farmer kümmerte sich um Rudy. Shane und ich saßen aneinandergekuschelt auf der Rückbank und störten uns nicht an den zugleich misstrauischen und amüsierten Blicken seiner Mutter. Sie musste die gesamte Zeit über gemerkt haben, dass zwischen uns nicht nur die Fetzen geflogen waren, sondern auch die Funken gesprüht hatten. Weibliche Intuition und so.

Als das Haus in Sichtweite kam, blickte ich durch das Frontfenster hinaus. Ein Wagen parkte direkt vor dem Eingang und ein Pärchen mittleren Alters stand Arm und Arm davor.

»Mom? Dad?«, flüsterte ich in das Wageninnere, wohl wissend, dass die beiden mich nicht hören konnten. Indes zog Shane mit seinem Daumen kleine Kreise an meiner Schulter.

Der Fahrer hielt an. Schnell riss ich die Tür auf und sprang aus dem Wagen. Die Kälte und mein schmerzender Körper waren mir gerade egal.

»Zoey, Liebling!«, riefen meine Eltern aus.

Tränen sammelten sich in meinen Augenwinkeln, als ich auf die beiden zu rannte und ihnen in die Arme fiel. Schluchzend vergrub ich den Kopf irgendwo an ihren Körpern und ließ all die angestauten Emotionen heraus.

»Du hast uns so gefehlt.«

»Ihr mir auch.« Und es war die Wahrheit, auch wenn ich in den letzten Wochen nicht so häufig an meine Familie gedacht hatte, wie es vielleicht normal gewesen wäre. Meine Eltern nun allerdings vor mir stehen zu haben und in die Arme nehmen zu können, bedeutete mir einfach alles.

Autotüren schlossen sich und quietschende Schritte kamen auf uns zu. Mein Dad räusperte sich und ließ einen Moment von mir ab, weshalb ich mich nun an Mom kuschelte. Ihre blauen Augen glitzerten von den Tränen, die sie eben vergossen hatte, und ihre sonst so makellose Haut war von ihrem Make-up verschmiert.

All die Zeit hatte ich immer geglaubt, dass ihr Aussehen für sie das Wichtigste auf der Welt war. Aber sie zeigte mir gerade, dass es noch weit Wichtigeres für sie gab: ihre Tochter!

»Ich weiß nicht, wie ich Ihnen dafür danken kann, sich so liebevoll um Zoey gekümmert zu haben.«

Dad machte einen Ausfallschritt nach vorn und reichte Leon die Hand, die dieser kräftig schüttelte. Zum ersten Mal im Leben hatte Dad eine gebückte Haltung eingenommen, die verdeutlichte, dass auch er nur ein Mensch und durchaus zerbrechlich war. Sein dunkles Haar war voller grauer Strähnen, die vor zwei Monaten sicherlich noch nicht da gewesen waren. Das hätte ich gewusst.

»Keine Ursache, Mr Hartford. Jederzeit wieder.«

Shanes Eltern und meine wechselten ein paar Worte, während ich Shane fixierte und mir jede seiner Regungen und jeden seiner Gesichtszüge genauestens einzuprägen versuchte. Die buschigen Augenbrauen, die ich vor Wochen noch am liebsten gezupft hätte, den Bartschatten, der ihn sehr männlich aussehen ließ, die breiten Schultern und muskulösen Arme, das Lächeln, das mich schmelzen ließ.

»Liebling, willst du schon mal deine Sachen holen gehen, falls du hier welche hast?« Mom lächelte zaghaft und drückte meine Hand.

»Klar«, erwiderte ich. Und fügte an Shane gerichtet hinzu: »Begleitest du mich?«

Er streckte mir seine Hand entgegen und ich nahm sie wie selbstverständlich. Es fühlte sich richtig an, ihm so nahe zu sein, auch wenn wir gleich Lebewohl sagen mussten.

Gemeinsam schlenderten wir ins Haus hinein und gingen die quietschenden Treppen hoch. Aus dem Wandschrank nahm ich eine Tasche und stopfte schnell alles hinein, was ich mitnehmen wollte. Es war nicht viel. Eigentlich nur die Bilder, die Shane mir ausgedruckt und in Bilderrahmen gesteckt hatte. Als ich fertig war, schloss ich die Tasche und legte sie aufs Bett. Währenddessen wagte ich es nicht, Shane anzusehen.

»Hey«, hauchte er und legte von hinten die Arme um mich. Sein Kinn platzierte er vorsichtig auf meinem Kopf.

Ich zitterte. Nicht vor Kälte, sondern vor Trauer.

»Es muss kein Abschied für immer sein.«

»Meinst du wirklich?«, schniefte ich und kuschelte mich an ihn. Trotz des Rennens und der anschließenden Verfolgungsjagd roch er noch immer unglaublich gut. Wie machte er das nur?

»Wirklich. Ich werde dich besuchen, so oft ich kann. Und du bist natürlich auch jederzeit hier willkommen. Ich hoffe, dass du das Angebot annimmst und dich vielleicht ab und an blicken lässt.«

Ich spürte das Lächeln, das sich auf seine Lippen legte. »So oft ich kann.«

Ganz langsam drehte Shane mich um. Den Blick hatte ich starr auf seine Brust gehaftet, aus Angst zusammenzubrechen, sollte ich ihm in die Augen sehen müssen. Er legte einen Finger an mein Kinn und hob dieses an, sodass mir nichts anderes übrig blieb, als ihn direkt anzuschauen.

Shane schluckte einen Kloß hinunter, sichtlich bemüht Fassung zu bewahren. Ich merkte erst, wie fest ich mich an seine Jacke gekrallt hatte, als meine Finger bereits schmerzten.

Er lehnte sich zu mir herunter, um mich noch einmal zu küssen.

In diesem Kuss lagen so viele gegensätzliche Emotionen und unsere Lippen vermischten sich mit den Tränen, die keiner von uns beiden noch zurückhalten konnte.

»Seid ihr so weit?«, rief Jenny vom Erdgeschoss zu uns hoch, sodass wir voneinander ablassen mussten.

Es war auch besser so, denn ansonsten hätte man mich, an zehn Rentiere gebunden, hier herausschleifen müssen.

Shane nahm meine Tasche und lief voran. Im Türrahmen warf ich noch einen letzten Blick auf das, was in den vergangenen Wochen mein Zuhause gewesen war. Mit klopfendem Herzen ließ ich es hinter mir und folgte Shane nach unten.

»Ich habe noch etwas für dich, warte kurz.« Er reichte mir die Tasche und verschwand kurz darauf im Kaminzimmer.

»Du wirst uns fehlen«, sagte Jenny und zog mich in eine lange Umarmung.

»Ihr mir auch. Sehr sogar.« Verdammt, ich war schon wieder kurz davor, in Tränen auszubrechen.

Als Jenny von mir abließ, kam auch Leon auf mich zu und zog mich an sich. »Pass auf dich auf, Kleines!«

Wie konnte man jemanden binnen so kurzer Zeit nur so sehr ins Herz schließen? Am liebsten hätte ich mich noch von allen Tieren verabschiedet, aber Mom und Dad standen draußen am Wagen und warteten bereits auf mich.

Kurz darauf kam Shane aus dem Kaminzimmer zurück. In den Händen hielt er eine kleine weiße Schachtel mit einer roten Schleife. »Frohe Weihnachten!«

»Für mich?« Ungläubig nahm ich das Geschenk entgegen. Damit, etwas zu bekommen, hatte ich nicht gerechnet. »Danke, Shane!«

»Melde dich ab und zu«, sagten Jenny und Leon, ehe sie uns allein ließen.

»Vergiss mich nicht«, hauchte Shane und zog mich noch ein letztes Mal an sich.

»Niemals«, erwiderte ich und vergrub den Kopf an seiner Schulter. »Ich werde dich anrufen, sobald ich gelandet bin.«

Er nickte. »Du wirst mir fehlen.«

»Du mir auch.«

Dann, ohne mich noch einmal umzudrehen, schritt ich hinaus zu meinen Eltern. Dad hielt mir die Tür auf. Ich reichte ihm die Tasche und setzte mich ins Auto. Kurz darauf nahmen er und Mom ebenfalls auf der Rückbank Platz. Es war unmöglich für mich, noch einmal aus dem Fenster zu schauen. Ich konnte und wollte Shanes traurigen Blick nicht sehen.

Schleichend setzte der Wagen sich in Bewegung und die Farm der Bryces wurde im Rückspiegel immer kleiner.

»Was hast du denn da?«, fragte Mom und deutete auf die kleine Schachtel, die ich zitternd in den Händen hielt.

»Ein Weihnachtsgeschenk.«

»Mach es doch auf!«, schlug Dad vor.

Schulterzuckend zog ich an der roten Schleife, die augenblicklich in meinen Schoß glitt. Dann hob ich den Deckel an und atmete scharf ein. Eine goldene Kette mit einem herzförmigen Anhänger lag darin. Auf der Vorderseite waren zwei von Shanes heiß geliebten Mumins eingraviert, ein Männchen und ein Weibchen. Als ich den Anhänger umdrehte, erkannte ich einen zarten Schriftzug darauf: »Ich liebe dich, Zoey.«

»Anhalten!«, rief ich dem Fahrer zu. Kurz darauf kam der Wagen schlitternd zum Stehen.

Ich wandte mich erst an Mom, dann an Dad. Sie beide trugen ein Lächeln auf den Lippen, denn sie wussten es bereits. Sie wussten, was nun passieren würde. Aber keiner von beiden sagte etwas, stattdessen schlangen sie ihre Arme um mich. Ich erinnerte mich nicht daran, wann ich das letzte Mal von so vielen Menschen umarmt worden war wie heute. Es war ein schönes Gefühl, das mir Geborgenheit gab.

»Wenn ich wissen will, wohin das mit Shane und mir führen kann, dann muss ich bleiben«, sagte ich entschieden.

Mom wischte mir eine Träne von der Wange. »Ich weiß, mein Liebling.«

Dad gab mir einen Kuss auf den Scheitel. »Folge deinem Herzen, Zoey.« Dann zog er ein Portemonnaie aus seiner Manteltasche. *Mein* Portemonnaie. »Du wirst Geld brauchen, wenn du hierbleiben willst. Du kannst der armen Familie nicht auf der Tasche liegen.«

»Nein!«, entschied ich. »Ich werde für mein Geld arbeiten.«

Lächelnd öffnete Dad das Portemonnaie und zog eine Karte hervor, die er auf die Schachtel legte, die ich noch fest umklammert hielt. »Für den Notfall.« Er zwinkerte.

»In Ordnung«, entgegnete ich und zog ihn an mich. »Und jetzt lasst mich raus. Ich muss zu Shane.«

Ich strahlte über das gesamte Gesicht und meine Eltern lachten kopfschüttelnd. Mom öffnete die Tür und ich krabbelte über sie hinüber. Aber ich stieg nicht aus, ohne ihr noch einen Kuss auf die Wange zu geben. »Passt auf euch auf, ja? Ich werde euch besuchen kommen!«

Dann schnappte ich meine Tasche aus dem Kofferraum und rannte los. Das Feld war glatt und ich rutschte das ein oder andere Mal weg, aber das war mir im Moment völlig egal.

»Shane!«, rief ich aus vollem Halse, gerade als jemand die Tür des Hauses schließen wollte. Ich sah, wie das Licht wieder heller wurde und eine Gestalt im Türrahmen erschien.

»Zoey?«

Es war das erste Mal, dass ich meinen Namen aus seinem Mund hörte. Meinen *wirklichen* Namen. Alles in mir zog sich zusammen – vor Vorfreude. Vorfreude auf das, was die Zukunft bringen würde.

Als er bemerkte, dass ich rannte, stürmte auch Shane aus dem Haus. Mittlerweile trug er keine Jacke mehr und eilte trotzdem in die Kälte hinaus. Ein breites Lächeln lag auf seinen Lippen, genauso wie auf meinen. Als uns nur noch wenige Meter trennten, ließ ich die Tasche fallen und sprang ihm in die Arme.

Shane fing mich auf und wirbelte mich herum. Meine Rippen schmerzten, doch ich schluckte den Schmerz hinunter, um diesen Moment zu genießen.

»Ich liebe dich auch«, hauchte ich, woraufhin er mich absetzte. Mein Herz setzte einen Schlag aus, vielleicht auch zwei oder drei, in denen es nur uns gab. Nur Shane und mich und sonst niemanden auf der großen weiten Welt.

Mit beiden Händen griff er nach meinem Gesicht und ehe ich

wusste, wie mir geschah, presste er seine Lippen auf meine und wir versanken in einen Kuss, der meinetwegen für immer hätte andauern können.

Epilog – Sieben Monate später

»Los, los, los! Trödel nicht immer so!«

Shanes Stimme drang durch die verschlossene Badezimmertür an meine Ohren. Kopfschüttelnd betrachtete ich mich ein letztes Mal im Spiegel. Die Frisur saß, das dezente Make-up war ebenfalls an Ort und Stelle – ich war bereit. Ich wusste, wie bescheuert es war, sich aufzuhübschen, wenn man gleich zwei Stunden in einem Flugzeug sitzen würde. Keine Frisur der Welt, egal wie viele Tonnen Haarspray man vergeudete, überlebte einen Flug. Das war ein ungeschriebenes Naturgesetz!

»Wenn du nicht gleich rauskommst, dann fahren wir ohne dich!«, warnte Shane mich ein letztes Mal.

Ich konnte förmlich vor mir sehen, wie er den Zeigefinger in die Höhe hob, während er mit der anderen Hand eine Faust ballte, die er sich in die Seite stemmte. Lustigerweise dachte er wirklich, dass diese Haltung irgendetwas brachte. *Tja, weit gefehlt, Bryce!*

»Ich komme ja schon«, stöhnte ich und riss die Badezimmertür auf. Shane stand vor mir, breitschultrig, wohlduftend und einfach perfekt. Seit ich entschieden hatte in Finnland zu bleiben, hätte es zwischen uns nicht besser laufen können. Für Jenny und Leon war es kein Problem gewesen, dass ich mich völlig uneingeladen hier wieder ausgebreitet hatte. Ganz im Gegenteil, sie hatten sich unglaublich darüber gefreut, dass ich entschieden hatte zu bleiben. Und zwar für immer.

Na ja, für immer war so eine Sache, über die sich streiten ließ. Denn heute war der große Tag des Umzugs. Was zunächst nur ein Hirngespinst von Shane und mir gewesen war, hatte sich schnell zu bitterem Ernst entwickelt, als wir uns entschieden hatten gemeinsam nach London zu gehen, um dort zu studieren. Nie hätte ich damit gerechnet, dass er das wirklich durchziehen wollte. Für mich gehörte er an die Seite von Rentieren nach Lappland und nicht in eine Großstadt ans College. Aber er wollte es von ganzem Herzen.

Vor wenigen Wochen hatten wir uns auf Wohnungssuche begeben und waren schnell fündig geworden. Das war allerdings nur meinen Eltern zu verdanken, denn ohne deren großzügige Spende hätten Shane und ich uns wohl niemals eine Wohnung im überteuerten London leisten können. Aber meine Eltern hatten gemeint, wir sollten es als Investition in unsere Zukunft ansehen, weshalb wir das Geschenk dankbar angenommen hatten.

»Du wirst nach dem Flug eh aussehen, als hätte Rudy dich zehn Kilometer hinter sich her geschleift«, sagte Shane und konnte sich ein Lachen nicht verkneifen.

»Haha, witzig wie eh und je«, erwiderte ich und boxte ihm in die Schulter.

Er geriet einen Moment ins Taumeln, fing sich aber schnell wieder. »Bereit, in ein neues Leben zu starten?«

»Bist du es denn?«

Shane lächelte mich sanft an. Dann legte er seine Hand um meine Hüfte und zog mich an sich, um mir einen hauchzarten Kuss auf die Lippen zu geben. »Solange du an meiner Seite bist, bin ich zu allem bereit.«

Und so empfand auch ich. Es war vollkommen egal, wo wir lebten oder was wir durchmachten. Hauptsache, wir waren zusammen. Nie hatte ich damit gerechnet, die große Liebe in eisigen Gefilden oder überhaupt jemals zu finden. Und doch war Shane Bryce plötzlich vor mir gestanden und hatte sich in mein Herz geschlichen. Erst ganz langsam und dann gänzlich.

So, als hätte es sein müssen.

Wir.

Zusammen.

Für immer.

Dank

Und schon sind wir am Ende meines ersten Winterromans angekommen. Was für eine Reise! Eine Reise, auf der mich zahlreiche Menschen begleitet haben. Doch ehe ich anfange einen Namen nach dem anderen aufzulisten, erzähle ich euch eine kleine Geschichte. Im Grunde ist es die Geschichte, wie Cora und Shane es geschafft haben, zu einem Buch zu werden. Denn die beiden waren keineswegs geplant.

Viele von euch wissen, dass ich mit »Nordlichtglanz & Rentierglück« eine Schreib-Challenge gewonnen habe. Die Kriterien waren relativ einfach: Schreibe ein Exposé und eine etwa 80-seitige Leseprobe zu einem der vorgegebenen Themen. Diese waren zum einen »eine verbotene Liebe im winterweißen Setting« und »eine schicksalhafte Begegnung an Weihnachten«. Es gab eine einzige Vorgabe, an die man sich halten sollte. Und zwar, dass es keinen Fantasyanteil geben sollte. Ich habe mir die Kriterien mehr als einmal durchgelesen … sehr genau sogar. Trotzdem hat mein Hirn die Hälfte schnell wieder rausgelöscht *haha*.

Sofort geisterte eine perfekte Story in meinem Kopf herum, ich habe geschrieben wie ein Weltmeister und war richtig stolz darauf, dass ich endlich mal nicht erst am Abgabetag fertig war, sondern einen zeitlichen Puffer von etwa drei Tagen hatte. Euphorisch, wie ich war, habe ich die Leseprobe also noch mal gelesen, und ganz plötzlich fiel es mir wie Schuppen von den Augen!!! Mein Kopf war so sehr auf Fantasy gepolt gewesen, dass ich instinktiv eine Fantasygeschichte geschrieben hatte! Ihr könnt euch vorstellen, wie wütend ich auf mich war, wo ich doch die Vorgaben so genau gelesen hatte! Nun saß ich also da, völlig überfordert, enttäuscht und traurig, da ich unbedingt bei dieser Challenge hatte mitmachen wollen.

Einen Tag lang habe ich überlegt, was ich tun sollte. Dann fasste ich einen Entschluss. Welcher das war, könnt ihr euch vorstellen. Eine neue Geschichte musste her und zwar schnell. Zwei Tage vor Abgabe tippte ich also eine neue Leseprobe. So kam es dazu, dass ich die Geschichte von Cora und Shane erzählt habe. Ob ich rechtzeitig fertig werden würde, wusste ich nicht. Aber ich wollte es in jedem Fall versuchen.

Dass es funktioniert hat, hat mich mit Stolz erfüllt. Und dass ich schlussendlich auch noch zu den glücklichen Gewinnerinnen gehört habe, umso mehr.

Aus diesem Grund danke ich in erster Linie Isabell Schmitt-Egner dafür, diese Challenge auf die Beine gestellt zu haben. Sie ist der organisatorische Kopf hinter der Facebook-Schreibgruppe »Nanowriyeah 2020«, in der sich mittlerweile zahlreiche Autoren versammelt haben, die sich gegenseitig motivieren und miteinander schreiben. Durch diese Gruppe habe ich viel gelernt!

Danke an das komplette Team von Impress. Nicht nur dafür, dass ihr meine Geschichte unter so vielen Einsendungen erwählt habt, sondern für einfach alles.

Dem Formlabor danke ich für das traumhafte Cover, das mich augenblicklich in den Bann gezogen hat. Die winterliche Atmosphäre wurde hervorragend eingefangen, sodass ich mich gar nicht daran sattsehen kann.

Während des Schreibprozesses haben meine beiden Schreibmädels, Maja Köllinger und Rune L. Green, mich dauerhaft unterstützt und motiviert. Danke dafür! Ohne eure pomponschwingenden Jubelrufe wäre ich vermutlich heute noch nicht fertig.

Zudem danke ich meiner Familie und meinen Freunden für ihre Unterstützung!

Und zuletzt danke ich natürlich dir! Danke, dass du dich unter den vielen Büchern auf dem Markt ausgerechnet für dieses hier entschieden hast! Ohne dich und all die anderen Leser wäre ich heute nicht hier. Dafür werde ich für immer dankbar sein.

Wir lesen uns sicher bald wieder!

Eure Ana

Lies dich rein!

Leseprobe aus »Weihnachtswunder von Manhatten« von Lana Rotaru

286 Seiten
E-Book 3,99 €
ISBN 978-3-646-60421-4
Softcover 12,99 €
ISBN 978-3-551-30220-5

Ein Weihnachtsmann zum Verlieben

Cathy hasst die Adventszeit. Alles daran. Das Wetter, die künstliche Fröhlichkeit und allem voran den Zwang, Geschenke für Leute kaufen zu müssen, die sie nicht leiden kann. Diese Einstellung ändert sich auch nicht, als sie Nick Claus kennenlernt, der von sich selbst behauptet, der Sohn des Weihnachtsmanns zu sein. Sie ist sich sicher, der Typ muss verrückt sein. Doch obwohl sie sich die größte Mühe gibt, ihm aus dem Weg zu gehen, gelingt es Nick immer wieder, sich in Cathys Leben zu schleichen. Und sie muss sich eingestehen, dass sie an seiner Seite immer wieder Momente erlebt, für die sie keine anderen Worte findet als »einfach magisch«. Aber trotzdem: Den Weihnachtsmann kann es nicht geben … oder doch?

Acht Wochen bis Heiligabend

Es gibt Begegnungen, die können dein Leben für immer verändern. Klar, auf die meisten trifft das nicht zu, vor allem wenn diese Begegnungen im Supermarkt an der Kasse stattfinden, im Central Park, den man auf dem Weg zur Arbeit durchquert, oder in der Pizzeria, in der man nach der Schule jobbt.

Aber es gibt auch jene Art von Begegnungen, die einen unglaublichen Einfluss auf dein Leben haben, und das obwohl du dich mit Händen und Füßen dagegen wehrst.

Genau von so einer Begegnung handelt diese Geschichte.

***

»Hallo, ich heiße Cathy und bin heute Abend deine Kellnerin.« Ich wusste nicht, wie oft ich diesen Satz inzwischen aufgesagt hatte, aber es musste eindeutig zu oft gewesen sein, denn in meinen Ohren klang er eher so: »Beeil dich mit deiner Bestellung, ich habe noch andere Kunden und will pünktlich Feierabend machen!« Ich konnte nur hoffen, dass das künstliche Lächeln, das standardmäßig zu meiner Kellneruniform gehörte und daher automatisch in meinem Gesicht haftete, über meine fehlende Motivation hinwegtäuschte.

Mein Gast, ein junger Typ mit hellblonden, ja beinah weiß-silbrigen Haaren, saß an einem der heiß begehrten Fenstertische und sah mich aus dunkelblauen Augen an. Dabei lächelte er, als würde er für das Cover eines Hochglanzmagazins posieren und nicht in einer kleinen Pizzeria am Rockefeller Center sitzen.

»Hallo Cathy, ich bin Nick. Freut mich dich kennenzulernen.« Passend zu seinem Äußeren klang auch seine Stimme sympathisch.

Ätzend.

Seine Worte hatten mich derart überrumpelt, dass ich, anstatt wie geplant mit den Augen zu rollen, mein Gegenüber nur mit leicht geöffnetem Mund anstarren konnte. Okay, diese Reaktion mochte vielleicht etwas übertrieben erscheinen, aber dieser Typ hier war der erste Gast, der sich nicht nur meinen Namen gemerkt, sondern sich auch noch selbst vorgestellt hatte. Das war als säße ein pink-glitzerndes Einhorn vor mir. Man hörte zwar immer wieder von solchen Gästen, aber man glaubte nicht daran, selbst einem zu begegnen. Besonders nicht, wenn man in den acht Monaten, die ich inzwischen als Kellnerin jobbte, normalerweise mit »Miss« oder »Entschuldigung« angesprochen wurde. Am schlimmsten waren Gäste, die einen gleich mit der Geldbörse heranwinkten.

Da ich mir meine Verblüffung nicht anmerken lassen wollte, räusperte ich mich, zückte meinen Notizblock samt Kugelschreiber aus der schwarzen Schürze, die gemeinsam mit der dunklen Stoffhose, der weißen Bluse und dem roten Halstuch mein Arbeitsoutfit darstellte, und fixierte meinen Blick auf das weiße Papier.

»Was darf ich dir bringen?« Erneut war meinen Worten deutlich anzuhören, wie genervt ich war. Aber wenn man bedachte, wie ätzend der heutige Tag bisher verlaufen war, konnte man mir meine schlechte Laune nicht wirklich verübeln. Abgesehen von einer Vier in der Mathezwischenprüfung hatte ich meine U-Bahn verpasst und musste fünf Blocks zu Fuß laufen, um nicht zu spät zum Schichtbeginn zu kommen. Hinzukam, dass wir momentan keinen Barkeeper hatten, sodass ich mich neben den bestellten Speisen auch noch um das Zapfen der Getränke kümmern musste.

Super ätzend! Als ob das nicht schon genug Qual gewesen wäre, musste sich dieser nervige Touri ausgerechnet an einem meiner Tische vor dem nasskalten Herbstwetter verstecken. Vermutlich kam er geradewegs von einer dieser überteuerten und schlecht geführten Sightseeing-Touren, die überall in Manhattan angeboten wurden, nur damit er bei seiner Rückkehr vor Familie und Freunden angeben konnte, dass er die bekanntesten Sehenswürdigkeiten der Welt live und in Farbe gesehen hatte.

Mal ehrlich, gab es nirgendwo anders auf der Welt große, hässliche Betonbauten, die man für viel Geld besichtigen konnte? Wieso war Manhattan nur so beliebt?

Überraschenderweise schwieg mein Gegenüber – wie hieß er gleich noch mal? – was mich dazu veranlasste, doch den Kopf zu heben und ihn mit einem unterdrückten Seufzen anzusehen. Dabei fiel mir auf, dass er auf den ersten Blick nicht wie ein typischer Tourist aussah. Weder hatte er einen auffällig großen Rucksack dabei noch hing ihm eine Hightech-Kamera um den Hals. Und trotzdem war ich mir sicher, dass er kein Einheimischer war. Kein echter New Yorker würde dem lächerlichen Rat folgen, den es vermutlich in jedem Reiseführer gab: »Bitte stellen Sie sich Ihrer Restaurantbedienung vor. Das ist höflich und wird gerne gesehen.«

So ein Blödsinn!

Als würde mich interessieren, wie meine Gäste hießen!

Während ich meinen Gedanken nachging, sah mich der blonde Typ immer noch lächelnd an. Ich wusste nicht, wieso er das tat, aber es missfiel mir gehörig. Er weckte mit diesem Blick ein Gefühl in mir, das ich nicht genauer beschreiben konnte, mir aber eine unangenehme Gänsehaut bescherte.

Um mir die aufkommende Unsicherheit nicht anmerken zu lassen, räusperte ich mich erneut und übernahm das Reden. Ich hatte schließlich nicht ewig Zeit, hier rumzustehen und mich anglotzen zu lassen.

»Weißt du schon, was du bestellen möchtest oder brauchst du noch etwas Zeit?« Je länger ich mein Gegenüber ansah, umso stärker wurde der Wunsch, mich von ihm zu entfernen. Er mochte zwar augenscheinlich nett, ja richtiggehend vertrauenswürdig sein, aber ich hatte zu viele Geschichten gehört, um nicht auf diese Art Typen reinzufallen. Schließlich wollte ich nicht wie meine Ex-Kollegin Mandy enden, die sich auf eine solche Geschichte eingelassen hatte und anschließend ohne Geld, Wohnung und Würde auf der Straße gelandet war.

Um die wachsende Spannung in meinem Inneren einzudämmen, warf ich einen kurzen Blick über meine Schulter. Meine anderen Gäste wurden bereits unruhig und wenn ich mich nicht beeilte, würden sie bei meiner Kollegin Sue abrechnen, was mich um mein Trinkgeld bringen würde.

Gerade, als ich beschloss meinem Gast den Rücken zu kehren, entdeckte ich meine Chefin Adriana Russo, die aus ihrem Büro trat. Ihr Blick war zwar auf einen Stapel Papiere in ihrer Hand gerichtet, aber ich wusste es besser. Sie hatte ihre Augen überall und wäre sicherlich nicht erfreut, wenn ich meinem Gast ohne die perfekt einstudierte Höflichkeit begegnete, die hier von allen Mitarbeitern verlangt wurde.

Das unterdrückte Seufzen, das mir bereits seit drei Tischen auf der Zunge lag, entglitt mir, als ich mich wieder dem blonden Typen zuwandte. Mein Schicksal war besiegelt und ich musste mich beugen. Ob es mir passte oder nicht.

»Kennst du schon unsere Pizza des Tages?«, fragte ich daher mit übertrieben guter Laune, wobei ich darauf achtete, weiteren Blickkontakt zu vermeiden. »*Salame deluxe*. Sie ist mit drei verschiedenen Salamisorten belegt. Wenn du jedoch experimentierfreudig bist und es exotisch magst, wäre vielleicht die Halloweenpizza etwas für dich. Der Belag besteht aus Kürbisfleisch, das über Nacht in Rotwein mariniert und mit einer pikanten Mischung aus Nüssen und Chili gewürzt wurde.« Nur dank großer Anstrengung gelang es mir, meine Mundwinkel an Ort und Stelle zu halten, damit sie nicht herabsackten und verrieten, was ich in Wahrheit von der eben genannten Saisonkreation hielt. Dabei sprach ich leider aus persönlicher Erfahrung. Die Pizza klang nicht nur ekelhaft, sie schmeckte auch genauso und das, obwohl Adriana ihre Kreationen stets mit den Worten »Es schmeckt wie ein glückliches Familienfest« anpries. Immer wenn ich diesen Satz hörte, fragte ich mich, ob meine Chefin ihre Familie hasste oder ob Italiener unter einem glücklichen

Familienfest etwas anderes verstanden als wir Amerikaner. So oder so, die Gäste konnten von Glück reden, dass Adrianas Ehemann Diego der wahre Pizzabäcker war und seine Frau sich nur gelegentlich vor den Ofen verirrte.

Zum ersten Mal, seit ich an diesen Tisch gekommen war, wich das Lächeln aus dem Gesicht meines Gastes. Nun glich seine Miene einem Typen, dem man vorgeschlagen hatte eine Pizza mit dem Fleisch seines Haustieres zu belegen.

»Also?«, startete ich einen weiteren Versuch, meinem Gast eine Bestellung zu entlocken, während ich gleichzeitig versuchte ein Grinsen zu unterdrücken. »Was darf ich dir bringen?«

Es dauerte zwar noch ein paar Sekunden, doch dann kam endlich Bewegung in seine Mimik. Als wäre er eben aus einer Art Trance erwacht, blinzelte er ein paar Mal, ehe er mir erneut sein eintausend-Watt-Lächeln präsentierte.

»Ähm, ja, danke für die Empfehlungen, aber ich nehme eine einfache Pizza mit extra Käse. Dazu ein großes Glas Milch mit einer Zimtstange, wenn ihr welche habt, und als Nachtisch einen Kürbis-Bier-Cupcake.« Als würde der Duft des viel zu süßen Küchleins durch das Lokal wehen, schloss der Typ die Augen und drehte seinen Kopf in Richtung Küche.

Anstatt seine Geste zu kommentieren, notierte ich die Bestellung und achtete darauf, meine ausdruckslose Miene zu bewahren. Zwar klang seine Bestellung nicht weniger fragwürdig als die Halloweenpizza, aber ich musste das Zeug ja auch nicht essen beziehungsweise trinken.

Noch bevor ich den letzten Buchstaben zu Papier gebracht hatte, wandte ich mich zum Gehen, doch mein Gast hielt mich mit einer unvorhergesehenen Frage zurück. »Sag mal, Cathy, glaubst du an Magie?«

Automatisch blieb ich stehen und drehte mich wieder meinem Gast zu. Dabei huschte mein Blick reflexartig hoch zu seinen Augen, was ich umgehend bereute. Da war es wieder. Dieses merkwürdige Gefühl.

»Wie bitte?«, brachte ich verdutzt hervor. Ich hoffte mich verhört zu haben. Denn egal welche Richtung dieses Gespräch einschlug, es würde mir ganz sicher nicht gefallen.

Von meiner Irritation kein bisschen beeindruckt, lächelte der blonde Typ unbesonnen weiter. Er meinte seine Frage anscheinend ernst. »Ich fragte, ob du an Magie glaubst.«

Ein paar Sekunden stand ich einfach nur da und wusste keine Antwort auf seine Frage. Doch zum Glück überwand ich meine Sprachlosigkeit nach ein paar Herzschlägen. Schnell war die künstliche Höflichkeit aus meiner Stimme verbannt. Um meinen Worten mehr Gewicht zu verleihen, stützte ich mich mit gestreckten Armen auf der Tischplatte ab und lehnte mich dem fremden Typen entgegen.

»Wieso fragst du? Weil ich so schön bin, dass ich nicht von dieser Welt sein kann? Oder weil mein Lächeln so bezaubernd ist und jeden Mann hier im Laden in seinen Bann zieht?« Auch wenn mein Handeln einen Rauswurf bedeuten könnte, sollte mich ausgerechnet jetzt jemand aus der Chefetage erwischen, wollte ich diese billige Anmache nicht einfach so unkommentiert lassen. »Weißt du was, Mr Zahnpasta-Werbe-Lächeln? Spar dir deinen Charme. Ich bin keins dieser Mädchen, das auf schöne Augen oder nette Worte reinfällt. Also am besten verschwindest du ganz schnell, ehe ich die Security hole und du Hausverbot bekommst.« Mit einem letzten Blick, der klarmachen sollte, dass meine Worte kein Bluff waren, richtete ich mich auf und wandte meinem Gast den Rücken zu.

»Was? Wovon redest du? Ich wollte dich nicht … Du hast mich missverstanden!«, ereiferte sich mein vermeintlicher Gast, doch ich entfernte mich bereits von seinem Platz, ohne auf ihn oder seine Erklärungen einzugehen. »Hey, bitte geh nicht weg! Ich muss mit dir über ein wichtiges Thema reden!«

Augenrollend erreichte ich die Bar, hinter der ich mich umgehend verschanzte, um die von meinen richtigen Gästen bestellten Getränkte zu zapfen. Ich hatte bereits genug Zeit mit diesem Vollidioten verloren und wollte nicht noch seinetwegen auf wertvolles Trinkgeld verzichten müssen.

Während ich das zweite Glas mit Orangenlimonade füllte, überkam mich ein Gefühl, als würde mich jemand beobachten. Und obwohl ich mir sicher war, dass mir der blonde Quälgeist gefolgt war und nun vor mir an der Bar stand, konnte ich nicht verhindern, dass sich mein Kopf hob. Doch anstatt in mitternachtsblaue Augen blickte ich in dunkelgrüne, die meiner Chefin gehörten.

»Was ist los, Cathy? Gibt es Ärger?« Wie nicht anders zu erwarten war, hatte sie meine Auseinandersetzung mit dem blonden Typen mitbekommen. Jetzt musste ich Ruhe bewahren und eine plausible Erklärung parat haben, wieso ich einen Gast derart behandelt hatte. Sonst wäre das heute mein letzter Tag in diesem Lokal.

Ohne mit dem Zapfen aufzuhören, zuckte ich mit den Schultern und zwang mich zu einem lockeren Lächeln. »Ach nichts Besonders. Da ist nur wieder einer dieser Touristen, der denkt gleich zwei Mal in Manhattan landen zu können.«

Einen Augenblick lang sah Adriana mich mit geweiteten Augen an, dann zuckten ihre Mundwinkel und ein Funkeln erschien in ihrem Blick. »Wirklich?« Ihr Kopf ruckte nach hinten in Richtung Ladenlokal. »Wer ist es denn?« Ihre Neugier war nicht zu überhören. Denn auch wenn meine Chefin weit über vierzig war, benahm sie sich dennoch manchmal wie ein Teenager, stets auf der Suche nach neuem Tratsch.

Da ich jedoch überhaupt keine Lust auf diese Art von Gespräch hatte, und schon gar nicht mit meiner Chefin, zuckte ich nur mit den Schultern und konzentrierte mich wieder auf meine Arbeit.

Es dauerte nicht lange, da sprach Adriana bereits weiter. »Ah, ich sehe schon, wen du meinst. Schade aber auch, dass er so ein Arsch ist. Er ist wirklich niedlich.«

Verblüfft hob ich den Kopf. Mir waren zwar Adrianas besondere Fähigkeiten was das andere Geschlecht anging sehr wohl bekannt, dennoch konnte ich mir nicht vorstellen, dass sie in einem vollen Restaurant einen Typen ausfindig machen konnte, ohne auch nur einen einzigen Hinweis zu haben. Doch als ich ihrem Blick folgte, war klar, weshalb sie den blonden Idioten so schnell erkannt hatte. Wie ein begossener Pudel stand er mit hängenden Schultern neben der Tür. Eine Hand auf der Klinke sah er mit traurigem Blick in unsere Richtung. Mit dem passenden Soundtrack im Hintergrund wäre sein Abgang perfekt gewesen.

Ungewollt überkam mich ein schlechtes Gewissen. Hatte ich ihm vielleicht unrecht getan und er vielleicht einfach nur einen schlechten Gesprächseinstieg gewählt?

Umgehend schämte ich mich für diese Überlegung.

Natürlich nicht! Selbst wenn er wider Erwarten die Wahrheit gesagt hatte und mich tatsächlich nicht angraben wollte, verströmte er dennoch irgendwie eine unheimliche Aura und ich verspürte kein Bedürfnis, ihm ein zweites Mal zu begegnen.

Adrianas herzerweichendes Seufzen riss mich aus meinen Gedanken und katapultierte mich zurück in die Gegenwart, wo ich mit Schrecken feststellte, dass mir Organgenlimonade über die Finger floss.

Ich unterdrückte ein Fluchen und ließ mit einem verärgerten Grunzen den Zapfhahn los, bevor ich das übervolle Glas zur Seite stellte und begann mit einem Lappen die klebrige Flüssigkeit vom Tresen zu wischen. Ich wusste nicht, über wen ich mich mehr ärgerte. Über den Typen, weil er nicht einfach abhaute, oder mich selbst, weil ich mich von ihm hatte ablenken lassen.

Bevor ich jedoch darauf eine Antwort fand, hörte ich mit einem Mal die Stimme des blonden Typens so deutlich und klar in meinem Ohr, als stände er direkt neben mir. Und das, obwohl er sich keinen Zentimeter von der Tür entfernt hatte, wie ich mit einem schnellen Blick feststellte.

»Ich brauche deine Hilfe, Cathy. Ohne dich ist Weihnachten verloren!«

***

01. Dezember

»Stiiieeehhhiiile Nacht, haaaeeeiiillliiige Nacht.« Der Weihnachtsklassiker erklang aus den Lautsprechern, die in den Ecken des Ladenlokals angebracht waren. Leider handelte es sich dabei nicht um die Originalversion, sondern um das Cover einer Pop-Prinzessin, die sich ohne Playback anhörte, als würde man einen Kater kastrieren. Die Musik sollte vermutlich die weihnachtliche Deko unterstreichen, die an Decke, Wänden und Fenstern angebracht war. Aber leider lag die Betonung auf dem Wort *sollte*. Denn wegen des erhöhten Lärmpegels, der dank der vielen Gäste herrschte, ging das Lied ebenso unbemerkt unter wie der verzweifelte Comebackversuch seiner Sängerin.

Leider war mir nicht das Glück vergönnt, den Song zu ignorieren. Genau hinter dem Bartresen, an dem ich stand und auf die bestellten Getränke meiner Gäste wartete, befand sich eine der Soundboxen und gab das Lied in all seiner Schrecklichkeit wieder. Natürlich hätte ich nicht hier rumstehen und mir diese auditive Folter antun müssen, aber meine Schicht dauerte bereits sechs Stunden und das jetzt war die erste Gelegenheit, etwas zu verschnaufen.

»Ich kann diesen Mist nicht mehr hören!« Motzend rollte ich die Augen, während ich meine verschränkten Arme auf das dunkle Holz ablegte und meinen Hintern auf einen der Barhocker hievte. Meine Füße brannten, meine Waden schmerzten und ich war mir nicht sicher, ob ich meinen Rücken jemals wieder richtig bewegen könnte.

Elsas Mundwinkel zuckten, doch sie sagte nichts. Vielleicht wollte sie nichts erwidern, vielleicht hatte sie mich auch einfach nicht verstanden. Elsa war, wenn ich Adriana richtig verstanden hatte, eine Studentin aus Schweden, die in den Staaten ein Auslandssemester absolvierte und hier während der Adventszeit ein wenig aushalf. Zwar war ihr Englisch mehr schlecht als recht, aber sie war eine geübte Barkeeperin und damit genau die Richtige für diesen Job. Vor allem nachdem Jayden, der sich im Oktober wegen einer Erkältung krankgemeldet hatte, nie wiedergekommen war und wir seinen Job seitdem mit erledigen mussten.

»*Last Christmas* schön«, gab Elsa nach einigen Sekunden zu und hob ihren Kopf. Auf ihren Lippen lag ein verschmitztes Grinsen, was ihre von Sommersprossen übersäte Nase zum Kräuseln brachte und zwei Grübchen hervorzauberte. Mit ihrer hellen Haut, den strohblonden Haaren und ebenso farblosen Wimpern erinnerte sie mich an eine Schauspielerin, deren Name mir aber nicht einfallen wollte.

»*Last Christmas*? Ernsthaft?!« Mit angewiderter Miene schüttelte ich den Kopf. »Das ist das schlimmste Lied von allen!«

Elsa runzelte die Stirn und ich konnte nicht genau sagen, ob es an meiner Aussage per se oder an der Sprachbarriere lag. Als sie jedoch schweigend den Kopf senkte und sich wieder ihrem Job widmete, nutzte ich die Chance und ließ meinem Weihnachtsfrust freien Lauf – egal ob sie mich verstand oder nicht.

»Wenn es nach mir ginge, könnte dieser ganze Weihnachtsscheiß sogar völlig ausfallen! Dann gäbe es keine blöde, kitschige Musik, keine leuchtende, glitzernde oder sprechende Deko und vor allem keine peinlichen und nutzlosen Geschenke mehr!« Eigentlich hätte mein Monolog an dieser Stelle enden sollen, aber ohne mein Zutun öffneten sich meine Lippen weiter und entließen noch mehr Silben. »Ich meine, ist das wirklich der Sinn von Weihnachten? Sich selbst in Geldnöte zu begeben, nur um jemand anderem etwas zu schenken, was dieser wiederum gar nicht will oder braucht?! Und das nur, weil man sich wegen irgendwelchen gesellschaftlichen Konventionen verpflichtet fühlt?«

Erneut sah Elsa auf und ihr Blick, der sowohl Überraschung als auch Verständnis und eine Spur Mitleid zeigte, ließ mich annehmen, dass ihre Sprachkenntnisse vielleicht nicht gut genug waren, um zu antworten, jedoch ausreichten, um mein Gemotzte zu verstehen.

»Ja, Weihnachten kommerziell. Nicht mehr Fest von Jesus. Hässliche Socken mit …« Da ihr offenbar nicht einfiel, wie das Wort hieß, welches sie suchte, nahm sie beide Hände an den Kopf, spreizte die Finger und muhte auf einmal lauthals los, während sie die Augen verdrehte.

Ich wusste zwar nicht, welches arme Tier meine Kollegin gerade nachgeahmt hatte, aber Elsas Darstellung lenkte mich von meinem Weihnachtsverdruss ab. Während ich noch vor mich hin kicherte, wurde meine Kollegin auf einmal wieder ernst und sah mich erneut mit diesem speziellen Blick an. »Nicht alle Familien teure Geschenke, Cathy. Geld nicht Wichtigste.«

Mit ihren unbeholfenen Worten hatte Elsa genau das bestätigt, was ich befürchtet hatte. Die junge Schwedin verstand mehr, als ich anfangs angenommen hatte. Leider war das in diesem Fall kein Grund zur Freude. Ganz im Gegenteil sogar. Ich hatte Elsa oft als Beichtstuhl missbraucht und ihr Dinge anvertraut, die niemand Fremdes über mich oder meine Familie jemals hätte erfahren sollen. Dabei hatte ich das stets in dem Glauben getan, dass sie mich sowieso nicht verstand. Es hatte einfach gutgetan, sich den ganzen Mist von der Seele zu reden. Doch jetzt war davon auszugehen, dass Elsa mehr über mich wusste, als sonst irgendjemand auf der Welt.

Verdammter Dreck!

Um die katastrophale Lage, in der ich mich nun befand, zu kaschieren, zwang ich mich zu einem lockeren, unverbindlichen Lächeln, das sich jedoch eher wie die Fratze von Pennywise, dem tanzenden Clown aus dem Buch »Es« von Stephen King anfühlte.

»Ach, Elsa, du hast mich falsch verstanden. Ich habe keine Geldprobleme. Nein, ganz ehrlich nicht. Es ist eher so, dass ich aus freiwilligen Stücken beschlossen habe diesen ganzen gesellschaftlichen Quatsch nicht länger mitzumachen.« Die Scham über diese Lüge saß mir im Hals und ich schluckte hart.

Elsa, der ich ab heute nicht nur aus dem Weg gehen, sondern die ab sofort auch den Zusatznamen Lügendetektor von mir erhalten würde, bedachte mich mit einer neuen Art von Blick, der mir deutlich zu verstehen gab: *Wenn du reden willst, ich kann gut zuhören.*

Da ich die unangenehme Spannung nicht länger aushielt, schnappte ich mir einen Teil der fertigen Getränke und platzierte sie auf meinem Tablett. Ich wollte nur noch so schnell wie möglich von hier weg. Doch ehe ich mich Elsa ab- und dem restlichen Ladenlokal zuwenden konnte, sagte meine Kollegin etwas, das mich nicht nur überraschte, sondern mir auch nie wieder aus dem Sinn gehen würde.

»Liebe und Freundschaft wertvollste Geschenke, Cathy. Kein Geld. Nur warmes Herz.«

***

Seit Mitte November wurden meine Schichten in der Russo-Pizzeria immer länger. Früher hatte ich während der Woche nur an zwei oder drei Nachmittagen für ein paar Stunden arbeiten können, doch inzwischen gehörte ich zum festen Team und kam jeden Tag her. An Schultagen schaffte ich zeitlich zwar nur die Abendschicht, aber selbst die dauerte, je nachdem wie voll der Laden war, bis zu fünf oder sechs Stunden. An den Wochenenden hingegen durfte ich sowohl die Früh- als auch die Abendschicht übernehmen und erreichte so zwischen zehn und zwölf Stunden am Tag. Klar, anfangs war dieses Pensum ziemlich hart, aber nachdem ich meine Prioritäten geordnet hatte – da ich mir unter keinen Umständen ein College würde leisten können, musste ich mir auch keine Gedanken über einen Schulabschluss machen – hatte ich mich schnell an die

Arbeitszeiten und den damit verbundenen Lohn gewöhnt. Aus diesem Grund hoffte ich auch in wenigen Monaten endlich Vollzeit bei Adriana und Diego arbeiten zu dürfen. Schließlich wurde ich im März volljährig und würde dann meine Zeit nicht länger in der Highschool vertrödeln müssen. Und mit dem Mehrverdienst würde ich meiner Mutter noch besser bei der Begleichung ihrer Schulden helfen können. Vielleicht, wenn alles so klappte, wie ich es mir vorstellte, würde ich mir irgendwann sogar eine eigene kleine Mietwohnung leisten können. Aber so weit in die Zukunft wollte ich lieber nicht planen. Denn wenn ich eins gelernt hatte, dann dass das Schicksal einen Heidenspaß dabei hatte, geschmiedete Pläne auf grausamste Art zu durchkreuzen.

Anstatt mich also länger mit irgendwelchen Zukunftsfantasien abzulenken, widmete ich mich lieber wieder der Arbeit. Dabei war heute wieder einer dieser Tage, an denen ich meinen Job hasste. Es machte einfach keinen Spaß, Gäste zu bedienen, die sich über die hohen Preise im Laden beschwerten und dies mit minimalem oder auch fehlendem Trinkgeld deutlich machten, während sie gleichzeitig in ihren Designertaschen (bevorzugt Louis Vuitton natürlich) nach ein paar losen Dollarscheinen kramten, die nicht mehr in das überquellende Portmonee passten und vermutlich die Überreste der vorangegangenen Shoppingtour waren.

Aus diesem Grund war ich am Samstagnachmittag auch dermaßen genervt, dass ich kurz davor stand, Adriana um eine extra Pause zu bitten. Doch ehe ich Gelegenheit dazu bekam, öffnete sich die Ladentür und Rosie, meine fünfjährige Schwester, stürmte herein.

»Cathy! Cathy! Cathy! Schau mal, was ich hier habe!« In einer Euphorie, die nur Kindergartenkinder versprühen konnten, wedelte sie mit einem Blatt Papier und lief gleichzeitig auf mich zu. Dabei übersprang sie die im Weg stehenden Hindernisse, als wäre sie ein trainiertes Springpferd.

Nur wenige Sekunden später betrat auch meine Mutter das Restaurant. Leider sah sie kein bisschen so überschwänglich und glücklich aus wie ihre jüngste Tochter. Ihr Blick hatte etwas Abwesendes, ihre Augen waren wie immer von tiefblauen Ringen umrandet und ihre Haut wirkte kalkig.

»Was hast du denn da, Rosie?«, fragte ich und ging in die Hocke, um meiner Schwester ins Gesicht sehen zu können und mich gleichzeitig vor Adrianas wachsamen Augen zu verstecken. Zwar hatte meine Chefin einen Narren an meiner Schwester gefressen und freute sich stets, wenn sie vorbeischaute, doch ich war mir sicher, dass sich Adrianas Freude über Rosies Besuch in Grenzen halten würde, wenn der Laden wie heute derart überfüllt war.

Meine Schwester strahlte mich aus ihren babyblauen Augen an. Sie hatte ein niedliches Mondgesicht mit einer kleinen Stupsnase und rosafarbenen Lippen. Ihre Wangen waren von der winterlichen Kälte gerötet und unter ihrer pinken Pudelmütze lugten ein paar dunkelbraune Strähnen hervor, die ihr mittlerweile bis über die Augenbrauen reichten. Ihr Pony musste dringend nachgeschnitten werden, aber da ich mich immer darum kümmerte, meine Schwester in letzter Zeit jedoch kaum im wachen Zustand zu Gesicht bekommen hatte, war mir dieser Umstand entgangen.

»Wir waren in dem riesen Spielzeugladen und ich durfte meinen Wunschzettel für den Weihnachtsmann schreiben!« Zur Unterstreichung ihrer Worte wedelte Rosie erneut mit ihrem ziemlich verknitterten Zettel.

»Jetzt halte doch mal still, sonst sehe ich gar nichts.« Geschickt schnappte ich mir das Blatt Papier und betrachtete es eingehend. Auf der gesamten Fläche waren bunte Sticker von farbenfrohen Spielsachen aufgeklebt, die sofort verdeutlichten in welchem Laden meine Mutter und Schwester gewesen waren.

»Ihr wart im FAO Schwarz?«, fragte ich an meine Mutter gewandt, die zwei Schritte hinter Rosie stand und uns mit beschämtem Gesichtsausdruck ansah. Sie wusste genau, was ich davon hielt, dass sie meine Schwester in solche Läden mitnahm. »Wieso hast du das getan?« Dabei meinte ich nicht nur den Ausflug in einen Laden voller Spielsachen, von denen wir uns nicht einmal eine einzige Murmel leisten konnten. Nein, mein eisiger Vorwurf galt auch dem leidigen Thema Santa Claus.

Als Antwort zuckte meine Mutter nur wortlos mit den Schultern. Aber was hätte sie auch erwidern sollen?! Sie wusste ganz genau, dass ich Rosie immer wieder klarzumachen versuchte, dass es keinen Mann mit weißem Bart und rotem Mantel gab, der Kindern auf der ganzen Welt Geschenke brachte. Leider glichen meine Bemühungen in diesem Fall einem Kampf gegen Windmühlen. Denn sobald die Weihnachtszeit näher rückte, fiel mir meine Mutter jedes Mal aufs Neue in den Rücken.

Ebenso wie heute.

Mit einem Seufzen wandte ich mich wieder an meine Schwester. Es hatte keinen Zweck, weiter mit meiner Mutter zu reden. In diesem Punkt würden wir uns niemals einig werden. Außerdem sah sie so fertig aus, dass ich beinah Mitleid mit ihr bekam. Aber nur beinah. Denn um ehrlich zu sein, war ich inzwischen an ihren Zombielook gewöhnt. Früher hatte sie ihre hellbraunen Strähnen immer in einem ordentlichen Zopf geflochten, aber mittlerweile standen ihr die zerzausten Strähnen wirr vom Kopf ab. Auch der verschlissene Wintermantel war mir leider mehr als vertraut, weshalb ich ehrlich froh war, dass ihre Arbeitskleidung vom Krankenhaus gestellt wurde und sie ihren Dienst als Kinderkrankenschwester nicht als Vogelscheuche absolvieren musste. Trotzdem versetzte mir ihr Anblick jedes Mal aufs Neue einen dumpfen Stich in der Brust. Denn ihr Äußeres war nicht das Einzige, das sich in den letzten drei Jahren verändert hatte. Nein, ihre gesamte Persönlichkeit hatte sich gewandelt, sodass von der sonst so taffen und lebensfrohen Frau, die meine Mutter einst gewesen war, nichts mehr zu erkennen war.

»Rosie-Rose, wir haben doch schon oft darüber gesprochen. Den

Weihnachtsmann gibt es nicht. Deine Geschenke bekommst du von Oma und Opa aus Florida.«

So oft, wie ich inzwischen dieses Gespräch geführt hatte, hätte man meinen können, dass ich wusste, wann ich gefahrlos reden und wann besser schweigen sollte. Doch nach einem Tag wie heute fehlte es mir an Empathie, was mich Rosie auch umgehend spüren ließ. Wie eine Alarmsirene begann sie zu schreien. Dabei erreichte ihre Stimme eine Tonlage, die anatomisch jenseits sämtlicher Möglichkeiten liegen musste, bei Kleinkindern jedoch zur Standartausstattung gehörte.

»Nein! Das stimmt nicht! Meine Schneekugel ist vom Weihnachtsmann. Das weiß ich genau! Ich habe ihn gesehen!« Mit leuchtend rotem Kopf, feuchten Augen und einem Schmollmund, der von Spuckebläschen begleitet wurde, als hätte sie Tollwut, verschränkte Rosie ihre Arme vor der Brust. »Außerdem haben Oma und Opa uns nicht mehr lieb, weil Daddy jetzt im Himmel ist!«

Ihre Worte trafen mich unvorbereitet, was mir ein hilfloses Seufzen entlockte. Die Versuchung, meiner Mutter einen Daran-bist-nur-du-schuld-Blick zuzuwerfen, war immens, doch das hätte auch nichts an der Situation geändert. Aber genau das war jetzt meine oberste Priorität: Ich musste meine Schwester beruhigen, ehe Adriana und Diego das Geschrei mitbekamen und ich anschließend größere Probleme hatte als eine gekränkte Fünfjährige.

Um Rosie zu beschwichtigen, legte ich ihr meine Hände auf die Schultern und bemühte mich ihr tief in die Augen zu sehen. Meistens half das bereits, um ihre Aufmerksamkeit zurückzuerlangen.

»Hör Mal, Schwesterherz. Du weißt doch, dass Oma und Opa in Florida leben. Das ist dort, wo Mickey Mouse lebt. Es liegt also nicht daran, dass sie uns nicht mehr lieb haben. Sie haben einfach keine Zeit, uns zu besuchen, weil sie so oft bei Mickey sind.« Ich hoffte, dass der Themenwechsel half. Es gab nur wenige Dinge auf der Welt, die Rosie mehr liebte als Mickey Mouse. Eins davon war ihre eben genannte Schneekugel, die sie letztes Weihnachten von unseren Großeltern bekommen hatte und seitdem wie ein Fabergé-Ei schützte. Niemand außer ihr selbst durfte es berühren.

Mein Vorhaben funktionierte, denn Rosies Miene wechselte von bockig zu unsicher. Ich konnte mir genau vorstellen, was gerade in ihrem Kopf los war. Einerseits wollte sie weiterhin böse auf mich sein, andererseits überlegte sie, wie wenig Zeit sie selbst haben würde, wenn sie Tür an Tür mit Mickey Mouse wohnen würde. Daher fiel es ihr auch so leicht, die Begründung zu akzeptieren, weshalb ihre Großeltern sich seit der Beerdigung zu Beginn dieses Jahres kein einziges Mal mehr bei uns gemeldet hatten, abgesehen von den einfallslosen Geschenken zu unseren Geburtstagen.

Da Rosie mich noch immer verunsichert ansah, nutzte ich die Gelegenheit für einen weiteren Versuch, ihr die Wahrheit über den Weihnachtsmann zu erklären.

»Siehst du, Rosie, genauso wie mit Oma und Opa hast du das auch mit dem Weihnachtsmann falsch verstanden. Zwar gibt es viele Männer, die sich zur Adventszeit verkleiden, um bei der Parade mitzufahren, oder in Kaufhäusern mit Kindern zu reden, aber das machen sie nur, weil es ihr Job ist. Verstehst du, was ich sagen möchte, Rosie-Rose? Den echten, wahren Weihnachtsmann gibt es nicht.«

Bei jeder Unterhaltung mit einem Kindergartenkind gab es eine magische unsichtbare Grenze, die über den Erfolg oder Misserfolg des Gespräches entschied. Blieb man auf der einen Seite dieser Grenze hatte man eine reelle Chance, dass man Verständnis erntete. Sollte man jedoch den Fehler begehen und diese Grenze überschreiten, hatte man verloren.

Genau wie ich in diesem Moment.

»Nein! Du lügst! Den Weihnachtsmann gibt es wohl! Ich habe ihn gesehen und mit ihm gesprochen! Du bist nur eifersüchtig, weil du nie Geschenke bekommst! Aber weißt du warum? Weil du gemein bist, lügst und nie Zeit für Mama und mich hast!« Sie streckte sie mir die Zunge raus und drehte sich anschließend mit quietschen Gummistiefelsohlen von mir weg, um Zuflucht bei unserer Mutter zu suchen, die uns mit immer länger werdendem Gesicht beobachtet hatte.

In diesem Moment überforderten mich meine Gefühle. Ich war erschöpft, hungrig und vor allem wütend auf meine Mutter, die Rosie überhaupt erst diesen Floh ins Ohr gesetzt und mich damit erneut zur bösen Hexe aus dem Osten gemacht hatte.

Mit einem Ächzen erhob ich mich aus meiner Kauerhaltung und schob meine Hände in die Hosentasche. Dabei achtete ich darauf, die bohrenden Blicke der Gäste, die das Ganze hautnah miterlebt hatten, zu ignorieren.

»Ich muss jetzt weiterarbeiten«, sagte ich mit leiser Stimme und senkte den Kopf. Momentan konnte und wollte ich meine Mutter nicht ansehen.

»Tut mir leid, Cathrin.« Die ebenso leise gemurmelten Worte meiner Mutter waren kaum zu hören und das, obwohl der Geräuschpegel im gesamten Restaurant drastisch zurückgegangen war.

Ungewollt sah ich auf. Ihr Blick spiegelte meine Gefühle wider.

Schuld. Scham. Bedauern.

Gerne hätte ich meine Mutter gefragt, wofür sie sich entschuldigte. Für den Ausflug in den Spielwarenladen? Für die erneute Lüge mit dem Weihnachtsmann? Oder dafür, dass sie nach Dads Tod zu einem Schatten ihrer Selbst geworden war und mich damit automatisch in die Position einer Erwachsenen gepresst hatte, die sich um finanzielle Sorgen und die Erziehung einer Fünfjährigen kümmern musste?

Ich wusste es wirklich nicht, aber eigentlich war es mir auch egal. Denn für keines dieser Dinge war ihre Entschuldigung ausreichend.

***

Um zwanzig Uhr durfte ich endlich meine Schürze an den Haken hängen, mein Trinkgeld kassieren und die Pizzeria verlassen. Im Laden war zwar noch einiges los, aber Adriana wollte, dass ich Schluss machte. Vermutlich lag das an der katastrophalen Stimmung, die nach dem Abgang meine Familie geherrscht hatte. Denn wie ich bereits vermutet hatte, hatte wirklich jeder Gast im Laden mitbekommen, wie ich einer Fünfjährigen klarzumachen versuchte, dass es den Weihnachtsmann nicht gab. Und dieses Vorhaben wurde in einer Stadt, die von Illusionen lebte, mit einer der sieben Todsünden gleichgestellt.

Natürlich ließen mich das die Gäste auch spüren. Sei es, indem sie mir kein Trinkgeld gaben oder mich mit bösen Blicken straften, wenn ich an ihnen vorbeiging.

Deshalb war ich Adriana sogar dankbar, als sie mich zwei Stunden früher gehen ließ, als eigentlich auf dem Dienstplan stand. Heute hätte ich sowieso nichts mehr reißen können.

Kaum hatte ich die Ladentür geöffnet und war über die Schwelle getreten, peitschte mir sogleich der frostige Dezemberwind ins Gesicht. Nach Stunden, die ich in der überheizten, von Backöfen und Menschen erwärmten Pizzeria verbracht hatte, war der Umschwung noch heftiger, als ich befürchtet hatte und ich sehnte mich umgehend in die nach geschmolzenem Käse, Tomatensauce und Oregano riechende Räumlichkeit zurück. Da das aber keine Option war, schlang ich Arme und Handtasche um meinen Oberkörper. Da meine Winterjacke schon ziemlich in die Jahre gekommen war und keinen ausreichenden Schutz vor der Kälte bot, hatte ich mir bereits vor Wochen einen dicken dunkelroten Wollschall organisiert, den ich mir nun wie eine Boa constrictor um den Hals wickelte. Nur leider kam dieser auch nicht wirklich gegen die beißenden Windböen an.

Erneut kochte der Ärger über meine Familie in mir hoch. Nicht nur, dass ich wegen ihrem Besuch Lohn- und Trinkgeldeinbußen hatte, nein, ich musste in dieser eisigen Kälte auch noch alleine und per U-Bahn nach Hause fahren, anstatt mich wie sonst von meiner Kollegin Sue mitnehmen zu lassen.

Mit hochgezogenen Schultern und deutlich sichtbarer schlechter Laune reihte ich mich in die Fußgängermassen auf dem Bürgersteig ein. Die Leute trugen ihre vollen Shoppingtüten vor dem Körper als wären es Airbags.

Normalerweise hätte ich jetzt die erstbeste U-Bahn in Richtung Brooklyn genommen, aber dann wäre ich vor neun Uhr zu Hause gewesen und würde unweigerlich meiner Mutter begegnen. Und genau das wollte ich nach einem Tag wie heute unter allen Umständen vermeiden. Lieber nahm ich einen Fußmarsch mit garantierter Unterkühlung in Kauf.

Bereits nach ungefähr einer Meile hatte mich die Stadt mit all ihren Reizen gefangen genommen. Die lauten Hupgeräusche, die blinkenden Lichter in den Schaufenstern, die wütenden Rufe der anderen Fußgänger. All das gehörte zu New York wie das Empire State Building oder der Trump Tower. Und genau das liebte ich an der Stadt, die nie schlief. Nirgendwo sonst auf der Welt konnte man sich so einfach selbst verlieren und anschließend neu wiederfinden.

Als könnte ich zum ersten Mal seit langer Zeit wieder befreit durchatmen, blieb ich mitten im Weg stehen, streckte meine Arme zu beiden Seiten aus, legte den Kopf in den Nacken und sog mit geschlossenen Augen gierig Sauerstoff, gemischt mit einer Menge Abgasen in meine Lungen.

Vielleicht waren meine familiären Probleme doch nicht so unlösbar? Vielleicht konnte ich mit meiner Mutter reden und ihr begreiflich machen, dass sie Rosie keinen Gefallen tat, wenn sie sie mit einer Lüge aufwachsen ließ.

Gerade, als sich ein winziger Hoffnungsschimmer in mir zu entflammen versuchte, spürte ich einen Ruck an meinem Arm. Erst dachte ich, ein anderer Fußgänger hätte mich angerempelt, doch bereits eine Sekunde später spürte ich das fehlende Gewicht meiner Handtasche.

»Was zum Henker?« Schlagartig war das schöne Gefühl in meinem Inneren vergessen und ich blickte mit aufgerissenen Augen an mir herab.

Tatsächlich.

Jemand hatte meine Tasche geklaut.

Von Panik erfasst ruckte mein Kopf von links nach rechts. Das alte Ding war mir völlig egal, aber dort befand sich mein Portmonee samt heutigem Tageslohn! Ich hegte zwar keine Hoffnung, den Dieb zu finden, dennoch konnte ich nicht anders.

Es vergingen ein paar Herzschläge doch dann entdeckte ich einen kleinen Jungen mit moosgrünem Kapuzenpulli, der versuchte zwischen den anderen Fußgängern abzutauchen und sich dabei verdächtig oft nach hinten umsah.

Instinktiv wusste ich, dass er meine Tasche hatte.

»Hey! Bleib stehen! Hilfe! Taschendieb!« Mit diesem Ruf setzte ich dem Jungen nach, kam jedoch nur schleppend vorwärts, weil mich der Strom der entgegenkommenden Fußgänger immer wieder abbremste. Der kleine Kerl hingegen hatte den Vorteil, zwischen den Beinen der anderen Leute verschwinden zu können.

Nein! Nicht mit mir!, schrie ich mir immer wieder gedanklich zu und biss die Zähne fest zusammen. Ich würde nicht zulassen, dass man mich bestahl. Nicht heute!

Mit eisernem Willen, viel Ellbogenaktivität und stetig sinkender Muskelkraft gelang es mir, die Distanz zu dem flinken Dieb auf eine Armlänge zu verkürzen. Aber leider schaffte es der Junge, sich in eine unbeleuchtete Seitengasse zu retten, ehe ich ihn packen konnte.

Meine Instinkte rieten mir dem Knirps nicht zu folgen. Es bestand immerhin die Gefahr, dass er einer Bande von Kriminellen angehörte, deren Masche es war, junge Frauen in diese Gasse zu locken. Aber ich war viel zu wütend, um auf diese Stimme zu hören. Sobald sich mir eine Gelegenheit bot, schlüpfte auch ich in den schmalen Zwischenraum. Die ersten paar Meter waren noch von der Hauptstraße beleuchtet, doch bereits nach wenigen Schritten konnte ich kaum noch etwas erkennen.

»Du blödes Arschloch!«, schrie ich lauthals und meine Stimme wurde von den hohen Wänden zurückgeworfen. »Kannst du dir kein anderes Opfer suchen?«, fluchte ich weiter und ging tiefer in die nach Urin stinkende Gasse hinein. Langsam gewöhnten sich meine Augen an die Finsternis, sodass ich zumindest schemenhafte Konturen erkennen konnte.

Das Scheppern einer umgeworfenen Mülltonne ließ mich erschrocken zusammenfahren, doch dann sah ich etwas Helles aufblitzen. Der Taschendieb hatte ein Handy aufleuchten lassen.

»Das war ein Fehler!«, murmelte ich und setzte dem Dieb erneut nach. Leider kam ich dank fehlender Kondition bereits nach wenigen Metern an meine Grenzen. Meine Beinmuskeln verkrampften sich, meine Lungen brannten und ich wurde von qualvollen Seitenstichen heimgesucht, die meine Verfolgung erschwerten. »Bleib stehen, du bösartiger Zwerg!« Dass dieser Ausruf politisch unkorrekt war, war mir in diesem Moment völlig egal. Der Blödmann hatte meine Sachen und ich wollte sie zurück.

Offenbar hatte ich den Dieb mit meinen Worten gekränkt, denn er verlangsamte seine Schritte und drehte sich zu mir um. Im Schein des künstlichen Lichts erkannte ich, dass es sich bei dem vermeintlichen Jungen gar nicht um ein Kind handelte, sondern um einen kleinwüchsigen Mann, dessen untere Gesichtshälfte komplett von einem buschigen Bart verdeckt war.

Mir blieb keine Zeit, über diese überraschende Wendung nachzudenken, denn in der gleichen Sekunde erklang eine fremde Stimme direkt hinter mir. »Hey! Stehen geblieben!« Ehe ich überhaupt die Gelegenheit bekam, mich nach der Quelle umzudrehen, schoss der unbekannte Jemand bereits wie ein Blitz an mir vorbei und eilte auf den Dieb zu.

Ich war so verdutzt, dass ich meine eigenen Verfolgungsversuche einstellte und dem hellblonden Schopf nachsah, bis er Sekunden später wieder von der Dunkelheit verschlungen wurde.

Mein viel zu schneller und viel zu lauter Herzschlag übertönte sämtliche anderen Geräusche, was die ganze Situation wie eine Ewigkeit erscheinen ließ. In Wirklichkeit waren jedoch nur wenige Sekunden vergangen bis die hellen Haarsträhnen im Lichtkegel des Diebes zu sehen waren, ehe sie mit der Lichtquelle erneut verschwanden.

Wieder war die Gasse von zäher, undurchdringlicher Finsternis umgeben. Doch dieses Mal wurde die Dunkelheit nicht von Schritten, sondern von Geräuschen begleitet, die eindeutig nach einem Kampf klangen.

Unschlüssig stand ich da und wusste nicht, was ich tun sollte. Wäre es klug, mich ebenfalls einzumischen? Oder sollte ich lieber zurück zur Hauptstraße laufen und nach Hilfe rufen? Immerhin bestand die Möglichkeit, dass der Dieb bewaffnet und gefährlich war.

Ein Schmerzensschrei, gefolgt von Totenstille, nahm mir die Entscheidung ab. In einer unsteten Pirouette drehte ich mich dem Ausgang der Gasse zu und wollte bereits zurück zur Hauptstraße laufen, als Schritte zu hören waren, die eindeutig aus der anderen Richtung kamen und sich mir näherten.

Ungewollt fuhr ich wieder herum und entdeckte nur wenige Meter von mir entfernt den unbekannten Blondschopf, der mit wankendem Lichtschein auf mich zu eilte. Zwar war der Großteil seines Körpers noch in Dunkelheit gehüllt, aber die hellen Haare sowie das offene Lächeln waren nicht zu übersehen. Vermutlich war das der Grund, weshalb ich mich nicht von der Stelle rührte.

»Hier, ich denke, die gehört dir.« Einen halben Meter vor mir kam der Unbekannte zum Stehen und streckte mir seinen Arm entgegen. Erst auf den zweiten Blick erkannte ich, dass er tatsächlich meine abgewetzte Kunst-Leder-Second-Hand-Tasche in der Hand hielt.

»Ähm, danke«, brachte ich kleinlaut hervor, immer noch von Luftmangel und Überraschung gepeinigt. Dennoch ließ ich keine Zeit verstreichen und griff schnell nach meiner Habseligkeit und drückte sie fest an meine Brust.

Mein Gegenüber nickte lächelnd, ohne mich aus den Augen zu lassen, während er selbst durch geöffnete Lippen ein- und wieder ausatmete. Sein Atmen bildete dabei kleine weiße Wölkchen und mir wurde klar, wie sehr ihn die Rettungsaktion beansprucht haben musste.

Das Schweigen zwischen uns dehnte sich mit jeder Sekunde weiter aus, doch überraschenderweise fühlte es sich nicht unangenehm an. Ich schob diesen irritierenden Umstand auf mein überfordertes Nervenkostüm, um das Gefühl zu kaschieren, dass mir diese stechend blauen Augen bekannt vorkamen. Immerhin konnte ich nicht einmal sagen, wie ich auf diesen Eindruck kam.

Nach einigen Sekunden des stummen Anblickens drehte mein Gegenüber seinen Kopf in Richtung Gasse, als wollte er sichergehen, dass ihn niemand von hinten angriff. Als er sich wieder an mich wandte, wirkte er verlegen.

»Tut mir leid, dass der Dieb entkommen ist. Aber für seine Größe kann er ziemlich schmerzhaft zutreten und beißen«, meinte er kleinlaut.

»Ähm, ja, kein Problem, denke ich. Und danke noch mal«, antwortete ich ebenfalls verlegen.

»Gern geschehen, ich konnte deine Hilferufe ja unmöglich ignorieren.« Mit jedem Wort wanderten seine Mundwinkel bis ein strahlendes Zahnpasta-Lächeln zu sehen war. »Du solltest aber lieber nachschauen, ob noch alles da ist und der Typ nichts herausgenommen hat.« Als hätte mein Gegenüber alle Zeit der Welt, schob er seine Hände in die Taschen seines Wintermantels und sah mich auffordernd an. Ich hingegen stand stocksteif da und wusste nicht, was ich sagen oder tun sollte. Mein erster Gedanke war, mich einfach auf dem Absatz umzudrehen und abzuhauen. Aber natürlich konnte ich das nicht machen. Irgendwie musste ich mich bei meinem Retter erkenntlich zeigen.

Aber wie?

Jeder Dollar, den ich ihm geben würde, war für mich ein grober Verlust, besonders nach einem Tag, an dem ich sowieso bereits weniger Geld verdient hatte als gedacht. Zudem trug der Blondschopf einen dieser überteuerten Designermäntel, die gerade in waren. Das Wort Geldsorge kannte er also vermutlich nicht.

Erneut entstand Schweigen, doch dieses Mal fühlte es sich äußerst unangenehm an und ich wünschte mich einfach nur weg. Leider machte mein unbekannter Retter nicht den Eindruck, als würde er mich einfach so gehen lassen. Da mir also nichts anderes übrig blieb, brachte ich es schnell hinter mich.

»Hör mal ... also ich bin dir echt dankbar für deine Hilfe, aber ich habe leider nichts, was ich dir als Gegenleistung geben kann. Es sei denn, du stehst auf Lippenpflegestifte mit Ananas- und Kokosgeschmack.« Mein Versuch, die Situation mit einem lahmen Witz zu lockern, hinderte meine Wangen nicht daran, erneut warm zu werden. Vermutlich leuchteten sie auch wie Feuerwehrsirenen.

Super ätzend!

Mein Gegenüber runzelte die Stirn und blickte mich irritiert an. »Was? Ich erwarte doch keine Gegenleistung, Cathy. Ich wollte dir einfach nur helfen. Nicht mehr.« Nun schüttelte er den Kopf, als hätte ich ihn mit meinen Worten beleidigt. Als er jedoch wieder aufsah, wirkte er nicht verletzt, sondern lächelte charmant. »Aber wenn du dich unbedingt bei mir erkenntlich zeigen willst, dann würde ich mich sehr freuen, wenn ich dich auf einen Kaffee einladen darf.«

Seine Antwort verblüffte und überraschte mich derart, dass ich ganz vergaß mich darüber zu wundern, dass er meinen Namen kannte.

»Du willst mich auf einen Kaffee einladen? Als Dankeschön dafür, dass du mir meine Tasche wiedergebracht hast?« Selbst nachdem ich die Worte wiederholt hatte, ergaben sie für mich keinen Sinn. Ich *musste* mich verhört haben!

Doch mein Gegenüber nickte nur.

»Ja, wieso denn nicht? Offenbar möchtest du dich unbedingt bei mir bedanken, Geld nehme ich aber nicht an. Was ist also die Lösung?« Der Blondschopf wartete keine Antwort ab, sondern sprach selbst weiter. »Richtig, du gibst mir etwas, das dir nicht weh tut, mir aber eine Freude macht. So wären wir quitt und hätten beide etwas davon. Was meinst du?«

Ich spürte, wie mein Mund sich einen Spalt öffnete, während ich mein Gegenüber ansah, als hätte er den Verstand verloren.

Vielleicht hatte er das auch.

Oder war ich hier diejenige, deren Gehirnwindungen durchgeschmort waren?

Egal! Das hier konnte nur ...

Ruckartig kam mir ein Gedanke, der mich stutzen ließ. Natürlich! Wieso war ich nicht früher darauf gekommen?! Am liebsten würde ich meinen Kopf gegen eine Wand schlagen. Es gab nur einen Grund, wieso jemand wie er – gutaussehend, vermögend, hilfsbereit und charmant – mit jemandem wie mir einen Kaffee trinken gehen wollte. Und dieser Grund reichte von einem harmlosen Flirt bis hin zu einer Vergewaltigung mit anschließendem Mord.

So oder so, ich war nicht so dumm sein Angebot anzunehmen.

»Jaaa, das würde ich wirklich gerne, aber ich muss jetzt nach Hause. Mein Freund wartet auf mich. Er ... er ist schrecklich eifersüchtig, seit er bei der Polizei arbeitet.« Zögerlich trat ich einen ersten Schritt zurück, während ich den Griff um meine Tasche verstärkte. »Aber danke noch mal für deine Hilfe.« Ich wagte einen weiteren Schritt zurück. »Hoffentlich hast du nicht lange Schmerzen.« Mit dem nächsten Schritt nach hinten drehte ich mich herum und lief zurück in Richtung Hauptstraße, wo die immer lauter werdende Geräuschkulisse die Rufe meines unbekannten Helden schluckte und ich mir nicht mehr sicher sein konnte, ob er wirklich meinen Namen gerufen hatte.

Ende der Leseprobe

LIEBE KENNT KEINE GRENZEN

Anja Tatlisu
LOVE WITHOUT LIMITS. REBELLISCHE LIEBE
ISBN 978-3-551-30236-6
Softcover
Auch als E-Book erhältlich

Kurz vor ihrer Zwangsehe verliebt sich Grace in den geheimnisvollen Biker Wyoming, der sie auf ein Leben in Freiheit hoffen lässt. Doch der Einfluss der elitären Vereinigung, die ihr gesamtes Sein kontrolliert, reicht weit über die Stadtgrenzen hinaus.

Laini Otis
STREET LOVE. LIEBE KENNT KEINE GRENZEN (STREET STORIES 1)
ISBN 978-3-551-30102-4
Softcover
Auch als E-Book erhältlich

Als Nika Sky zum ersten Mal begegnet, lebt sie auf der Straße. Skys Job ist es, Jugendlichen eine neue Zukunft zu ermöglichen, aber Nika ist kein Mädchen, das sich einfach so retten lässt. Sie braucht niemanden und schon gar nicht jemanden wie Sky mit seinem faszinierenden Beschützerinstinkt. Nur leider ist es für all die guten Vorsätze schon zu spät …

Joan Darque
HIGHSCHOOL SWEETHEAR IMMER WIEDER ZURÜCK ZU DIR
ISBN 978-3-551-30219-9
Softcover
Auch als E-Book erhältlich

Cassie steht nach sieben Jahren plötzlich wieder vor ihrem Highschool-Schwarm Julian, einem der begehrtesten Junggesellen. Und mit einem Schlag sind all ihre verdrängten Gefühle wieder da: das Herzklopfen, das sei intensiver Blick bei ihr auslöst, aber auch der Schmerz durch seine Zurückweisung. Doch diesmal ist alles anders

WWW.IMPRESSBOOKS.D

Impress
Die Macht der Gefühle

Impress
Ein Imprint der CARLSEN Verlag GmbH
Oktober 2020

Lektorat: Julia Feldbaum
Umschlagbild: shutterstock.com / © Creative Travel Projects / © Svitlana Sokolova / © Dmitry Chulov / © Fesus Robert / © AVAKAphoto / © welcomia
Umschlaggestaltung: formlabor
Satz und Umsetzung: readbox publishing, Dortmund
Druck und Bindung: CPI Books GmbH, Birkach
ISBN 978-3-551-30305-9
Printed in Germany
www.carlsen.de/impress

Alle Bücher im Internet: www.carlsen.de